Das Buch

Die sympathische und zielstrebige Kriminalassistentin Elina Wiik ist soeben zur Inspektorin befördert worden, als in ihrer Heimatstadt Västerås wieder ein Mord geschieht. Nach langer und erfolgreicher Karriere wird der beliebte Kommunalpolitiker Wiljam Åkesson erschossen in seinem Haus aufgefunden. Wenig später stirbt in Göteborg ein bekannter und mächtiger Industrieller. Wie sich herausstellt, wurden beide Opfer mit derselben Waffe getötet. Elina und ihr Team stehen vor einem Rätsel: Was hat zwei so unterschiedliche Männer miteinander verbunden? Als klar wird, dass die beiden eine ziemlich brisante politische Vergangenheit teilten, tun sich unter dem Deckmantel ihrer sozialdemokratischen Rechtschaffenheit wahre Abgründe auf . . .

»Ein Buch, das zum Nachdenken anregt.« *ARD*

»Schon nach ein paar Seiten ist man völlig in die Geschichte abgetaucht.« *Svenska Dagbladet*

Der Autor

Der Schwede Thomas Kanger, Jahrgang 1951, lebt in der Nähe von Stockholm. Bevor er sich dem Schreiben von Kriminalromanen zuwandte, war er als Journalist tätig und berichtete unter anderem viele Jahre aus Israel. Mit der Serie um die junge Polizistin Elina Wiik schuf er sich auch in Deutschland eine große Fangemeinde.

Von Thomas Kanger ist in unserem Hause bereits erschienen:

Der werfe den ersten Stein

Thomas Kanger

Sing wie ein Vogel

Roman

Aus dem Schwedischen
von Angelika Kutsch

Ullstein

Umwelthinweis:
Dieses Buch wurde auf chlor- und säurefreiem Papier gedruckt.

Ungekürzte Ausgabe im Ullstein Taschenbuch
1. Auflage April 2006

Titel der schwedischen Originalausgabe:
Sjung som en Fagel (Norstedts Förlag, Stockholm)
Umschlaggestaltung: Büro Hamburg
Titelabbildung: © John Molly/photonica; Johner/photonica
Gesetzt aus der Sabon und Legacy Sans
Satz: PINKUIN Satz und Datentechnik, Berlin
Druck und Bindearbeiten: Ebner & Spiegel, Ulm
Printed in Germany
ISBN-13: 978-3-548-26396-0
ISBN-10: 3-548-26396-8

1

Es ist mir eine große Freude, euch alle hier zu sehen.«

Sein Blick glitt über die Versammlung. Sechsundsiebzig Personen saßen und standen in dem viel zu kleinen Raum oder lehnten an den Wänden.

Aller Aufmerksamkeit war in diesem Moment auf Wiljam Åkesson gerichtet. Ihm zu Ehren waren sie hier.

»Ich habe niemals persönlichen Gewinn aus meiner Tätigkeit zu ziehen versucht, das kann ich aufrichtig behaupten. Auch wenn ich nicht gerade leer ausgegangen bin.«

Er lachte und das Publikum lachte mit ihm.

»Meine Belohnung war die Freude zu sehen, wie sich der Wohlstand entwickelt hat. Zu erleben, dass es den Menschen besser geht. Die vergangenen Jahrzehnte sind nicht nur positiv gewesen, das muss ich natürlich zugeben. Es hat Kosten verursacht, die Säulen der Solidarität zu erhalten, die Basis, auf die sich unsere Gesellschaft stützt. Manchmal, glaubt mir, war es schmerzhaft, Einsparungen zu beschließen. Bei so mancher Entscheidung habe ich mich sehr unwohl gefühlt. Aber ich habe aus Überzeugung gehandelt und zum Wohl aller und für die Zukunft kommender Generationen entschieden.«

Das Publikum applaudierte verhalten.

»Wenn ich meinen Posten jetzt verlasse, möchte ich mich bei einigen von Ihnen ganz besonders bedanken. Alle kann ich nicht erwähnen. Wenn ich also einige Namen auslasse, geschieht das nicht absichtlich oder aus Geringschätzung. Es ist lediglich ein Zeichen dafür, dass so viele von Bedeutung waren für das, was wir erreicht haben. So groß ist die Zahl derer, die mich unterstützt haben, dass es unmöglich ist, jeden Einzelnen zu nennen.«

Er stand auf einem Podium, etwa einen halben Meter über dem Boden. Von unten gesehen wirkte er mächtig. Mehr als einsneunzig groß und mit einem Bauch, der in den letzten fünfundzwanzig Jahren beträchtlich zugenommen hatte, sodass das Jackett seines Maßanzugs aufsprang. Sein zurückgekämmtes Haar war weiß, aber immer noch voll. Seine Nase ähnelte der eines römischen Heerführers.

»Aber diese will ich doch nennen: Ragnar Sundstedt, Sixten Eriksson, Karl-Axel Svensson. Sie haben mir stets den Rücken gestärkt und eine Loyalität bewiesen, die ich persönlich ganz außerordentlich schätze.«

Wiljam Åkesson stieg vom Podium. Er ging nach links und reichte allen am Tisch die Hand. Die Sitzenden erhoben sich einer nach dem anderen und ergriffen seine Hand. Dann winkte er denen zu, die standen. Ragnar Sundstedt, äußerlich der krasse Gegensatz zu Åkesson, klein, dünn und fast kahl, blieb neben seinem Stuhl am Podium stehen, nachdem sie sich die Hand geschüttelt hatten.

»Ein vierfaches Hoch auf den frisch gebackenen Pensionär!«, rief er. »Hurra, hurra, hurra, hurra!«

Den Hochrufen folgte donnernder Applaus. Anna-Margareta Nilsson ging auf Wiljam Åkesson zu.

»Ich bin froh, deine Sekretärin gewesen zu sein«, sagte sie. »Ich bin kein Mensch großer Worte, aber ich muss sagen, dass es wirklich nicht schwer war, alle im Rathaus zu einem Beitrag für das Abschiedsgeschenk zu überreden. Du hast der Kommune in all den Jahren treu gedient, und jetzt sollst du die Chance haben, deinen Horizont zu erweitern. Ich wünsche dir Glück und hoffe, dich auch in Zukunft häufig zu sehen. So wie ich dich kenne, wirst du dich nicht lange ausruhen, obwohl du es verdient hättest.«

Sie umarmte Åkesson und überreichte ihm ein Kuvert, das er mit übertriebener Geste drehte und wendete, ehe er es öffnete und den Inhalt herausnahm.

»Eine Reise nach China«, rief er aus. »Fantastisch! Ich danke euch allen von ganzem Herzen. Na dann vielleicht bis zu den Olympischen Spielen in Peking?«

Er sah demonstrativ auf die Uhr.

»Aber die findet ja erst in sechs Jahren statt. So lange lebe ich wohl nicht mehr!«

»Doch, doch, Unkraut vergeht nicht«, ertönte eine Stimme aus dem hinteren Teil des Raumes, gefolgt von Gelächter.

»Na, ich glaube, ich reise eher. Nochmals danke!«

Im selben Moment schlug die Rathausuhr fünf. Alle applaudierten noch einmal und schickten sich an zu gehen.

»Soll ich dich fahren?«, fragte Ragnar Sundstedt.

»Danke, Ragnar«, sagte Wiljam Åkesson. »Aber ich glaube, ich möchte das Ganze während eines Spaziergangs verdauen.«

Wiljam Åkesson entschied sich, das Rathaus durch den Haupteingang zu verlassen, der zum Fiskartorget und Svartån hinausging. Er blieb eine Weile auf der Treppe stehen und schaute zur *Grotte der Winde*, Eric Grates Statue, an die er oft gedacht hatte, wenn die Wogen über seiner Person zusammenschlugen. Dann warf er noch einen raschen Abschiedsblick zum goldenen Stier auf seinem Sockel. Er hatte wahrhaftig das Seine für die Kommune von Västerås getan.

Auf dem Heimweg wurde er mehrere Male von Einwohnern der Stadt aufgehalten, die ihm die Hand drücken wollten, und es war Viertel vor sechs, als er den Schlüssel ins Schlüsselloch steckte. Er bückte sich, hob die Post auf und warf sie auf den Couchtisch, ohne nachzusehen, was sie enthielt. Stattdessen griff er nach der *Länstidningen*, die aufgeschlagen auf dem Tisch lag. »Wiljam Åkessons politisches Erbe« lautete die Überschrift auf der ersten Seite. Sein Bild ging über drei Spalten; allein sein Lächeln war fast eine ganze Spalte breit.

Er schaute kurz auf das Foto, bevor er die Zeitung zurücklegte. Dann drehte er sich zu den gut gefüllten Bücherregalen um.

Er zog ein Buch heraus, es war der dritte Teil einer Biographie über Per Albin Hansson.

Eine ganze Weile stand er still da und las. Plötzlich erstarrte sein Körper. Sein Blick wurde unbestimmt und hob sich langsam von den Zeilen.

Mit einer zögernden Bewegung sah er sich im Zimmer um. Nichts kam ihm verändert vor. Seine Augen blieben an einem gerahmten Gemälde von Albin Amelin hängen, einer Radierung, die er vor mehr als zwanzig Jahren für knapp tausend Kronen gekauft hatte.

Abrupt ließ Wiljam Åkesson das Buch zu Boden fallen. Mit wenigen raschen Schritten war er beim Fenster neben dem Amelin-Bild und tastete nach dem Griff. Es war geschlossen. Er wandte sich hastig um. Die Küchentür war zu, obwohl er doch immer alle Türen im Haus offen ließ.

Er verharrte mehrere Sekunden regungslos. Auf einem kleinen Intarsientisch zwei Meter von ihm entfernt stand ein schwarzes Telefon.

Bevor er es erreichte, wurde die Stille von einem schwachen, metallischen Klicken unterbrochen.

2

Elina Wiik erwachte mit einem Ruck in dem breiten Bett in ihrer Wohnung auf dem Oxbacken.

Auf diesen Tag hatte sie sich gefreut. Aber sofort breitete sich wie eine Schockwelle das Gefühl von Einsamkeit in ihr aus. Wahrscheinlich hatte sie schlecht geträumt. Sie richtete sich auf, um das Gefühl rasch loszuwerden.

Sonnenlicht tröpfelte herein. Es würde ein schöner Spätsommertag werden.

Plötzlich war aller Missmut verschwunden.

Ich muss den Posten bekommen, dachte sie. Selbstverständlich bekomme ich ihn. Die wissen doch, was zu ihrem Besten ist. Alles andere wäre unangemessen.

Sie richtete sich auf und betrachtete sich im Spiegel, der die ganze Wand bedeckte. Sie hatte ihn vor zehn Jahren, als sie die Wohnung bezog, und eine Woche, bevor sie als Assistentin bei der Polizei anfing, in ihrem jugendlichen Übermut aufgehängt.

Ich werde ihn abnehmen, dachte sie, bevor ich einen Grund dafür habe.

Eine Stunde und zweiundzwanzig Minuten später betrat sie das graue Betongebäude neben dem Stadttheater auf der Västgötegatan, eine andere Spielbühne für menschliche Schicksale in Västerås. Es war achtunddreißig Minuten vor dem regulären Dienstbeginn, und Elina fragte sich, warum sie sich aus freien Stücken quälte. Die Mitteilung würde erst um acht Uhr erfolgen. Sie würde von Oskar Kärnlund, ihrem Chef, bei der Morgensitzung gemacht werden.

Langsam stieg sie die Treppe hinauf, zog die Erkennungskarte durch den Leser, öffnete die Tür und betrat ihren Korridor. Die vierte Tür rechts führte in ihr Büro. Auf einem Schild stand Krim. Ass. Elina Wiik.

Noch, Elina, noch, dachte sie.

Sie setzte sich und schaltete den Computer ein. Drei neue E-Mails. Sie öffnete keine von ihnen.

Elina drehte sich auf dem Bürostuhl um und nahm ein Kuvert aus einem Schrank hinter sich. Sie zog einen Zeitungsausschnitt mit der Überschrift »IT-Polizei: So löste sie den Suramord« heraus. Auf dem Ausschnitt zeichneten sich Fingerabdrücke in der Druckerschwärze ab, und das Papier war lappig geworden, obwohl es noch nicht einmal ein Jahr alt war. Das Bild von ihrem lächelnden Gesicht reichte über vier Spalten. Ihre grün gesprenkelten Augen, der breite Mund und die dunklen, kurz geschnittenen Haare bildeten eine wunderbare Einheit.

Ein gutes Bild, dachte sie. Auf dem sehe ich besser aus als in Wirklichkeit.

Sie hatte den Text schon unzählige Male gelesen und tat es jetzt noch einmal. In der Einleitung stand, dass, soweit bekannt war, zum ersten Mal in Schweden ein Polizist einen Mord mit Hilfe von E-Mails gelöst hatte.

Elina legte den Ausschnitt beiseite und lehnte sich auf dem Stuhl zurück. Wie verwirrend sie gewesen war, ihre allererste Mordermittlung. Man hätte ihr, unerfahren wie sie war, nie die Verantwortung dafür übertragen, wenn das Ganze nicht mit einem trivialen Verschwinden begonnen hätte.

Hoffentlich setzt man mich bald wieder ein, dachte sie. Falls überhaupt ein neuer Mord geschieht, korrigierte sie sich, fast so, als ob jemand ihre Gedanken hören konnte.

Sie wusste, dass die Chance gering war. In Västmanland passierten kaum mehr als drei, vier Morde im Jahr. Und bei der Mehrzahl handelte es sich um Morde, die im Suff begangen wurden: Jemand erschlug oder erstach einen Bekannten bei etwas, das die Zeitungen »Alkoholgelage« nannten. Fälle, die umgehend gelöst wurden. Der Täter konnte sich in der Regel kaum noch an das Geschehen erinnern, die Indizien waren meistens eindeutig. Es kam sogar vor, dass man den Täter mit der Mordwaffe in der Hand schnappte, an der noch die Blutspuren von Opfer und Mörder klebten.

Außerdem war sie kaum an der Reihe für etwas so Interessantes wie die Ermittlung in einem Mordfall. Die Schlange der Kollegen war lang. Die meisten von ihnen waren Kriminalinspektoren und sie war ja bisher immer noch Assistentin.

Noch, dachte sie.

Drei Minuten vor acht. Sie erhob sich und ging in den Korridor.

»Na, dann viel Glück«, hörte sie eine Stimme hinter sich, kurz bevor sie den Konferenzraum erreichte.

»Danke, John«, antwortete sie mit einer raschen Drehung des Kopfes.

Pünktlich auf die Minute um acht Uhr eröffnete Oskar Kärnlund die Besprechung.

»Bevor wir mit der Arbeit beginnen, haben wir einige Punkte zu besprechen«, sagte er. »Ich möchte mit einer Ankündigung beginnen.«

Er nahm ein Blatt Papier aus einer Mappe, setzte sich die Lesebrille auf und schaute nach unten. Elina hielt den Atem an.

»Das Präsidium der Reichspolizei hat Polizeiassistentin Elina Wiik zur Inspektorin der Kriminalabteilung im Västeråsdezernat von Västmanland ernannt.«

Er erhob sich, ging zu Elina, die ihrer Gewohnheit gemäß am anderen Ende des Tisches saß, und reichte ihr die Hand.

»Ich gratuliere.«

Elina atmete aus, als sie Kärnlunds Hand ergriff.

»Danke«, sagte sie matt.

»Alle anderen, die einen Antrag gestellt haben, bekommen beim nächsten Mal eine Chance«, sagte Kärnlund und wandte sich den Anwesenden am Tisch zu, von denen zwei ihr Bestes taten, um ihre Enttäuschung zu verbergen.

Elina erinnerte sich nicht mehr, was danach besprochen wurde. In ihrem Dienstraum lag ein ganzer Stapel von Ermittlungsberichten und verlangte Aufmerksamkeit. Aber ihr war klar, dass es ihr nicht gelingen würde, sich darauf zu konzentrieren, jedenfalls nicht an diesem Vormittag. Einige ihrer Kollegen hatten schon den Kopf zur Tür hereingesteckt und ihr gratuliert. Auf dem Tisch stand ein Blumenstrauß mit einer Karte darin. Sie fingerte an der Karte herum, ohne recht wahrzunehmen, was darauf stand.

Ich mache einen Spaziergang durch den Vasapark, dachte sie. Und trinke eine Tasse Kaffee in der Stadt.

Das Laub war dunkler geworden, aber es würde noch einige Wochen dauern, bevor es sich gelb färbte. Obwohl der Vasapark mit seinen großen alten Eichen und Kastanien so stattlich und außerdem die einzige grüne Oase der Stadt war, schien er als Ort der Erholung auffallend wenig beliebt zu sein. Die Bewohner von Västerås benutzten ihn meistens als Abkürzung zum und vom Bahnhof. Die, die gern im grünen Gras saßen, um frische Luft zu tanken und vielleicht einen mitgebrachten Imbiss einzunehmen oder über die Mysterien des Lebens nachzugrübeln, gingen lieber zum Djäkneberg. Aber es gab Ausnahmen.

»Hallo, Baby!«, rief ein Mann, der auf einer Bank unter der Büste von Gustav Vasa saß.

Elina drehte sich um und sah drei Männer in verschlissener Kleidung und mit strähnigen Haaren zu ihr herüberschauen. Auf dem Boden vor ihnen stand eine Tüte mit einer Plastikflasche und mehreren Dosen.

»Komm, setz dich zu uns, wenn du ein bisschen Spaß haben willst«, sagte der Mann, der in der Mitte der Bank saß.

Er sah wie mindestens fünfzig aus und schien damit der Jüngste in der Runde zu sein.

Elina lächelte sie strahlend an.

»Gern! Eine solche Einladung kriegt man nicht alle Tage. Aber vielleicht sollte ich der Ehrlichkeit halber verraten, dass das *Baby* Polizistin ist.«

Der Mann schnaubte und lehnte sich zurück.

»Ich hab aber auch immer Glück«, sagte er und nahm einen Schluck Bier.

Elina lachte und ging weiter. Der Mann, der sie angesprochen hatte, begann sich mit seinem linken Banknachbarn zu unterhalten. Sie hatten bereits das Interesse an ihr verloren.

Der andere Mann an der Seite des Aufdringlichen saß schweigend da. Er kratzte sich langsam an der Wade und folgte Elina mit dem Blick, bis sie am Ende des Parks unter dem Gewölbe des Rathauses verschwand.

3

»Olli! Mach auf!«

Der Mann hämmerte gegen die Tür.

»Mach endlich auf, Mensch! Ich weiß, dass du da bist. Ich bin's doch. Ich brauch was. Olli!«

Gegenüber wurde die Tür einen Spaltbreit geöffnet.

»Machen Sie bitte nicht so einen Krach«, bat eine Frau hinter der Sicherheitskette.

»Zieh deine Visage zurück, bevor ich sie dir einklemme, du blöde Kuh!«, zischte der Mann und hämmerte weiter.

Schnell schloss die Frau die Tür.

»Olli, du alter Säufer!«, brüllte der Mann. »Wie viele Male hab ich dich schon freigehalten? Sei ein Kumpel. Mach endlich auf!«

Nach einer Weile gab der Mann auf und torkelte die Treppen hinunter.

In der kleinen Wohnung war es ganz still. Das Fenster war geschlossen, und obwohl es keine Vorhänge gab, drang kaum Sonne herein. Das Radio war ausgeschaltet und die alte Stereoanlage war schon seit einem halben Jahr kaputt. Olavi Andersson saß mitten im Zimmer auf seinem einzigen Stuhl. Das Bett in der Ecke besaß er schon seit seiner Jugend. Es war ungemacht und das Bettzeug schmutzig. Die Couch hatte er von seiner Mutter bekommen. Ein Couchtisch, gebraucht für fünfzig Kronen erworben, war vollgemüllt mit Zeitungen, Bierdosen, Flaschen, leeren Gläsern, einem übervollen Aschenbecher und Abfall, der sich seit längerer Zeit angesammelt hatte. Auf dem Küchentisch, den ein früherer Bewohner hinterlassen hatte, stand ein Teller mit eingetrockneten Makkaroni und einer halben Scheibe Fleischwurst. Und noch mehr Gläser. Die Fensterbank war von Staub bedeckt. In der Spüle stapelten sich Teller, Töpfe und Gläser. Der Herd war mit Nudeln und Fett beschmiert. In einer Ecke auf dem Fußboden klebten noch die Reste von nachlässig aufgewischtem Erbrochenem.

Dir werde ich die Tür nie wieder öffnen, dachte er.

Olavi Andersson langte nach einer Schachtel Zigaretten auf dem Couchtisch und nahm die letzte heraus. Er stand auf und ging zum Fenster. Auf dem Hof spielten drei Kinder mit einem Ball. Er folgte dem Ball mit den Augen und führte die Zigarette in regelmäßigen Abständen zum Mund. Seine Hand zitterte.

Es fängt schon an, dachte er. Soll ich den leichten Weg wählen oder den schweren?

Er ging in die Küche und hob einen Kanister hoch, der auf dem Fußboden stand. Ohne Zögern kippte er den ganzen Inhalt in den Ausguss. Dann öffnete er den Kühlschrank und nahm eine Flasche Zider heraus. Er schraubte den Plastikverschluss ab und machte einen Schritt zur Seite, zurück zum Ausguss. Er zögerte einige Sekunden, dann goss er den ganzen Inhalt aus.

Vielleicht sterbe ich, dachte er. Aber das ist die einzige Möglichkeit.

Er kehrte ins Zimmer zurück, glättete das Bettzeug und legte sich darauf, ohne seine Schuhe auszuziehen. Zwei Stunden später kam der erste Schüttelfrost. Er legte Zeigefinger und Mittelfinger an seinen Hals und fühlte seinen Pulsschlag, während er den Sekundenzeiger der Armbanduhr im Auge behielt.

Schon hundertvierzig, dachte er, als er die Hand nach einer Minute wegnahm. Bei hundertachtzig sterbe ich.

Die Haut am Hals war empfindlich. Die Nervenbahnen schienen langsam nach außen gekrochen zu sein wie Würmer aus feuchter Erde. Er versuchte die Gedanken abzustellen und zu schlafen. Sein Körper wurde taub und er versank in einer Art Dämmerzustand. Als er wieder zu sich kam, war es draußen dunkel. In der Wohnung brannte kein Licht. Er hörte ein knarrendes Geräusch und drehte sich zur Wohnungstür. Der Briefschlitz stand offen, in der Öffnung steckte ein Messer und bewegte sich langsam wie ein schwingendes Pendel. Olavi Andersson atmete heftig. So leise wie möglich stand er auf und nahm den Besen aus der Kammer. Er schlich zur Tür und holte aus, um der Hand desjenigen, der einzudringen versuchte, das Messer wegzuschlagen. Aber als er zuschlug, war der Briefschlitz geschlossen.

Er beugte sich vor und öffnete das Sicherheitsschloss, riss die Tür auf und stürmte ins Treppenhaus, den Besen wie eine Waffe erhoben. Draußen war es dunkel und still. Er machte Licht und schaute sich um. Kein Mensch zu sehen. Er senkte den Blick. An seinem rechten Bein lief ein Rinnsal Urin auf den steinernen Fußboden. Als er wieder aufschaute, tanzten Feuerfliegen vor seinem Gesicht.

»Nein, nein«, stöhnte er und torkelte zurück in die Wohnung.

Er setzte sich aufs Bett, kreuzte die Arme über der Brust und schaukelte vor und zurück.

Ich bilde es mir ein, sagte er zu sich selbst. Es ist nur eine Einbildung. Halt dir die Gespenster vom Leib. Gib nicht nach. Es ist ein Film, in dem du nicht mitspielst, du stehst daneben und schaust zu.

Er knipste die Deckenbeleuchtung an und tastete seinen Hals ab. Hundertfünfundsiebzig. Plötzlich zogen sich seine Bauchmuskeln zusammen und er fiel vornüber. Langsam kroch er vorwärts. Das Geräusch von Stoff, der über den Boden rutscht, wurde immer lauter. Mit einer letzten Kraftanstrengung führte er die Hände zum Kopf und presste sie fest gegen die Ohren.

Er hatte das Gefühl, als würde er in Ohnmacht fallen.

Es ist der Schweiß. Olavi, der Schweiß. Es ist, wie es sein soll. Es ist, wie es sein soll. Ganz normal.

Schwerelos sank er hinab. Auf dem Grund des Ozeans sah er einen kleinen Punkt, der immer größer wurde. Wie hypnotisiert starrte er darauf, und schließlich erkannte er, was es war. Eine Dampfwalze rollte mit einem dumpfen Geräusch auf ihn zu. Er versuchte zu laufen, doch das Wasser hinderte ihn daran und verlangsamte alle Bewegungen wie in Zeitlupe. Unaufhaltsam näherte sich die Dampfwalze. In dem Augenblick, als sie ihn zu überrollen drohte, musste er sich übergeben. Der Mageninhalt verbreitete sich im Wasser und bildete eine undurchsichtige Masse. Er versuchte zu schreien, brachte jedoch keinen Laut heraus.

Drei Tage später kam er wieder zu Bewusstsein. Er richtete sich im Bett auf und versuchte sein Hemd auszuziehen, aber es klebte an seiner Haut. Er stand auf, fiel jedoch sofort wieder zurück. Kriechend bewegte er sich in die Küche, richtete sich mit zitternden Beinen auf und hielt den Mund an den Wasserhahn über der Spüle. Dann sank er auf die Knie und legte die Finger an seinen Hals. Es fühlte sich an wie hundertvierzig.

Ich lebe, dachte er.

4

Ragnar Sundstedt beschäftigte sich mit den Lautsprechern auf dem Podium. Er hatte nachgerechnet, dass es fünfzig Jahre her war, seit er das erste Mal an einer Wahlkundgebung seiner Partei teilgenommen hatte. Auch damals war es in Västerås gewesen, vor der Wahl zur Zweiten Kammer des schwedischen Reichstags.

Als er sich auf dem Sigmatorget umsah, stellte er fest, dass sich die Wahlplakate kaum von den damaligen Plakaten unterschieden. Damals wie heute verlangte seine Partei Vollbeschäftigung. Die einstige Forderung der Volkspartei, die »Steuern abzuschaffen, da sie die Wirtschaft lahm legten«, wurde jetzt in der Forderung wiederholt, die Grundsteuer abzuschaffen. Und schon vor fünfzig Jahren hatten die Rechten ein Wahlplakat aufgehängt, auf dem die Steuerzahler zur Solidarität aufgerufen wurden. Selbst das Gerede über die Qualität der Nahrungsmittel und die landwirtschaftlichen Subventionen hatte vor einem halben Jahrhundert sein Pendant gehabt.

Ragnar Sundstedt liebte den Start des Wahlkampfes, er war wie der Beginn zu einer Reise, die so weit wie möglich führen sollte. Er trug einen Anzug und einen neuen Schlips. Die Sonne schien. Es waren zweiundzwanzig Grad und es war windstill. Auf den Bänken vor dem Podium begannen die Leute ihre Plätze einzunehmen.

»Was ist mit dir los, Ragnar?«, fragte Aurora Sundstedt, die ganz vorn stand. »Du bist ja so unruhig. Bereitet dir irgendwas Sorgen?«

»Aber nein«, antwortete er seiner Frau. »Alles ist bestens. Hast du eigentlich Wiljam schon gesehen?«

»Nein, jetzt, wo du es sagst, fällt mir auf, dass er noch gar nicht da ist. Sonst ist er doch immer der Erste. Er wird sich doch nicht aus der Politik zurückziehen, nur weil er jetzt pensioniert ist?«

»Natürlich nicht. Deswegen wundere ich mich ja.«

»Vielleicht ist er dabei, seine Chinareise zu planen«, meinte Aurora Sundstedt lachend.

Ragnar Sundstedt sah sich um.

»Ich versteh das nicht«, sagte er.

Zwei Stunden später betrat Ragnar Sundstedt das Polizeipräsidium in Västerås. Nachdem er sein Anliegen vorgetragen hatte, wurde er zu Kriminalinspektorin Elina Wiik hinaufgeführt.

»Ich mache mir Sorgen«, sagte er, nachdem er sich vorgestellt hatte.

»Weswegen?«, fragte Elina. »Oder um wen?«

»Um Wiljam Åkesson. Er ist verschwunden.«

»Sprechen Sie von dem Politiker? Gemeinderat Åkesson? Er soll verschwunden sein?«

»Er hätte heute zu einer Wahlkampfveranstaltung kommen sollen. Er ist sonst immer dabei gewesen. Nach der Veranstaltung bin ich zu seinem Haus gefahren und habe geklingelt. Aber niemand hat geöffnet. Er wohnt zwar allein und kann für sich selber sorgen, doch warum sollte er ausgerechnet zu Beginn des Wahlkampfes verreisen? Erst vor einer Woche ist er in Pension gegangen und von irgendwelchen Reiseplänen hat er mir nichts erzählt.«

Ragnar Sundstedt begegnete Elinas Blick. Sie runzelte die Stirn.

»Ich bin sein bester Freund«, fügte er hinzu.

»Wann haben Sie ihn zuletzt getroffen?«

»Bei seiner Verabschiedung im Rathaus. Seitdem hab ich nicht mehr mit ihm gesprochen. Ich hatte den Eindruck, er wollte eine Weile allein sein, und dachte, er würde von sich aus wieder Kontakt zu uns aufnehmen, wenn ihm danach wäre.«

»Hm. Vielleicht war sein Wunsch nach Alleinsein so stark, dass er keine Lust hatte, die Wahlveranstaltung zu besuchen?«

»Das ist sehr unwahrscheinlich.«

»War er krank oder deprimiert?«

»Keineswegs. Im Gegenteil, er war bester Laune, als ich ihn zuletzt traf. Er hat sich auf seine Pensionierung gefreut.«

Elina erhob sich.

»Dann fahren wir wohl besser zu seinem Haus. Wissen Sie, ob jemand einen Schlüssel hat?«

»Vielleicht seine Töchter.«

»Wir schauen erst mal nach. Haben Sie ein Auto?«

Sieben Minuten später parkte Ragnar Sundstedt seinen Volvo vor einem blauen Holzhaus auf dem Stora Ursulasväg in Blåsbo, einem Viertel für jene, die es sich leisten konnten, in gut erhaltenen, älteren Häusern mit großen Gärten zu wohnen. Elina ging zum Haus und klingelte. Nachdem sie eine Minute gewartet hatte, legte sie die Hände an die Stirn und spähte durch das Küchenfenster.

»Auf der Spüle steht eine Kaffeetasse«, stellte sie fest. »Ansonsten sieht es leer aus.«

Sie trat ein paar Schritte zurück und musterte die Fassade. Dann ging sie einmal ums Haus und stieß auf dem Schotterweg vor der Tür wieder auf Ragnar Sundstedt.

»Alles sieht normal aus, aber das Fenster zur Waschküche an der Rückseite ist nur angelehnt. Es wäre gut, wenn mir eine der Töchter die Erlaubnis geben würde einzusteigen.«

»Sie bekommen meine Erlaubnis. Wie gesagt, er ist mein bester Freund, und ich versichere Ihnen, es ist in Ordnung. Schließlich machen wir uns berechtigte Sorgen um ihn.«

Elina sah ihn an und dachte eine Weile nach.

»Nein. Wenn ich es richtig bedenke, ist es falsch, durchs Fenster zu steigen. Jemand anders könnte ja diesen Weg benutzt haben, um ins Haus oder wieder hinauszugelangen. Ich würde Spuren verwischen. Wir versuchen besser, eine der Töchter zu erreichen und einen Schlüssel zu bekommen.«

»*Jemand anders*?«, wiederholte Ragnar Sundstedt, vollendete den Satz jedoch nicht.

Eine Dreiviertelstunde später steckte Elina den Schlüssel ins Haustürschloss. Auf dem Schotterweg standen Ragnar Sundstedt und Annelie Björk, Wiljam Åkessons älteste Tochter. Sie wirkte sehr verkrampft. Elina öffnete vorsichtig die Tür und bat die beiden, draußen zu warten. Sie betrat die Diele. Links lag die Küche und ein Stück weiter rechts befand sich die Tür zum Wohnzimmer. Sie ging hinein. Mitten auf dem Fußboden lag ein Buch, die einzige Störung der sonst so musterhaften Ordnung. Sie trat näher, um den Titel zu entziffern.

Nachdem sie in der Waschküche, der Toilette und im Esszimmer im Erdgeschoss nachgeschaut hatte, stieg sie die Treppe zum ersten Stock hinauf. Wiljam Åkessons Schlafzimmer war aufgeräumt, das Bett unbenutzt. Gegenüber befand sich ein weiteres Zimmer, vielleicht ein Gästezimmer, da es keine persönlichen Gegenstände enthielt. Es sah ebenfalls unbenutzt aus. Vorsichtig öffnete sie die Tür zum Bad, das genauso ordentlich war wie die übrigen Räume.

Ganz hinten gab es noch ein Zimmer. Vom Flur aus sah Elina einen Schreibtisch und Bücherregale, in denen Ordner standen. Sie ging auf die Tür zu und schaute lange hinein. Sie versuchte sich jedes Detail einzuprägen. Dann drehte sie sich um, nahm ihr Handy aus der Tasche und wählte die Direktdurchwahl zum Diensthabenden im Präsidium.

Weder Ragnar Sundstedt noch Annelie Björk sagten etwas, als Elina wieder herauskam. Sie sah die beiden an.

»Sie müssen hier draußen warten«, sagte sie schließlich. »Es kommt gleich polizeiliche Verstärkung. Ich muss Ihnen leider mitteilen, dass im Obergeschoss ein toter Mann liegt.«

Ragnar Sundstedt fuhr zusammen. Annelie Björk machte einen Schritt vorwärts. Keiner von ihnen sprach ein Wort, sie starrten Elina an.

»Ich weiß nicht, wer es ist. Es könnte Wiljam Åkesson sein, aber ich bin mir nicht sicher.«

»Warum nicht«, sagte Ragnar Sundstedt leise. »Sie müssen doch den Gemeinderat kennen, sein Gesicht kennt jeder in Västerås.«

»Das Gesicht ist nicht zu sehen. Ich möchte nichts anrühren, bevor unsere Leute von der Spurensicherung da sind. Es tut mir Leid, aber bis dahin müssen wir uns gedulden.«

Annelie Björk machte noch einen Schritt nach vorn.

»Was ist passiert?«, rief sie aus. »Warum ist er tot? Sagen Sie doch etwas!«

Elina legte Annelie die Hand auf den Arm. Der Schrecken stand der Frau ins Gesicht geschrieben, die plötzlich aussah wie ein kleines Kind. Elina dachte an ihren eigenen Vater.

»Es tut mir Leid«, sagte sie. »Auf dem Fußboden ist Blut, es handelt sich also nicht um ... einen natürlichen Tod. Mehr wage ich im Augenblick nicht zu sagen. Lassen Sie uns warten, bald werden wir mehr wissen.«

Drei Stunden später saßen Elina Wiik, Oskar Kärnlund und John Rosén in Kärnlunds Chefzimmer im Dezernat des Präsidiums. Es war Mittwoch, der 14. August, kurz vor vier Uhr nachmittags.

»John wird die Ermittlung leiten«, sagte Kärnlund. »Du, Wiik, und John, ihr bildet ein Team. Und ich werde sofort ein paar Leute anfordern, die euch bei der Arbeit unterstützen.«

Er stand auf und begann im Zimmer herumzugehen.

»Ein ermordeter Gemeinderat«, murmelte er. »Herr im Himmel, fast ein lokaler Palme-Fall.«

Er hob den Kopf und sah John Rosén und Elina an.

»Die von der Spurensicherung haben natürlich einen Selbstmord ausgeschlossen«, verkündete er. »Erkki Määttä sagt, dass es vollkommen unmöglich ist, sich auf diese Weise umzubringen. Eine überflüssige Feststellung, so wie es aussieht, nicht wahr? Eingerollt in einen Teppich, die Arme am Körper und von oben in den Kopf geschossen. Wiljam Åkesson hatte viele Talente, aber ein Houdini war er nicht.«

»Was ist mit der Mordwaffe?«, fragte Elina. »Hat Erkki irgendwelche Spuren gefunden? Eine Patronenhülse zum Beispiel?«

»Keine Hülse, ich habe vor fünf Minuten mit ihm gesprochen. Die Laborergebnisse werden zeigen, ob es Pulverspuren an Kopf, Teppich oder auf dem Fußboden gibt. Erkki glaubt, dass man Åkesson aus nächster

Nähe umgebracht hat, da er mitten in den Kopf getroffen wurde. Das ist aber auch alles. Mehr Spuren haben wir nicht. Jedenfalls bis jetzt. Nicht einmal Fußspuren vor der Waschküche, falls der Mörder dort eingestiegen ist. Der Gerichtsmediziner vermutet, dass Åkesson seit ungefähr einer Woche tot ist, und letzte Woche hat es ziemlich heftig geregnet. Mögliche Spuren könnten also verschwunden sein.«

»Vielleicht hat Åkesson den Täter auch zur Haustür hereingelassen«, sagte Elina. »Oder der Mörder hatte einen Schlüssel, ist durch die Tür hereingekommen und hat wieder hinter sich abgeschlossen.«

»Wie hat er Åkesson dazu gekriegt, sich in den Teppich einzurollen?«, wollte John Rosén wissen. »Åkesson war ein kräftiger Mann. Natürlich wurde er mit einer Waffe bedroht, aber trotzdem. Vielleicht waren mehrere Personen daran beteiligt.«

»Entwickelt einen Arbeitsplan, ihr beiden. Mailt ihn mir und fangt sofort an. Sorgt dafür, dass ich über alles auf dem Laufenden gehalten werde. Um sechs findet eine Pressekonferenz statt.«

Kärnlund setzte sich auf seinen Stuhl und schaute schweigend aus dem Fenster. Elina Wiik und John Rosén wussten, dass dies das Zeichen für das Ende der Besprechung war. Draußen auf dem Korridor blieb Elina stehen und drehte sich zu John Rosén um.

»Ich verstehe, dass du die Leitung der Ermittlung bekommen hast. Du kannst das und hast große Erfahrung. Und auch wenn es offiziell ein Geheimnis ist, weiß ich doch, dass du aus Göteborg hierher geholt worden bist, weil das Dezernat Verstärkung durch tüchtige Leute brauchte. Aber warum soll ich dabei sein? Wieder dabei sein, meine ich. Eine frisch gebackene Inspektorin, die gerade erst mit einem Mordfall beauftragt war? Es gibt hier andere, die eigenhändig einen Mord begehen würden, entschuldige den unpassenden Vergleich, um diese Chance zu bekommen. Dass ich die Leiche gefunden habe, ist kein hinreichender Grund.«

John Rosén lächelte sie mit seinen blendend weißen Zähnen an und strich sich das gewellte graue Haar zurück.

»*Fishing for compliments*, Inspektor Wiik?«

»Ich möchte es nur wissen. Hat Kärnlund etwas zu dir gesagt?«

»Ich hab ihn gebeten, mit dir zusammenarbeiten zu dürfen«, sagte Rosén und ging weiter.

Elina sah ihm erstaunt nach und holte ihn ein.

»Aber warum, John?«

Er blieb stehen und sah sie mit der Andeutung eines Lächelns an.

»Nicht wegen deiner grünen Augen, glaub das bloß nicht. Es gibt zwei Gründe, wenn du es unbedingt wissen willst. Der eine ist ja ganz offensichtlich – weil du den Suramord auf ungewöhnlich einfallsreiche Art gelöst hast. Diese Fähigkeit ist hier sicher wieder vonnöten. Der andere Grund ist, dass du so bist wie ich. Ich halte viel von Instinkt, besonders wenn es sich um Menschen handelt.«

»Instinktiv habe ich im Augenblick das Bedürfnis mich zu bedanken!«

»Du wirst dafür arbeiten müssen, Kriminalinspektorin Wiik. Wollen wir anfangen? Als Erstes fahren wir zu dem Haus raus. Ich muss mir ein Bild von dem machen, was passiert ist, bevor die von der Spurensicherung alles auf den Kopf stellen.«

Das ganze Grundstück um das Haus herum war abgesperrt, als Elina und John Rosén dort ankamen. Außerhalb der Absperrung standen mehrere Fotografen und Kameraleute vom Fernsehen, zusammen mit einigen

Personen, die Elina für Journalisten hielt. Sie wurde sofort von einem Mann im Reporterlook aufgehalten.

»Elina Wiik? Ich bin Jesper Pärsson vom *Aftonbladet*. Ich kenne Sie vom Suramord. Sind Sie jetzt auch wieder dabei?«

»Ich gehöre zum Dezernat«, erwiderte Elina unsicher. »Und ich schlage vor, dass Sie Ihre Fragen bei der Pressekonferenz heute Abend um sechs meinem Chef Oskar Kärnlund stellen.«

Mehrere Personen hatten sich um Elina versammelt. John Rosén stand daneben und sah amüsiert zu.

»Beantworten Sie bitte nur eine Frage«, bat Jesper Pärsson. »Stimmt es, dass der ehemalige Gemeinderat ermordet in seinem Haus aufgefunden wurde?«

»Wie gesagt, um sechs Uhr.«

»Haben Sie ihn gefunden?«

»Entschuldigen Sie, aber ich habe zu arbeiten«, sagte Elina lächelnd.

»Wir auch«, entgegnete Pärsson und rief einen Namen.

Ein Fotograf lief herbei und machte Bilder von Elina, während sie an der Absperrung vorbeiging.

»Alles wegen deiner grünen Augen«, bemerkte John Rosén schmunzelnd, als sie das Haus betraten.

Erkki Määttä kam ihnen in der Diele entgegen und zeigte zur Treppe. Wortlos führte er sie zu einem blutigen Teppich. Darauf lag Wiljam Åkesson auf dem Rücken, die Arme am Körper. Elina biss die Zähne zusammen, um den Geruch auszuhalten.

»Ich habe ihn nur aus dem Teppich gerollt, sonst nichts. Aber es wäre gut, wenn ihr ihn so schnell wie möglich in die Gerichtsmedizin schafft. Ich möchte den Teppich untersuchen, und das ist im Augenblick etwas schwierig, wie ihr seht.«

John Rosén setzte seine Brille auf und kniete sich hin.

»Außer dem Loch im Kopf scheint er keine weiteren Verletzungen zu haben«, stellte er fest.

»Wir müssen nach dem Austrittsloch der Kugel suchen, wenn wir ihn ausgezogen haben«, sagte Määttä. »Ich kann bisher auch keine weiteren Verletzungen entdecken. Demnach müsste die Kugel sich noch im Körper befinden.«

»Hast du was gefunden, Erkki?«

»Bis jetzt nichts von Bedeutung. Nach der Analyse wissen wir hoffentlich mehr. Es könnte ja auch Blut von einer anderen Person dabei sein.«

Er zeigte nach unten und beschrieb mit dem Zeigefinger einen Kreis.

»Ich bin noch lange nicht fertig«, fuhr er fort. »Wir müssen nach Fingerabdrücken suchen. Und Haaren. Außerdem müsste der Gerichtsmediziner sagen können, wann er erschossen wurde. Ich wage nicht, über den Zeitpunkt zu spekulieren.«

Schweigend gingen Elina und John Rosén im Haus herum. Elina versuchte alles aufzunehmen, was sie sah. Sie nahm an, dass Rosén es genauso machte.

»Den Fall werden wir wohl lösen, oder?«, sagte Elina.

»Sicher. Aber ich habe das Gefühl, dass es schwierig wird. Es scheint kein ...«

»... Tatmotiv zu geben?«

Rosén nickte leicht.

Die Pressekonferenz im Polizeipräsidium war die bestbesuchte in der Geschichte der Kripo von Västerås. Über fünfzig Reporter und Fotografen drängten sich in einem Raum, der für zwanzig Personen vorgesehen war. Oskar Kärnlund seufzte, als er vor den blitzenden Kameras auf einem Stuhl Platz nahm.

»Sie wissen ja, wie das hier abläuft. Ich werde in groben Zügen berichten, was passiert ist, und wo es die Ermittlungen erfordern, auf die Geheimhaltung verweisen. Lassen Sie uns das Ganze nicht unnötig in die Länge ziehen. Seien Sie so freundlich und stellen Sie nur Fragen, die ich beantworten kann. Ich möchte so schnell wie möglich zu den Ermittlungen zurückkehren.«

Die Journalisten antworteten mit Schweigen. Im Raum gab es nicht eine einzige Person, die auf Fragen nach Details zu dem Mord verzichten wollte, da eine ausweichende Antwort auch eine Antwort war, die man zitieren und interpretieren konnte.

»Okay«, sagte Kärnlund. »Der ehemalige Gemeinderat Wiljam Åkesson wurde heute Mittag um ein Uhr tot aufgefunden. Er ist durch äußerliche Gewaltanwendung ums Leben gekommen. Alle anderen Möglichkeiten mussten wir ausschließen. Ich kann auch verraten, dass er erschossen wurde, möchte aber nicht näher darauf eingehen, wie oder mit welcher Waffe. Der Mord wurde vor ungefähr einer Woche verübt, so viel konnte der Gerichtsmediziner bereits sagen, obwohl es noch zu früh ist, den genauen Zeitpunkt zu bestimmen. Sobald wir ihn kennen, werden wir Sie es wissen lassen, denn wir erhoffen uns dadurch, Zeugenaussagen zu den Geschehnissen zu erhalten. Im Augenblick haben wir noch keinen Verdächtigen, wir befinden uns noch am Anfang der Ermittlungen. Mehr kann ich Ihnen momentan nicht sagen.«

Oskar Kärnlund wurde mit Fragen überschüttet, aber schließlich gelang es Jesper Pärsson, sich Gehör zu verschaffen.

»Wieso können Sie jede andere Todesursache ausschließen?«

»Wegen der Umstände«, antwortete Kärnlund. »Aber Sie kriegen keine Details aus mir heraus, egal, wie viele Fragen Sie stellen.«

»Mit wie vielen Schüssen ist er umgebracht worden?«, fuhr der Reporter vom *Aftonbladet* fort.

Oskar Kärnlund schaute eine Weile schweigend auf den Tisch.

»Mit einem«, sagte er schließlich.

»Wir bedanken uns für das Detail«, erklärte Jesper Pärsson. Dann hob er die Stimme, um das Wort nicht zu verlieren. »Gibt es etwas, das auf einen politischen Mord hindeutet?«

»Zu früh für eine Antwort«, sagte Kärnlund.

Nachdem er Fangfragen ausgewichen und belanglose, allgemein gültige Antworten auf die zahlreichen Fragen der übrigen Reporter gegeben hatte, machte Oskar Kärnlund Anstalten, die Pressekonferenz zu beenden. Er legte die Handflächen auf den Tisch, sein übliches Signal, dass er sich erheben und gehen wollte.

»Noch eine Frage«, bat Jesper Pärsson. »Ist die IT-Polizei mit im Ermittlungsteam? Elina Wiik, meine ich.«

Kärnlund schaute den Journalisten erstaunt an.

»Ja, das ist sie. Wieso?«

»Wollte ich nur wissen.«

»Herr im Himmel, die Arme. Sie ist ein Medienstar geworden«, murmelte Kärnlund vor sich hin, als er den Raum verließ.

5

John Rosén und Elina beschlossen, noch am selben Abend eine erste Besprechung einzuberufen. Beide wussten, dass sie die goldene Chance, den Mörder zu fassen, verpasst hatten. Die Zeit arbeitete gegen sie. Die ersten vierundzwanzig Stunden nach einem Mord waren die wichtigsten. Die Zeit, in der sich der Mörder auf der Flucht vor seiner Tat befand, physisch und psychisch, die Zeit, in der er häufig nicht klar denken konnte und deswegen am ehesten Fehler machte. Aber wahrscheinlich war seit dem Mord an Wiljam Åkesson bereits eine Woche vergangen; vielleicht war er am selben Tag geschehen, an dem er als Gemeinderat verabschiedet worden war. Sie hofften, einen genaueren Zeitpunkt zu erfahren, wenn sie mit Menschen aus Åkessons Umgebung gesprochen und der Gerichtsmediziner sein Gutachten abgeschlossen hätte.

Henrik Svalberg und Erik Enquist saßen schon in John Roséns Zimmer. Nach der Pressekonferenz hatte Oskar Kärnlund die beiden verständigt und sie waren sofort ins Polizeipräsidium geeilt. Elina Wiik hatte im Sommer vor einem Jahr mit beiden zusammengearbeitet. Svalberg, einige Jahre jünger als Elina mit ihren dreiunddreißig, war ihr Partner bei der Ermittlung im

Mordfall Bertil Adolfsson gewesen, während Enquist mit der Brandstiftung im Bürgerhaus beschäftigt gewesen war, einer Ermittlung, an der sie zu Anfang auch mitgearbeitet hatte. Daraus hatte sich ihr erster Mordfall entwickelt, den sie gelöst hatte. In Svalbergs Gesellschaft fühlte sie sich wohl. Da er frei von Geltungssucht war und sich ihrer Führung unterordnete, waren sie hervorragend miteinander ausgekommen.

Enquist kannte sie nicht näher. Normalerweise arbeitete er bei der Kripo in Hallstahammar, aber Kärnlund holte ihn immer dann ins Team, wenn Spezialgruppen gebildet werden mussten, um schwierige Fälle zu lösen. Daraus ließ sich wohl ableiten, dass er ein überdurchschnittlich guter Polizist war. Bei den Ermittlungen im Fall der Brandstiftung war es zu einem starken Konflikt zwischen Elina und Egon Jönsson gekommen, dem Kriminalinspektor, der die Gruppe leitete. Enquist hatte sich zwar loyal gegen Jönsson verhalten, schien aber auch ihr gegenüber keine Vorbehalte zu haben. Jetzt hatte er sie freundlich begrüßt.

Alle vier waren sich darüber einig, wie die Arbeit jetzt vorangetrieben werden sollte. John Rosén und Elina würden Åkessons Haus aufs Genaueste durchsuchen. Elina würde mit den beiden Töchtern und der geschiedenen Ehefrau reden. Menschen aus Åkessons direkter Umgebung sollten vernommen werden. Man würde eine Befragungsaktion in der Nachbarschaft seines Hauses durchführen. Sein persönlicher Besitz musste gesichtet werden. Enquist würde damit anfangen, sich in Åkessons Freundeskreis umzuhören. Svalberg würde die Verantwortung für die Tür-zu-Tür-Befragung übernehmen. Anfangs würden sie nur von wenigen Kollegen unterstützt werden, so vielen, wie das Dezernat freistellen konnte. Dann würden sie sich gemeinsam mit seinen politischen Kontakten und früheren Kollegen befassen.

John Rosén würde die gewonnenen Erkenntnisse zusammenfassen und weiterleiten.

Gegen zehn Uhr abends stand ihr Plan. John Rosén trommelte mit dem Stift auf seinen Schreibtisch. Niemand schien aufstehen und nach Hause gehen zu wollen. Alle dachten dasselbe.

»Was kann dahinter stecken?«, fragte Rosén. »Hat jemand eine Ahnung?«

»Schwer begreiflich«, murmelte Svalberg.

»Ich weiß es auch nicht«, sagte Enquist.

»Jemand rollt einen Gemeinderat in einen Teppich ein und jagt ihm eine Kugel in den Kopf«, sagte Rosén. »So was habe ich noch nie gehört.«

Einige Sekunden schwiegen sie.

»Es ist brutal«, bemerkte Elina, »unnötig brutal.«

»Wie meinst du das?«

»Man muss sich ja nur Åkessons Schreck vorstellen, bevor er erschossen wurde. Vielleicht hat der Mörder noch mit ihm geredet. Gesagt, dass er ihn erschießen werde, und ihm erklärt, warum. Das muss ein Gefühl gewesen sein wie lebendig begraben zu werden.«

»Also Hass«, konstatierte Enquist.

»Und Rache«, fügte Rosén hinzu.

»Aber wir wissen es nicht«, warf Svalberg ein. »Vielleicht wurde der Mörder bei einem gewöhnlichen Einbruch von Åkesson überrascht. Da hat er ihn mit vorgehaltener Waffe in einen Teppich gerollt, um das Haus nach Wertsachen durchsuchen zu können, und dann beschlossen, ihn zu erschießen.«

»Warum?«

»Vielleicht ist er verrückt. Oder er wollte einen Zeugen beseitigen.«

»Wenn das so wäre, müsste irgendetwas gestohlen worden sein. Wir müssen die Töchter bitten, seinen Besitz zu sichten, um festzustellen, ob etwas fehlt.«

»Wahrscheinlich ist es sinnvoller, erst dann Spekulationen anzustellen, wenn wir ein Stück weiter sind«, sagte John Rosén abschließend. »Ich schlage vor, wir hören jetzt auf und treffen uns morgen um acht.«

Elina war ohne Jacke zur Arbeit gegangen und bekam eine Gänsehaut, als sie in die Abendluft hinaustrat.

»Soll ich dich nach Hause fahren?«, fragte John Rosén.

»Danke, das ist nicht nötig. Ich wohne auf dem Lidmansvägen.«

»Wo ist das? Du vergisst, dass ich Göteborger bin.«

Elina zeigte schräg nach links.

»Nur ein paar Häuserblocks entfernt. Ungefähr mitten auf dem Oxbacken. Über den bist du schon viele Male gefahren. Ich habe eine Dreizimmerwohnung im dritten Stock.«

»Dann also bis morgen«, sagte John Rosén.

»Ich bin spätestens um halb acht da. Gute Nacht.«

Sie sah John Rosén nach, wie er auf den Parkplatz zuging. Sie mochte ihn, hatte ihn vom ersten Tag an gemocht, als er im vergangenen Sommer in Västerås beim Dezernat anfing. Seine lässige Erscheinung kombiniert mit dem Gebaren eines altmodischen Gentleman gefiel ihr. Trotzdem wurde sie nicht recht klug aus ihm. Er hatte etwas, das sie bei anderen Polizisten noch nie beobachtet hatte. Eine gewisse Distanz zum Beruf, eine Art, ihn von außen zu betrachten, als wäre er nicht Teil der Gemeinschaft. Eine selbst gewählte Isolation, die sich nicht in Ungeschicklichkeit im Umgang mit anderen ausdrückte, sondern in einem Auftreten, das mit Worten schwer zu beschreiben war. Etwas, das sie sehr schätzte, von dem sie jedoch nicht wusste, worauf es gründete.

Irgendwie, dachte sie, macht es ihn unnahbar.

Als Erstes schaltete sie ihren Computer ein und öffnete ihre Mailbox. Den Computer und das Internet-Abo hatte sie sich im letzten Herbst angeschafft, weil immer mehr Kontakte mit Freunden und Verwandten über E-Mail liefen. Sie wollte nicht wie alle anderen ihre Arbeitszeit zum Schreiben und Lesen privater E-Mails benutzen. Schon aus dem Grund, weil jeder, der ein wenig von Computern verstand, sich in ihre private Post einklicken konnte.

Wie erwartet, hatte ihr Vater geschrieben. Früher hatte er sie häufig angerufen, aber nachdem Elina ihn davon überzeugen konnte, sich ebenfalls einen Computer und E-Mail anzuschaffen, mailte er lieber.

Außerdem fand sie einen Brief von Susanne Norman, ihrer besten Freundin. Und einen von Martin. Sie lächelte, als sie die Absender der ersten beiden Mails las. Der dritte versetzte ihr einen kleinen Stich in den Magen.

Ihr Vater Botwid schrieb über Åkessons Tod und dass er Elina im Fernsehen gesehen habe. Dann schilderte er in knappen Zügen, was bei einer Wahlkundgebung in Stockholm passiert war, an der er teilgenommen hatte, und was er getan hatte, als er nach Hause nach Märsta gekommen war.

Er schrieb ihr fast jeden Tag. Sie versuchte ihm jedes Mal sofort zu antworten, doch da er Rentner war, stand ihm all die Zeit zur Verfügung, die ihr fehlte. Ihre Zeit reichte häufig nur für einen kurzen Gruß. Diesmal schrieb sie ein wenig ausführlicher und erzählte ihm, dass sie auf den ausdrücklichen Wunsch John Roséns an der Ermittlung im Mordfall Åkesson beteiligt sei, und wie sehr sie sich über die Arbeit freue.

Susanne Normans Nachricht war kürzer. »Samstag Essen in der Stadt?« Elina antwortete mit Ja und fügte hinzu, dass sie Neuigkeiten habe, obwohl ihr klar war, dass Susanne schon alles wusste. In den regionalen und in den landesweiten Programmen war sie in jeder Nachrichtensendung aufgetaucht.

Martins Brief las sie zuletzt. Er bestand aus drei Wörtern. »Ich bitte dich.« Sie löschte den Brief sofort, ohne zu antworten. Zu Kreuze zu kriechen kam für sie nicht in Frage. Der Entschluss sich von ihm zu trennen, war ihr fast unerträglich gewesen, da sie ihn liebte. Oder geglaubt hatte, ihn zu lieben. Jetzt, ein halbes Jahr später, war sie sich nicht mehr so sicher. Die Erkenntnis, dass es keine gemeinsame Zukunft für sie gab, hatte zum Bruch geführt. Sie glaubte ganz einfach nicht mehr daran, dass er seine Frau verlassen würde. Seitdem hatte er versucht sie umzustimmen, ohne sich jedoch zu dem nötigen Schritt durchringen zu können.

6

»Ist das nötig? Ich verstehe nicht, was ich dazu beitragen könnte.«

Annelie Björks Hände lagen fest gefaltet in ihrem Schoß. Sie trug ein hellgrünes Kostüm und saß mit geradem Rücken in einem Sessel. Hier ist es genauso ordentlich wie zu Hause bei ihrem Vater, dachte Elina.

»Wenn Sie wollen, kann ich einige Fragen auf später verschieben«, sagte sie. »Aber wir haben schon eine Woche verloren. Der Gerichtsmediziner sagt, dass Ihr Vater vermutlich letzte Woche Mittwoch oder Donnerstag gestorben ist. Da wir keine Ahnung haben, wer es getan hat oder was hinter der Tat steckt, müssen wir uns ein Bild davon machen, wer Wiljam Åkesson war. Wir müssen wissen, mit wem er verkehrte, was seine Gewohnheiten waren, wer etwas gegen ihn hatte, alles. Sie gehören zu den Menschen, die uns weiterhelfen können.«

»Er traf sich mit jedermann«, sagte Annelie Björk. »Er war der einflussreichste Mann von Västerås und hatte seine Finger in allem, was in der Gemeinde geschah. Feinde hatte er eine ganze Menge, schließlich war er Politiker. Aber wir leben ja in Schweden. Ein Liberaler erschießt keinen Sozialdemokraten. Was soll ich Ihnen also sagen?«

Sie schaute gedankenverloren aus dem Fenster.

»Ich möchte, dass Sie mir etwas von seinem Privatleben erzählen«, sagte Elina.

Annelie Björk drehte sich zu Elina um. Eine Weile schwieg sie. Sie wirkte angespannt.

»Er und meine Mutter haben sich vor fünfundzwanzig Jahren scheiden lassen. Keiner von beiden hat wieder geheiratet. Vermutlich hat er seitdem Frauen gehabt – aber das weiß ich nicht und will es auch gar nicht wissen.«

»Hat er nach der Scheidung den Kontakt zu Ihnen und Ihrer Schwester aufrecht erhalten?«

»Selbstverständlich. Ich war damals fünfzehn und Elisabeth zwölf. Wir waren oft bei ihm. Unsere Mutter hat uns keine Steine in den Weg gelegt.«

Steine?, dachte Elina. Es muss eine schmerzhafte Scheidung gewesen sein.

»Und danach, wie viel Kontakt hatten Sie da?«

»Warum fragen Sie das? Was hat das mit der Sache zu tun?«

»Wie gesagt, ich versuche mir ein genaueres Bild von Wiljam Åkesson zu machen. Und da sich die Person, die ihn umgebracht hat, in seinem privaten Umfeld befinden könnte, sind Sie eine der wenigen, die mir vielleicht helfen können, dieses Umfeld zu erschließen.«

»Kommen Sie immer so direkt zur Sache, wenn Sie die Angehörigen eines Menschen treffen, der gerade ermordet aufgefunden wurde?«

»Sie wirken auf mich wie jemand, der direkte Fragen bevorzugt«, sagte Elina, ohne Annelie Björks Blick auszuweichen.

»Privates Umfeld! Ist Ihnen klar, dass Sie da auch von mir sprechen?«

Elina Wiik nahm ein Notizbuch hervor.

»Ja, das ist mir klar. Wollen wir anfangen?«

Als Elina in ihr Dienstzimmer zurückkehrte, gab sie ihre Notizen in den Computer ein. Sie verfügte nun über eine lange Liste mit Namen von privaten Bekannten, Politikern und Beamten, mit denen Wiljam Åkesson häufig verkehrt hatte. Daraus ergab sich das Bild eines Mannes, der viele Beziehungen, aber wenige Freunde gehabt hatte. Annelie Björks Bericht hatte den Eindruck bestätigt, den sie bereits in Åkessons Haus gehabt hatte. Wenn Ragnar Sundstedt sein bester Freund gewesen war, dann mutete das ziemlich traurig an. Sundstedt hatte dem mächtigen Åkesson Unterwürfigkeit und Bewunderung entgegengebracht, aber keine Wärme. Und in dem Haus fehlte jede Spur einer anderen menschlichen Gegenwart.

Feindschaften, die es in Wiljam Åkessons Umfeld gab, resultierten aus kommunalen Streitfragen. Nach Aussage von Annelie Björk hatte Åkesson während seiner langen politischen Karriere, die in den fünfziger Jahren begonnen hatte, einer ganzen Reihe von Leuten auf die Füße getreten. Aber sie hatte nicht eine einzige Person nennen können, die sich mit Rachegedanken getragen haben könnte.

Annelie Björk war am Mittwochabend vergangener Woche alleine zu Hause gewesen. Ihr Mann Marcus war die ganze Woche verreist. Kinder hatten sie keine. Ein Alibi fehlte.

Elina lehnte sich auf dem Stuhl zurück und überlegte, welchen Eindruck Annelie Björk bei ihr hinterlassen hatte: ein Mensch, bestrebt niemals die Kontrolle zu verlieren, sie wählte die Worte mit Bedacht und wirkte eher zurückhaltend.

Vielleicht geht es hier um nicht erwiderte Liebe zum Vater, dachte Elina. Vielleicht können die andere Tochter und die Exfrau die Unklarheiten im Gesamtbild ergänzen.

Sie beschloss etwas zu tun, was sie noch nie getan hatte. Sobald sie Gelegenheit hätte, würde sie zu ihrem Vater fahren und den Fall mit ihm diskutieren. Das war zwar gegen die Vorschriften, aber wer, wenn nicht er, konnte ihr besser erklären, wie ein führender Sozialdemokrat wie Wiljam Åkesson dachte? Ihr Vater war selbst sein ganzes Leben lang aktives Parteimitglied gewesen, länger als Åkesson, und selbst wenn er nur halb so erfolgreich in seiner politischen Karriere gewesen war, hatte er im Laufe der Jahre viele Ämter innegehabt. Vermutlich kannte er Åkesson, zumindest flüchtig. Außerdem konnten sie über die Beziehung zwischen Vater und Tochter sprechen.

»Willst du mit? Ich fahre zu Åkessons Haus, um seine Papiere durchzugehen.«

Es war John Rosén, der den Kopf zur Tür hereinsteckte.

»Gerne«, antwortete Elina. »Mit der zweiten Tochter bin ich erst am späten Nachmittag verabredet und mit der Exfrau morgen.«

John Rosén lotste sie hinaus zu seinem Wagen, einem BMW, der teuer aussah, und hielt ihr lächelnd die Tür auf.

»Danke«, sagte Elina.

Während der Fahrt erzählte sie, was Annelie Björk ausgesagt hatte.

»Schwer zu glauben, dass es sich um eine Familientragödie handelt«, bemerkte John Rosén. »Fünfundzwanzig Jahre nach der Scheidung und dann noch an dem Tag, an dem er pensioniert wird. Die Gefühle sollten seit langem abgekühlt sein.«

»Zwischen dem Mann und seiner Exfrau, ja«, stimmte Elina zu. »Aber nicht unbedingt zwischen Vater und Tochter. Da handelt es sich um eine lebenslange Beziehung. Aber ich gebe dir natürlich Recht. Ich kann mir auch nicht vorstellen, dass Annelie oder Elisabeth Björk ihren Vater in einen Teppich eingerollt und dann umgebracht haben. Aus dem einfachen Grund, weil er sich nicht hätte einrollen lassen, nicht einmal, wenn sie ihn mit einer Waffe bedroht hätten. Ich glaube, wenn ihn ein Familienmitglied bedroht hätte, hätte er versucht, ihm die Waffe abzunehmen. Dann hätte ihn womöglich ein Schuss in den Körper getroffen, aber nicht von oben in den Kopf.«

»Aber er ist erschossen worden, während er im Teppich lag«, bekräftigte Rosén. »Oberhalb der Schussverletzung fand man Pulverspuren am Teppich. Ich habe heute Morgen mit dem Labor gesprochen.«

»Wir werden sehen, was das Gespräch mit der zweiten Tochter bringt. Aber ich glaube, hier handelt es sich um etwas, das erst nach der Scheidung passierte.«

Der Polizist, der die Absperrung vor Åkessons Haus bewachte, nickte ihnen freundlich zu. Elina und John Rosén erwiderten den Gruß und betraten das Haus. Die Spurensicherung war abgeschlossen, sie konnten sich also frei bewegen.

»Wir fangen im Arbeitszimmer an«, verkündete John Rosén.

Das Zimmer war klein, hatte aber Fenster in zwei Richtungen. In einer Ecke stand ein Sessel. Unter einem der Fenster stand ein Schreibtisch aus dunklem Holz. Abgesehen von einer Unterlage mit einem Kalender des Jahres 2002, einem Stift, einem grauen Telefon und einer weißen Lampe war der Schreibtisch leer. Elina wunderte sich, dass es keinen Computer gab. Sie nahm ihr Notizbuch hervor und schrieb hinein: ›Hatte er einen PC – gestohlen?‹ und ›Åkessons E-Post bei der Kommune überprüfen‹.

An einer Wand standen zwei Bücherregale. Das eine

war voll gestellt mit etwas, das nach Fachliteratur und politischen Schriften aussah. In dem anderen standen Zeitschriftenordner. Elina zog einen davon heraus. Auf dem Rücken stand »Protokolle«.

»Besprechung der Gemeindeverwaltung vom 11. Januar 2002«, las sie laut. »Wie aufregend!«

»Wir konzentrieren uns auf das, was privaten Charakter hat«, sagte John Rosén. »Bankauszüge, Briefe, und so weiter. Alles andere sehen wir später durch.«

Er zog die Schreibtischschubladen heraus, fand aber nur Kuverts, Stifte und andere Bürogegenstände. Ganz hinten in der obersten Schublade lag Åkessons Pass. John Rosén blätterte darin.

»Er war im letzten Jahr in den USA. Und im Februar in Estland. Wir müssen herausfinden, warum.«

Elina fand einen Zeitschriftenordner mit der Aufschrift »Finanzen«. Sie legte ihn auf den Schreibtisch und ging ihn Blatt für Blatt durch.

»Er hatte ein Konto bei der Föreningssparbank und ein Postgirokonto. Beim letzten Monatswechsel hatte er 462 917 Kronen auf seinem Sparkonto und 96 441 Kronen auf seinem Girokonto.«

Sie drehte sich zu Rosén um.

»Das ist viel für ein Girokonto. Da gibt's doch keine Zinsen. Sein Gehalt ging auf das Girokonto, nach Steuerabzug wurden ihm am 25. März 34 112 Kronen überwiesen.«

»Die Summe hat sich wahrscheinlich nach und nach durch die Gehaltsüberweisungen auf dem Konto angesammelt«, sagte John Rosén schulterzuckend. »Vielleicht hat er sich nicht viel aus Geld gemacht. Wir müssen Leute fragen, die ihn kannten.«

»Mach du hier oben weiter, dann schau ich die Schubladen in den anderen Räumen durch.«

Elina las die Aufschriften der Zeitschriftenordner,

aber keiner schien private Papiere zu enthalten. Ganz unten standen zwei Ordner mit Zeitungsausschnitten, die alle von Wiljam Åkesson handelten. Der erste Ordner begann mit einem Ausschnitt von 1972 und endete mit einem Artikel von 1982 aus der *Länstidningen*. Die Überschrift lautete: »Wiljam Åkesson neuer Gemeinderat«. Sie überprüfte den anderen Ordner. Er enthielt noch ältere Artikel, der erste datierte von 1958 und der letzte von 1972.

Warum gibt es keine neueren Ordner?, dachte Elina. Oder sind die verschwunden?

Sie sah an dem Regal hinunter und bemerkte, dass neben den beiden Ordnern eine Lücke war. Sie machte sich eine Notiz, dass sie die beiden Töchter und Ragnar Sundstedt fragen wollte. Sie begann im ältesten Ordner zu blättern. Der erste Ausschnitt war vergilbt und stammte aus *Västmanlands Folkbladet*. Die Überschrift lautete: »Die Jusos mobilisieren für die Kommunalwahl«. Auf einem Bild standen Wiljam Åkesson und drei andere junge Männer neben einem Tisch mit Broschüren. Åkesson wurde in dem Artikel zitiert: »Diesmal werden wir unser bestes Wahlergebnis erzielen«.

Darauf folgten weitere drei Artikel von 1959, alle aus dem *Folkbladet*. Im letzten wurde Åkessons Name in einer Aufzählung der Namen des neuen Juso-Vorstandes von Västmanland erwähnt.

Von 1960 gab es keine Ausschnitte. Aber 1961 tauchte Wiljam Åkesson wieder in den Zeitungsspalten auf. Er hatte sich, gerade von einer Konferenz junger Politiker in Norwegen zurückgekehrt, als Vorsitzender der Jusos in Västmanland über die Bedeutung internationaler Zusammenarbeit innerhalb der Arbeiterbewegung geäußert.

Elina blätterte weiter, blieb aber rasch an einem Ausschnitt hängen, der sich von den anderen unterschied, da er nicht aus einer Zeitung in Västmanland stammte. Er war aus dem *Norrländska Socialdemokraten* vom Februar 1962. »Entwicklung wird von Zusammenarbeit unterstützt«, verkündete die Überschrift, die noch den Untertitel trug: »Sozialdemokraten in Luleå debattierten mit Wirtschaftsvertretern«. Auf einem Foto saßen acht Personen auf dem Podium, vor sich Gläser und einige Mikrofone, aber nur der Vorsitzende der Diskussionsrunde wurde namentlich genannt. Elina erkannte den jungen Wiljam Åkesson, der der Kamera am nächsten saß. Im Text wurde er nicht erwähnt.

Warum war ausgerechnet er in Luleå?, dachte Elina und machte eine weitere Notiz in ihrem Block.

Sie studierte die Gesichter auf dem Foto.

Wer waren die Vertreter der Wirtschaft und wer die der Arbeiter, dachte sie.

Im Herbst 1962 war Åkesson offenbar zurück in Västerås, denn auf einem Ausschnitt aus dem *Folkbladet* war er auf einem Gruppenbild zu sehen. »Sozialdemokraten stellen fünf neue Gemeinderatsmitglieder«, stand unter dem Foto. Im Artikel wurde erwähnt, dass er das jüngste Gemeinderatsmitglied sei, erst fünfundzwanzig Jahre alt. Der Autor des Artikels bezeichnete ihn als »Mann mit Zukunft«.

Aus dem Spätherbst gab es einen Artikel, in dem sich Åkesson während der Kuba-Krise gegen die Zuspitzung durch die Sowjets aussprach.

Elina blätterte weiter. Fast alle Ausschnitte handelten von Anträgen, die Åkesson gestellt hatte, von Äußerungen, die er gemacht hatte oder von neuen Aufgaben, die ihm übertragen worden waren. Erst auf dem vorletzten Blatt fand sie einen Artikel, der vom Thema abwich. Er war von 1972. Auf einem Bild stand Åkesson neben Birgitta Dahl. Der Text handelte von ihr, der Vorsitzenden des »Schwedischen Komitees für Vietnam, Laos und Kambodscha«, die auf einer öffentlichen Veranstaltung in Västerås eine Rede gehalten hatte. Åkesson wurde als Mitglied des Gemeinderates und Vorsitzender des Komitees der Sektion Västmanland erwähnt.

Der andere Ordner war eine Art Resümee von Åkessons weiterer politischer Karriere, die in seiner Ernennung zum Gemeinderat 1982 gipfelte. Die Zeitungsfotos ließen eine große Anzahl politischer Vertreter der Kommune der vergangenen zwanzig Jahre Revue passieren. Elina kannte nicht einen Einzigen, lediglich einige Namen.

Die Ordner würde sie mit ins Präsidium nehmen und genau prüfen. Sie ging ins Erdgeschoss und fand John Rosén in einem Sessel im Wohnzimmer.

»Es gibt auffallend wenig persönliche Sachen«, sagte er. »Der Mann war fünfundsechzig Jahre alt! Aber auf einer Ablage in der Garderobe hab ich dies hier gefunden.«

Vor sich hatte er einen Schuhkarton mit Fotos. Elina setzte sich neben ihn und nahm den Stapel, den John Rosén schon durchgesehen hatte.

»Das ist Annelie Björk«, stellte sie fest und zeigte auf ein Bild, das, den Kleidern nach zu urteilen, Anfang der siebziger Jahre aufgenommen worden war. »Ich erkenne sie, obwohl sie hier nicht älter als zehn sein kann. Das Mädchen neben ihr ist sicher ihre Schwester Elisabeth. Sie sind drei Jahre auseinander und dieses Mädchen ist wohl ungefähr sieben.«

»Sie sehen sich ähnlich, das wird wohl stimmen.«

Auf den meisten Fotos waren die Töchter als Kinder zu sehen; auf mehreren Bildern war noch eine Frau dabei. Elina nahm an, dass es die Mutter der Kinder war, Wiljam Åkessons geschiedene Ehefrau. Auf einigen Aufnahmen war er selber mit den Kindern abgebildet.

Keins der Fotos schien nach der Scheidung aufgenommen worden zu sein.

Auf mehreren Bildern war Åkesson bei politischen Anlässen zu sehen: Åkesson auf Besprechungen; Åkesson bei Verabschiedungen oder Einweihungen; Åkesson am Rednerpult.

Elina musterte jedes Bild genau, um möglicherweise etwas Auffallendes zu entdecken. Lange betrachtete sie ein Foto, das Wiljam Åkesson auf einer Demonstration zeigte. Er trug ein Plakat, das gegen die Kriegsführung der USA in Vietnam protestierte. Elina vermutete, dass es aus derselben Zeit stammte wie der Zeitungsausschnitt über Birgitta Dahls Besuch in Västerås 1972. Auch wenn sie sich Åkesson kaum als Vietnamdemonstranten vorstellen konnte, fand sie keine verborgene Information auf dem Foto.

Ganz zuunterst lag ein Foto, das sich von den anderen unterschied. Es wirkte älter. Auf dem Bild hatte Wiljam Åkesson eine Zigarre im Mund. Er schien um die fünfundzwanzig zu sein. Neben ihm saß ein lächelnder, ziemlich korpulenter Mann, der vielleicht acht Jahre älter war. Sie saßen auf einer Couch, hinter ihnen hing ein Gemälde; sie schienen sich in einem Wohnzimmer zu befinden.

Elina drehte das Foto um. Auf der Rückseite stand ein völlig verblasster Text. Er schien mit Bleistift geschrieben zu sein. Sie versuchte ihn zu entziffern. Aber das Einzige, was sich noch erkennen ließ, war ein Schnörkel, den Elina als die Zahl 5 deutete; vielleicht war es aber auch ein S. Sie drehte das Bild wieder um.

»Möchte gern wissen, wer das ist«, sagte sie und zeigte auf den Mann neben Åkesson.

»Wer auch immer das sein mag, in jedem Fall ist es lange her«, sagte John Rosén. »Wir nehmen die Fotos mit. Hast du was gefunden?«

»Abgesehen von den Kontoauszügen gab es nur zwei Ordner mit Zeitungsausschnitten, die mich interessieren. Die möchte ich auch mitnehmen. Den Rest müssen wir wohl später sichten.«

Sie betrachtete wieder das Bild von Åkesson und dem korpulenten, lächelnden Mann.

Fast alle Bilder dokumentieren sein Familienleben oder seine politischen Aktivitäten, dachte sie. Keine Fotos von Freunden oder Reisen. Nur ein einziges Bild, das von allen anderen abweicht.

7

Die Frau, die Elina öffnete, roch nach Fusel. Instinktiv wich sie einen Schritt zurück.

»Ich heiße Elina Wiik und bin von der Polizei in Västerås«, sagte sie und streckte ihre Hand aus. »Sie müssen Elisabeth Åkesson sein.«

»Ja, das bin ich. Kommen sie herein.«

Elina betrat den Vorraum. Auf dem Fußboden lagen Frauenschuhe verstreut. Eine Jacke war von ihrem Bügel gerutscht und lag in der Ecke. Elisabeth Åkesson führte Elina in die Küche und zündete sich dort sofort eine Zigarette an. Elina setzte sich an den Tisch. Der Geruch eines überquellenden Aschenbechers stieg ihr unangenehm in die Nase.

»Entschuldigen Sie«, sagte Elisabeth Åkesson und fuhr sich mit der Hand durchs Haar. »Ich hab ein wenig getrunken. Das tue ich sonst nicht, aber ich bin so traurig über den Tod meines Vaters. Und er ist auf so schreckliche Weise gestorben. Wie ist es passiert? Wer hat das getan?»

Sie ging nervös in der Küche auf und ab.

Elina musterte sie. Sie wirkte bedeutend älter als ihre Schwester, obwohl sie drei Jahre jünger war, und trug Jeans und ein Top.

»Mein Beileid«, sagte Elina. »Man kann sich kaum einen grausameren Tod vorstellen. Aber jetzt brauche ich Ihre Hilfe, um den Täter zu finden. Würden Sie sich bitte setzen?«

Elisabeth Åkesson ging zum Vorratsschrank, holte eine Flasche Wodka heraus und stellte sie auf den Tisch. Elina streckte rasch die Hand aus und griff nach der Flasche. Ohne den Blick von Elisabeth Åkesson zu wenden, stellte sie die Flasche auf den Fußboden neben das rechte Stuhlbein.

»Was machen Sie da?«, protestierte Elisabeth Åkesson. »Wollen Sie mir das Trinken verbieten?«

»Das können Sie später tun. Nicht jetzt.«

Die Frau setzte sich und begann zu weinen.

»Ich halte das nicht aus, ich halte es einfach nicht aus.«

Elina wartete schweigend. Elisabeth Åkesson beruhigte sich schneller als erwartet. Sie stand auf, putzte sich die Nase und zündete sich eine neue Zigarette an.

»Entschuldigung«, sagte sie schniefend. »Bitte, entschuldigen Sie. Ich bin im Moment so labil. Ich bin gar nicht mehr ich selber.«

»Nur wenige Menschen würden in einer solchen Situation die Fassung bewahren. Vielleicht wird es ein wenig leichter, wenn wir über ihn sprechen?«

»Was wollen Sie wissen?«

»Wie war er als Vater?«

»Was meinen Sie?«

Es klang eher wie eine Anklage als eine Frage. Eine Anklage gegen Wiljam Åkesson.

»Ich weiß es nicht«, sagte Elina. »War er dominant?«

»Er versuchte über mein Leben zu bestimmen. Erst hat er uns verlassen, dann wollte er alles bestimmen. Bei Annelie hat er es geschafft, aber nicht bei mir. Haben

Sie sie schon getroffen? Sie ist so perfekt. Es war sein Wunsch, dass sie Diplombetriebswirtin wird. Und das ist sie geworden. Er wollte, dass sie bei ABB arbeitet. Das tut sie. Er hat ihr sogar vorgeschrieben, wen sie heiraten soll. Diese rote Socke, diesen Kerl mit dem sie zusammen ist. Für mich hatte er nicht so große Pläne. Ich war nur die unbedeutende Kleine. Ich sollte Sekretärin oder Buchhalterin oder irgend so was Langweiliges werden. Aber ich hab mich geweigert. Da hat er wohl gedacht, dass aus mir nichts werden würde, und hat den Kontakt zu mir abgebrochen. Außer, wenn er manchmal ...«

Sie brach mitten im Satz ab.

»Manchmal was?«, hakte Elina nach.

»Sie verstehen schon, Sie sind ja Polizistin. Ich trinke zu viel. Ich habe wenig Selbstbewusstsein, auch wenn man das vor Fremden nicht gern zugibt. Er ist hin und wieder hergekommen, hat meine Wohnung durchsucht und alle Flaschen ausgeleert, die er fand. Er besaß einen eigenen Schlüssel und hat nicht mal geklingelt. Und dann hielt er mir Standpauken. Dass ich aufhören soll zu trinken und so weiter. Statt mich einfach zu akzeptieren, wie ich bin. Das wäre viel besser gewesen als sein ständiges Gemecker.«

»Wann haben Sie ihn das letzte Mal getroffen?«

»Ich erinnere mich nicht genau. Vielleicht vor etwas mehr als einem Monat.«

»Und was haben Sie am Mittwoch vergangener Woche gemacht?«

»Keine Ahnung. Ich war wohl zu Hause. Oder in irgendeinem Pub. Warum fragen Sie danach?«

»Versuchen Sie sich zu erinnern. Haben Sie Mittwochabend jemanden getroffen?«

»Ich weiß ja nicht mal, wo ich war. Wie soll ich dann wissen, ob ich jemanden getroffen habe? Ich treffe immer Leute.«

Elina erhob sich. Sie brachte es nicht über sich, die Flasche wieder auf den Tisch zu stellen.

»Vielen Dank für das Gespräch. Ich muss jetzt gehen.«

»Ich dachte, Sie wollten mit mir über meinen Vater sprechen.«

»Vielleicht ein anderes Mal. Auf Wiedersehen.«

Vor der Haustür holte Elina tief Luft und trat auf die Straße. Sie drehte sich zum Küchenfenster um. Elisabeth Åkesson war nicht zu sehen.

Henrik Svalberg parkte das Auto vor Wiljam Åkessons Haus, direkt vor der Absperrung. Es war fünf Uhr nachmittags, es war Donnerstag und er hatte warten wollen, bis die Leute von der Arbeit nach Hause kamen.

»Wir arbeiten uns vom Haus systematisch vor«, sagte er zu Jan Niklasson, der neben ihm stand. »Oder was meinst du?«

»Klingt vernünftig«, meinte Niklasson. »Nimm du die linke Straßenseite, dann fang ich mit der rechten an. Uns bleibt wohl nichts anderes übrig, als die ganze Gegend abzuklappern.«

Jan Niklasson war der ältere und erfahrenere von beiden, außerdem war er Kriminalinspektor. Svalberg hatte sich um denselben Posten beworben wie Elina und musste nun weiter als Kriminalassistent ausharren. Svalberg gehörte jedoch zum Ermittlungsteam, während Niklasson nur am Anfang dabei sein sollte. Beide taten also, als würde Svalberg die Tür-zu-Tür-Befragung leiten.

Svalberg ging zu dem Haus, das gegenüber von Åkessons lag. Es war ein großes gelbes Holzhaus und er betrachtete eine Weile die Fassade. Sein Blick bekam etwas Träumerisches. So ein Haus würde er sich niemals leisten können, nicht einmal, wenn er die ersehnte Stelle bekäme.

Ein Audi und ein kleiner Volkswagen standen in der Auffahrt. Svalberg ging zur Haustür und klingelte. Eine Frau in Jeans öffnete; sie war blond und ungeschminkt. Er hielt ihr seinen Ausweis hin.

»Entschuldigen Sie, wenn ich störe«, sagte Svalberg und stellte sich vor. »Ich ermittle in dem Mord an Ihrem Nachbarn. Haben Sie möglicherweise etwas beobachtet, was uns weiterhelfen könnte?«

»Vielleicht«, sagte die Frau. »Aber wie soll ich wissen, was Ihnen bei den Ermittlungen helfen könnte? Vielleicht stellen Sie lieber konkrete Fragen.«

Svalberg schwieg verlegen.

»Ich bin Journalistin«, fuhr sie fort. »Allgemeine Fragen ziehen in der Regel wenig aussagekräftige Antworten nach sich. So meine ich das. Aber kommen Sie herein, dann werden wir weitersehen. Ich heiße Agnes Khaled. Mein Mann ist Palästinenser, falls Sie sich über den Nachnamen wundern.«

Svalberg zog seine Schuhe im Vorraum aus und wurde in die Küche geführt, wo sie ihm einen Stuhl anbot.

»Möchten Sie eine Tasse Kaffee?«, fragte sie.

»Ja, gerne«, erwiderte Svalberg. »Sagen Sie mir, wann Sie Åkesson das letzte Mal gesehen haben.«

Zu seinem Erstaunen lachte sie.

Er rutschte nervös auf dem Stuhl herum. Er war es nicht gewohnt, dass Zeugen sich über seine Verhörtechnik lustig machten.

»Ich habe ihn an demselben Abend gesehen, an dem er ermordet wurde«, sagte sie dann lässig.

»Und wann genau?«, fragte Svalberg. Er versuchte seine Verwunderung darüber zu verbergen, dass sie ihrer Sache so sicher war, was den Mordabend anging.

»Es war Viertel vor sechs. An dem Abend ist er gleichzeitig mit mir nach Hause gekommen. Wir haben einander gegrüßt. Wir kennen uns ... kannten einander.

Freundschaftlich als Nachbarn, beruflich in unseren jeweiligen Funktionen – als Journalistin und Politiker. Åkesson akzeptierte es, dass ich ihm als Journalistin häufig insistierende Fragen stellte. Hinterher war er nie sauer auf mich.«

»Und freundschaftlich? Bedeutet das, dass Sie ihn gut kannten?«

»Darf ich Ihnen einen Rat geben? Ich meine, unter Profis?«

Svalberg sah sie leicht verwirrt an.

»Formulieren Sie diese Frage neu«, fuhr sie fort. »Formulieren Sie es doch so: ›Wie gut kannten Sie ihn?‹ Dann bin ich gezwungen, das Niveau unserer freundschaftlichen Beziehung mit eigenen Worten zu definieren. Wenn man wie Sie eben fragt, ob ich ihn gut kannte, riskieren Sie, dass Sie nur ein Ja oder ein Nein als Antwort erhalten. Aber was verrät Ihnen das eigentlich? Was bedeutet es, jemanden ›gut‹ zu kennen. Offene Fragen! Das ist elementare Interviewtechnik. Oder Verhörtechnik, wenn man Polizist ist.«

»Darf ich Ihnen meinerseits einen Rat geben«, sagte Svalberg nun mit erhobener Stimme. »Bleiben Sie bei der Sache. Wenn Sie das tun, verspreche ich Ihnen, dass ich versuchen werde, offene Fragen zu stellen.«

Sie goss Kaffee ein.

»Zucker, Milch?«

»Schwarz«, sagte Svalberg knapp.

»Okay. Wir kannten uns wie Nachbarn, die Distanz zueinander wahren. Grüßten uns und redeten manchmal übers Wetter. Dann wieder kam es vor, dass etwas in der Politik geschah, über das ich Informationen von ihm wollte. Oder er wollte mit mir über etwas diskutieren, was ich geschrieben hatte. Übrigens haben wir uns immer nur draußen unterhalten. Ich habe nie sein Haus betreten und er ist nie bei mir gewesen.«

»Und woher wissen Sie, dass Sie ihn gerade am Mordabend gesehen haben?«

»Ich muss zugeben, dass ich mir nicht ganz sicher bin. Aber ich habe darüber nachgedacht und versuche zu analysieren, was ich gesehen habe.«

»Das möchte ich gern hören«, sagte Svalberg in dem Bemühen, wieder die Oberhand zu gewinnen. »Aber unterscheiden Sie bitte zwischen dem, was Sie wirklich gesehen haben und den Schlussfolgerungen, die Sie daraus ziehen.«

Agnes Khaled lächelte.

»Vielleicht habe ich Sie unterschätzt. Ich werde versuchen, mich daran zu halten. Aber die Dinge hängen zusammen. Er kam also um viertel vor sechs nach Hause. Das weiß ich mit Sicherheit. Nicht auf die Minute, aber fast. Gewöhnlich machte er noch einen Spaziergang, wenn das Wetter nicht zu schlecht war. Den ganzen Abend blieb sein Auto in der Auffahrt stehen. Wie Sie sehen, kann ich von meiner Küche aus auf sein Haus blicken, und hier habe ich mich fast die ganze Zeit aufgehalten. Er hat weder drinnen Licht gemacht, noch hat er die Außenbeleuchtung eingeschaltet.«

»Das Letzte müssen Sie mir erklären.«

»Åkesson hielt es wie die meisten von uns hier. Er machte im Haus und draußen Licht an, wenn er wegging. Um vorzutäuschen, dass jemand zu Hause ist. Wegen möglicher Einbrecher. Und wenn er zu Hause war, ließ er auch überall Licht brennen. Draußen, damit es ein wenig gemütlicher wirkte, nehme ich an. Drinnen, weil man Licht braucht, wenn es draußen dunkel ist. Mit anderen Worten, bei ihm brannte abends immer Licht. Aber nicht an diesem Abend. Und es blieb dunkel, bis Sie kamen. Meine Schlussfolgerung ist also einfach: Er wurde ermordet, bevor es einen Grund oder eine Gelegenheit gab, das Licht anzuknipsen.«

»Und wann wäre das?«

Sie zuckte mit den Schultern.

»Als es anfing zu dämmern natürlich. Spätestens gegen halb acht.«

»Also wurde er zwischen Viertel vor sechs und halb acht ermordet? Ist das Ihre Folgerung?«

»Wenn es nicht durch die Obduktion widerlegt wird, ist es gut geraten.«

»Er hat nicht viel Zeit gehabt, sein Leben als Pensionär zu genießen«, sagte Svalberg düster. »War an dem Abend jemand bei Ihnen hier im Haus? Ihr Mann?«

»Der war verreist. Ich war allein.«

»Haben Sie einen Schuss gehört?«

»Nein. Darüber habe ich erst hinterher nachgedacht, als ich las, dass er erschossen worden ist. Aber ich habe nichts gehört.«

»Dann habe ich nur noch eine Frage an Sie. Haben Sie jemanden gesehen? Sie verstehen bestimmt, was ich meine.«

»Den Mörder? Auch darüber habe ich nachgedacht. Hier fahren ja Autos vorbei und Leute sind unterwegs aus allen möglichen Gründen. Da ist es schwer zu erraten, ob etwas nicht in Ordnung ist. Ich habe jedenfalls nichts Auffälliges bemerkt. Auf Åkessons Grundstück habe ich auch niemanden gesehen, daran würde ich mich erinnern. In diesem Punkt kann ich Ihnen leider nicht helfen.«

8

Zu Beginn der Woche hatte Olavi Andersson das Haus nur verlassen, um etwas zu essen zu kaufen. Die Schlafprobleme und die Angst, jemandem zu begegnen, den er kannte, und die Angst vor all jenen, die er nicht kannte, hielten ihn drinnen fest. Einige Male hatte jemand an die Wohnungstür geklopft, und einmal war er im Zweifel gewesen, ob er es sich nur eingebildet hatte. Er hatte nicht geöffnet.

Aber als er am Freitagmorgen erwachte, fühlte er sich ausgeruht. Es war seit seinem großen Dämmerzustand die erste Nacht, die er durchgeschlafen hatte, und das ohne Alpträume. Er stand sofort auf, ging ins Badezimmer und stellte sich unter die Dusche. Danach nahm er eine Plastiktüte und steckte Bierdosen und Flaschen hinein. Essensreste und Kippen warf er in eine andere Tüte. Er wusch ab und saugte Staub. Dann tat er etwas, das früher nur seine Mutter getan hatte. Er putzte die Fenster.

Plötzlich begann er zu weinen. Die Erinnerung an seine Mutter, die vor drei Monaten gestorben war, überkam ihn.

Schließlich duschte er ein zweites Mal, rasierte sich und zog die sauberste Kleidung an, die er hatte. Die

Wahl fiel ihm nicht schwer, da er nur zwei Hosen und drei Hemden besaß.

Er musterte sich im Flurspiegel.

»Ein Wunder, dass du noch lebst, Olavi«, sagte er laut zu seinem Spiegelbild.

Er setzte sich aufs Bett und biss in die Fingerknöchel seiner linken Hand.

Es ist wie üblich, dachte er. Aktivitätsparanoia. Ich bin nicht gesund, nur weil ich mich gut fühle. Aber diesmal soll es anders laufen. Ich bin den schweren Weg gegangen und habe es geschafft. Diesmal geht es um mehr als um mein eigenes jämmerliches Leben.

Er reckte sich nach seiner zweiten, ziemlich schmutzigen Hose und angelte seine Geldbörse aus der Gesäßtasche. Sie enthielt nur ein paar Zettel. Er grub in den anderen Taschen und fand zwei Ein-Kronen-Münzen.

Jetzt ist es Zeit hinauszugehen, dachte er.

Er band seine Schnürsenkel. Schon fünfzig Meter von der Haustür entfernt traf er den Ersten.

»Olli, wo hast du gesteckt? Mann, ich bin diese Woche mindestens zwei Mal bei dir oben gewesen. Komm, wir gehen einen trinken. Du hast doch was im Haus, ich hab grad nichts mehr.«

»Ich hab alles weggekippt«, erwiderte Olavi.

»Du machst wohl Witze, du Spaßvogel. Fast muss ich lachen. Na, komm schon.«

»Hast du nicht gehört, was ich gesagt hab? Ich hatte noch zwei Liter im Kanister vom Chemiker. Die hab ich weggekippt. Du musst schon durch den Abfluss schwimmen, wenn du sie haben willst, aber dann musst du dich beeilen.«

»War das Zeug nicht in Ordnung oder was?«

»Es war genauso sauber wie immer. Deswegen hab ich es weggekippt. Ich muss jetzt gehen. Komm nie wieder zu mir.«

Olavi Andersson wollte gehen, spürte aber sofort darauf eine Faust im Nacken.

»Glaub bloß nicht, dass du so leicht davonkommst, du Scheißkerl. Weißt du, was du mir schuldig bist?«

Er ging weiter, bekam jedoch einen weiteren Schlag, diesmal in den Rücken. Langsam drehte er sich um, machte einen Schritt nach vorn und sah seinem Gegner in die Augen.

»Okay. Dann klären wir das jetzt. Du kriegst einen Freistoß. Wenn ich dann noch aufrecht stehen kann, krieg ich einen Freistoß. Wenn du die Bedingungen ablehnst, wirst du dich für alle Zeit von mir fern halten.«

Der Mann starrte ihn mit aufgerissenen Augen an.

»Du bist ja total durchgeknallt! Geh zum Teufel.«

Er machte mehrere Schritte rückwärts, bevor er sich umdrehte und endgültig verschwand. Olavi Andersson folgte ihm mit den Augen, um sicher zu sein, dass er nicht noch einen Schlag von hinten bekam. Schließlich setzte er sich in Richtung Stadt in Bewegung. Er erwog, den Bus zu nehmen, doch dann fiel ihm ein, dass er mit seinem Geld gerade mal eine Haltestelle weit fahren konnte.

Beim Sozialamt waren fünf Hilfsbedürftige vor ihm. Als er an die Reihe kam, wurde er in ein Zimmer im Erdgeschoss verwiesen, an eine Frau, die er auf vierzig schätzte.

»Wir hatten wohl noch nicht miteinander zu tun«, sagte sie. »Ich heiße Karin Nilsson und bin neu im Büro.«

»Olavi Andersson. Ich brauche Ihre Hilfe.«

»Sonst wären Sie wohl nicht gekommen. Geht es um Geld für Essen?«

»Mehr als das«, sagte Olavi Andersson. »Aber es stimmt, im Augenblick brauche ich auch Geld für Essen.«

Karin Nilsson setzte sich hinter den Schreibtisch und schob die Papiere beiseite, die darauf lagen.

»Mehr als das«, sagte sie. »Mehr Geld oder was meinen Sie damit?«

»Haben Sie ein wenig Zeit?«

»Ich habe zehn Minuten für jeden Klienten. Aber nach Ihnen habe ich Pause und ich bin hungrig. Sie müssen mir also etwas Wichtiges mitzuteilen haben, wenn Sie mich zum Bleiben bewegen wollen.«

»Ich bin Alkoholiker.«

»Das sehe ich.«

»Aber ich habe aufgehört zu trinken.«

»Wann?«

»Vor einer Woche.«

»Alle Alkoholiker, die so lange gelebt haben wie Sie, hören zweimal im Jahr auf zu trinken. Sonst überleben sie es nicht. Aber dann fangen sie wieder von vorn an.«

»Das hat bisher auch für mich gegolten. Ich hab genauso viele Male wieder angefangen, wie ich aufgehört habe. Aber diesmal ist es anders.«

»Das sagen alle, denen ich begegne. Eine Woche trocken sein ist nicht viel. Warum also, sollte ich Ihnen glauben?«

»Ich brauche Geld, damit ich mir die Haare schneiden lassen und neue Kleidung kaufen kann. Sonst geht es nicht.«

Karin Nilsson sah ihn an. Er wich ihrem Blick nicht aus. Mehr als zwei Minuten saßen sie schweigend da.

»Gut«, sagte sie schließlich. »Sie bekommen etwas fürs Essen, Haareschneiden und für neue Kleidung. Dann kommen Sie morgen Punkt zwölf wieder und zeigen mir, wie Sie aussehen.«

»Das werde ich tun.«

Er bekam mehr, als er erwartet hatte. Es würde für

eine anständige Hose, zwei Hemden, eine Herbstjacke und ein Paar Schuhe reichen. Er überlegte, ob Karin Nilsson wirklich berechtigt war, ihm so viel zu geben.

Im ersten Frisiersalon weigerte man sich, ihn einzulassen und erst recht, ihm die Haare zu schneiden.

»Mein Geld ist genauso gut wie Ihres«, sagte Olavi Andersson ruhig und drängte sich hinein. »Ich setze mich jetzt auf den Stuhl da und bleibe sitzen, bis Sie fertig sind.«

Bei Hennes & Mauritz wollte man ihn daran hindern, die Hose anzuprobieren.

»Das macht nichts«, sagte Olavi Andersson. »Nehmen Sie Maß, dann kauf ich sie, ohne sie anzuprobieren. Aber wenn ich bezahlt habe, will ich mich in einer Kabine umziehen. Dann können Sie an der Kabine ein Schild mit der Aufschrift ›Hier kehrte Olavi Andersson aus der Hölle zurück‹ anbringen.«

Es war fast drei Uhr, als er mit allem fertig war. Er ging wieder zum Sozialamt.

»Ich heiße Olavi Andersson«, sagte er. »Bitten Sie Karin Nilsson herzukommen und mich anzuschauen. Sie wird wissen, um was es geht.«

Eine Minute später war Karin Nilsson da. Sie musterte ihn, sagte aber nichts.

»Morgen kann ich nicht kommen«, sagte er. »Ich hab was Dringendes zu erledigen.«

»Brauchen Sie in der nächsten Zeit Unterstützung von unserer Suchthilfestelle?«

»Danke, aber ich komme allein zurecht.«

»Viel Glück. Sie wissen, wo Sie mich finden«, sagte Karin Nilsson und kehrte in ihr Zimmer zurück.

Wieder in seiner Wohnung angekommen, aß er etwas und trank viel Wasser dazu. Als er fertig war, wusch er sofort ab. Danach zog er einen Karton unterm Bett hervor. Er stellte ihn auf den Tisch und begann darin zu wühlen. Ein Silberlöffel, zwei kupferne Kerzenhalter, ein hübsch gehäkeltes Deckchen. Sachen, die seine Mutter einen Monat vor ihrem Tod für ihn zurückgelegt hatte.

Er hielt den Silberlöffel in der Hand, in den sein Name und sein Geburtsdatum eingraviert waren. Er legte den Löffel zurück und zog ein Bündel Kuverts hervor, das in dem Deckchen steckte. Er drehte es um und betrachtete das unterste Kuvert, zog den Brief jedoch nicht heraus. Das war nicht nötig, er hatte ihn schon viele Male gelesen.

Dann schlug er das Bündel wieder in das Deckchen ein und schob den Karton zurück unters Bett.

9

Es war Samstagmorgen, aber für das Ermittlungsteam gab es kein erholsames Wochenende. Da der Mörder mehr als eine Woche Vorsprung hatte und konkrete Hinweise fehlten, hatten sie viel Arbeit vor sich. Außerdem saßen ihnen ständig die Medien im Nacken. Oskar Kärnlund verbrachte die Hälfte seiner Arbeitszeit damit, die Fragen der Journalisten abzuwehren. Mangels Einzelheiten über den Mord hatten Zeitungen, Radio und Fernsehen Wiljam Åkessons Hintergrund ausführlich beleuchtet. Die Abendzeitungen brachten fantasievolle Spekulationen, die anonymen Quellen entsprangen. Einer der Artikel handelte davon, wie rigoros Wiljam Åkesson die sozialen Ausgaben der Gemeinde beschnitten hatte; es folgten Mutmaßungen, dass es sich um einen Racheakt von jemandem handelte, der in diesen Wahlzeiten die Minimierung der existenzerhaltenden Sozialbeiträge anprangern wollte. Ministerpräsident Göran Persson sprach von der steigenden Kriminalität im Land. Mehrere Artikel beschäftigten sich mit Elina Wiik und berichteten, auf welch ungewöhnliche Art sie ihren letzten Mordfall gelöst hatte.

Elina bemerkte, dass sich manchmal Leute auf der Straße nach ihr umdrehten. Das gefiel ihr nicht.

Um elf wollte sich das Team im Präsidium versammeln. Elina war schon um halb sieben auf; sie hatte beschlossen, jeden Morgen eine lange Trainingsrunde zu laufen. Dass sie Karate beherrschte, hatte ihr einmal das Leben gerettet, und sie wollte ihre Kondition auf keinen Fall verlieren. Auch betrachtete sie ihren schwarzen Gürtel als Herausforderung.

Vor der Besprechung wollte sie sich überdies auf einen schnellen Imbiss mit Susanne, ihrer besten Freundin, treffen. Äußerlich waren sie sehr gegensätzlich, wesensmäßig einander jedoch sehr ähnlich. Susanne war Rechtsanwältin und Mutter von Elinas Patenkind Emilie.

Kurz vor zehn betrat Elina »Brogården« an der Storagatan. Sie bestellte einen Cappuccino und ein Schinkenbrot mit Senf. Sie hatte sich gerade gesetzt, als auch schon Susanne hereinkam, das blonde Haar zu einem unordentlichen Knoten aufgesteckt.

»Die Prinzessin der Medien«, sagte sie mit einem aufgesetzten Lächeln.

»Du hast ja keine Ahnung, wie schwer es ist, sich die Autogrammjäger vom Leib zu halten«, antwortete Elina.

»Du bist hübsch auf den Fotos. Besonders auf dem in *Expressen*, wo du unter der Absperrung hindurchgehst. Dein Hinterteil kommt dabei sehr gut zur Geltung.«

»Na wunderbar«, sagte Elina mit einer Grimasse.

Susanne nahm einen Kaffee und setzte sich ihr gegenüber. Sie hatten die Ecke des Lokals allein für sich.

»Erzähl mal«, sagte Susanne. »Alle reden von dem Mord. Jeder in der Kanzlei macht sich Hoffnung, den Mörder vor Gericht verteidigen zu dürfen. Ich werde es bestimmt nicht tun, du kannst mir also alles erzählen, was du weißt. Über meine Lippen wird nichts kommen.«

Sie kniff zur Demonstration den Mund zusammen, lächelte und beugte sich vor.

»Ich wünschte, ich hätte was zu erzählen«, sagte Elina. »Aber es gibt fast nichts. Wir haben nicht die geringste Spur, wenn ich ehrlich sein soll. Wir verhören Leute in seiner Umgebung, es scheint jedoch nirgendwohin zu führen.«

»Gar nichts?«

»Nein ... aber da ist etwas, das mir nicht aus dem Kopf geht. Ein Detail, das eigentlich gar nicht besonders auffällig ist.«

»Wieder die viel beschriebene Wiiksche Intuition?«

»Ja, vielleicht. Vermutlich ist es nichts, aber wir haben bei Åkesson ein altes Foto gefunden. Darauf sitzt er zusammen mit einem anderen jungen Mann auf einer Couch. Nichts Besonderes, vergleichbare Bilder findet man wahrscheinlich bei jedermann.«

»Aber?«

»Es war das einzige Foto aus seinen jungen Jahren, abgesehen von Bildern der Familie. Es wich von einem Muster ab, falls du verstehst, was ich meine. Ich frage mich, warum er ausgerechnet das aufbewahrt hat.«

»Vielleicht ist es einfach nur liegen geblieben.«

»Trotzdem frage ich mich, warum es nicht mehr Bilder dieser Art gibt? Mir kommt es wie eine bewusste Entscheidung vor, ausgerechnet das zu behalten.«

»Weißt du, wer der andere Mann auf dem Bild ist?«

»Nein, aber ich bin heute Nachmittag mit Åkessons Exfrau verabredet. Ich werde sie fragen. Vielleicht weiß sie es.«

»Aber warum sollte das Foto mit dem Mord zu tun haben?«

»Bislang habe ich dafür keinerlei Erklärung. John Rosén glaubt, dass der Mord mit der jüngsten Vergangenheit Åkessons zusammenhängt. Vermutlich hat er Recht.«

»Gut aussehend, dieser John Rosén«, sagte Susanne, »den Bildern nach zu urteilen.«

»Er ist jedenfalls der charmanteste Mann bei der Polizei«, sagte Elina. »Aber die Konkurrenz ist auch nicht besonders groß.«

»Wie alt ist er? Ist er verheiratet?«

»Um die fünfundvierzig, vermute ich. Ich habe keine Ahnung, ob er verheiratet ist. Jedenfalls trägt er keinen Ring.«

»Das ist dir also aufgefallen?«

Elina lachte.

»So was sieht jeder Single. Das weißt du doch.«

»Und sonst? Du weißt, was ich meine.«

»Martin schickt mir immer noch Mails. Ich antworte nicht. Mit anderen Worten, alles wie gehabt. Und wie geht es meinem kleinen Liebling?«

»Emilie ist einfach wunderbar. Ständig lernt sie was dazu und kann nicht aufhören zu plappern, wenn sie ein neues Wort gelernt hat. Johan ist hin und weg von ihr.«

»Du hast es gut«, sagte Elina seufzend.

Eine halbe Stunde später und nach zwei Tassen Kaffee erhob sich Elina.

»Susanne, ich muss gehen. Unser Ermittlungsteam hat um elf eine Besprechung und ich will mich noch etwas vorbereiten. Wir treffen uns doch bald wieder, ja?«

Erik Enquist war schon da, als Elina den Raum betrat. Er nickte leicht, sagte aber keinen Ton. Sie wusste nicht viel mehr von ihm, als dass er verheiratet war und in einem eigenen Haus in Hallstahammar wohnte.

Während sie auf die anderen warteten, musterte sie ihren Kollegen verstohlen. Würde er ihr zufällig auf der Straße begegnen, würde sie ihn wohl kaum wahrnehmen. Ergrauende kurze Haare, hängende Schultern, mittlere Größe. Vielleicht um die vierzig. Ein Mann aus dem västmanländischen Bergwerksmilieu, ein Polizist, der niemals die Stimme erhob und die Leute dennoch dazu brachte, ihm zuzuhören.

Als Rosén und Svalberg eintrafen, verteilte er vier Seiten Computerausdrucke.

»Ich habe versucht, uns einen Überblick über Åkessons politische Karriere zu verschaffen, so detailliert, wie es in dieser kurzen Zeit möglich war. Die Liste basiert auf Aussagen mehrerer Politiker und auf Zeitungsartikeln. Das File liegt in meinem PC, ich schlage also vor, dass wir die Zusammenstellung nach und nach ergänzen. Ich denke, falls der Mord einen politischen Hintergrund hat, ist es gut, sich rasch informieren zu können, was Åkesson wo und wann getan hat.«

»Könntest du uns eine kurze Zusammenfassung geben?«, fragte John Rosén.

»Ja. Er hat, bis er 1982 Gemeinderat wurde, steil Karriere gemacht. Er hätte weiterkommen können. Viele haben versucht ihn zu überreden, in den Reichstag zu gehen; aber er wollte nicht.«

»Warum nicht?«, fragte John Rosén.

»Die meisten, mit denen ich gesprochen habe, meinten, er sei nicht interessiert gewesen. Er wollte lieber die Nummer eins in einer Kommune sein als die Nummer hundert auf staatspolitischer Ebene. Fast alle, die ich gefragt habe, haben dasselbe ausgesagt. Ein Mann ...«

Enquist blätterte in seinem Notizblock.

»... er heißt Karl-Axel Svensson, ein Sozialdemokrat, der im Gemeinderat sitzt, sagte aus, Åkesson habe ihm einmal im Vertrauen erzählt, er rechne nicht damit, es in der Staatspolitik besonders weit zu bringen.«

»Hat er auch gesagt, warum Åkesson das glaubte?«, fragte Elina. »Göran Persson hat ja auch als Gemeinderat in einer bedeutend kleineren Stadt als Västerås begonnen. Hätte Åkesson keine entsprechende Karriere machen können?«

»Das ist ja das Interessante«, sagte Enquist. »Karl-Axel Svensson hat ihm wohl genau dieselbe Frage gestellt – natürlich ohne den Vergleich mit Göran Persson zu ziehen. Es war vor der Wahl 1988. Svensson hat sich an die Antwort erinnert.«

»Und?«

»Ingvar Carlsson, der damals Parteivorsitzender war, hatte ihn gebeten, mit der Kandidatur bis zur nächsten Wahl zu warten, also bis 1991. Åkesson wollte nicht erklären, warum. Aber Karl-Axel Svensson hat daraus die Schlussfolgerung gezogen, dass Åkesson seine Chancen für einen Aufstieg als gering betrachtete, solange Ingvar Carlsson Parteivorsitzender sein würde. Und dass er dann zu alt war, als Göran Persson den Vorsitz übernahm.«

»Wir werden wohl Ingvar Carlsson befragen müssen«, sagte John Rosén. »Machst du das, Erik?«

Erik Enquist nickte. Elina beugte sich zu ihm vor.

»Du hast gesagt, dass er bis 1982 eine steile Karriere gemacht hat. Bedeutet das auch, dass er Västerås sein ganzes Leben lang treu geblieben ist?«

»Im Großen und Ganzen ja. Ich will euch von seinem Hintergrund erzählen. Er wurde hier geboren, hat als Kind in der Emausgatan gewohnt, sein Vater war zunächst Landarbeiter und wurde dann Postangestellter. Die Mutter war Hausfrau, arbeitete aber später beim Konsum. Er begann als Fünfzehnjähriger bei Asea in der Mimerverkstaden zu arbeiten. Das war 1952. Im Jahr davor war er den Jusos beigetreten. Er wurde im Metallverein gewerkschaftlich aktiv und man vertraute ihm sehr schnell Ämter an, obwohl er noch so jung war. In den siebziger Jahren machte er Karriere bei der Gewerkschaft Metall. Auch in die Kommunalpolitik ist er frühzeitig eingestiegen, im Gemeinderat war er seit 1962 tätig.«

»Vierzig Jahre Gemeinderat«, sagte Henrik Svalberg. »Man kann nicht behaupten, er hätte keine Ausdauer gehabt.«

»Und er wurde von allen Lagern respektiert. Auch wenn er wegen der Einsparungsmaßnahmen in den neunziger Jahren ziemlich viel Gegenwind bekam.«

»Deswegen ist es ein wenig verwunderlich, dass Ingvar Carlsson seinen Weg in den Reichstag bremste«, sagte John Rosén.

»Aber du hast meine Frage nicht beantwortet, Erik«, mischte Elina sich ein. »War Åkesson ohne Unterbrechung in Västerås tätig?«

Enquist blätterte in seinem Computerausdruck.

»Fast. Im ersten Halbjahr 1962 war er Ombudsmann der Jusos in Luleå. Es war eine Vertretung, deswegen blieb er wohl nur so kurz.«

»Das erklärt den Artikel in seiner Ausschnittsammlung«, stellte Elina fest.

»Und außerdem war er mit einer internationalen Aufgabe betraut. Er war Mitglied in der Delegation einer schwedischen Entwicklungshilfeorganisation, die sich um den Wiederaufbau Vietnams nach dem Krieg kümmerte. 1976 und 1977 war er mehrere Male dort. Und einmal bereits 1972.«

Er sah von seinen Papieren auf.

»Der Krieg wurde 1975 beendet«, fügte er hinzu.

»Er war im Schwedischen Komitee für Vietnam«, sagte John Rosén. »Hatten die Besuche auch etwas damit zu tun?«

»Ja«, sagte Enquist. »Er war mehrere Jahre lang Mitglied im Vorstand des Komitees, hauptsächlich in den siebziger Jahren. Ich habe mich darüber informiert, was für eine Art Organisation das war. Die Sozialdemokraten wollten sich nicht an der FNL beteiligen, deshalb haben sie sich dieser Organisation angeschlossen. Die war allerdings schon in den fünfziger Jahren gegründet worden; eine wichtige Leitfigur war seinerzeit Gunnar Myrdal – falls ihr euch an ihn erinnert.«

»Na klar«, sagte John Rosén leise.

»Åkesson hat auch einige staatliche Aufgaben erfüllt«, fuhr Erik Enquist fort. »Aber die scheint er von zu Hause aus erledigt zu haben, also von Västerås aus – abgesehen natürlich von den Besprechungen in Stockholm.«

»Eine typische sozialdemokratische Karriere, oder was meinst du, Erik?«

»Er war wie die Politiker, die ich in Hallstammar kenne«, sagte Enquist. «Nur einflussreicher.«

»Nichts, was von dem Bild abweicht oder stört?«

»Nein, nichts. Möglicherweise nur die Tatsache, dass seine staatspolitischen Ambitionen gebremst wurden, wenn er überhaupt welche hatte. Aber das braucht nichts zu bedeuten.«

»Hast du sonst noch etwas herausbekommen?«

»Åkesson war offensichtlich ein hohes Tier in der Kommunalpolitik. Lebte nur für seinen Beruf. Und war den Aussagen nach äußerst engagiert. Er scheint kaum andere Interessen gehabt zu haben. Mit einer Ausnahme.«

»Welcher?«

»Er sang in einem Chor namens ›Die Singvögel‹ Bass. Alle wussten, dass man dienstagabends keine Besprechungen ansetzen durfte, denn da hatten die ›Singvögel‹ Probe und die wollte Åkesson auf keinen Fall versäumen.«

»Gibt es Vögel, die im Bass singen?«, fragte Svalberg.

Niemand fühlte sich genötigt zu antworten.

»Was machen wir jetzt?«, fragte Elina.

»Wir reden mit mehr Leuten«, sagte John Rosén. »Graben tiefer. Stellen noch mehr Fragen nach dem Privatleben. Überprüfen jedes Papier.«

»Könntest du alle an seinem Arbeitsplatz gespeicherten Mails lesen, Henrik?«, bat Elina. »Ich bin in einer Stunde mit Kristina Åkesson verabredet, seiner Exfrau.«

Kristina Åkesson schien im gleichen Alter zu sein wie ihr Exmann. Sie hatte feine Züge und war in Würde gealtert, fand Elina. Sie saßen in der Küche, was Elina von Vorteil schien. Die Küche war weniger formell als das vornehme Wohnzimmer. Ein Ort, an dem es sich leichter reden ließ.

»Ich bin nicht verbittert«, sagte Kristina Åkesson. »Aber die Scheidung war seinerzeit schwer für mich. Ich habe mindestens sechs Jahre gebraucht, um darüber hinwegzukommen, und dann auch nicht wieder geheiratet, hatte jedoch einen festen Freund – also nach den ersten sechs Jahren.«

»Entschuldigen Sie bitte die indiskrete Frage, aber warum haben Sie nicht wieder geheiratet?«, fragte Elina.

»Ich wollte nicht und ich möchte es auch jetzt nicht. Wiljam war mein Mann. Sven ist mein Lebensgefährte.«

»Ihre Töchter«, sagte Elina, kam aber nicht weiter, da sie schon unterbrochen wurde.

»Keine von den beiden ist mit dem Verlust des Vaters fertig geworden. Ich meine den Verlust damals, nach der Scheidung. Aber sie haben ganz unterschiedlich reagiert. Haben Sie sie getroffen?«

»Ja.«

»Annelie hat ihr ganzes Leben versucht, seine Erwartungen zu erfüllen, ohne zu verstehen, warum. Auf diese Weise wollte sie ihn zurückerobern. So interpretiere ich das jedenfalls. Elisabeth ist untergegangen. Nichts hat geholfen. Ich habe alles versucht.«

»Hat er denn in all den Jahren keinen Kontakt zu den beiden gehabt?«

»Schon, aber nur zu seinen Bedingungen. Er war ja immer beschäftigt.«

»Und Sie? Sie scheinen mit der Situation besser zurechtgekommen zu sein. Wie haben Sie das geschafft?«

»Ich war älter als die Mädchen, als es geschah. Schließlich bin ich ihre Mutter. Es war reiner Überlebensinstinkt. Allein mit zwei Kindern. Welche Wahl hatte ich denn?«

Elina betrachtete die Frau, die ihr gegenübersaß.

»Wäre es denkbar, dass sie …«

»Nein, bestimmt nicht. Glauben Sie, Elisabeth könnte so etwas tun? Sie ist Alkoholikerin. Annelie führt ein geordnetes Leben. Auch wenn sie unglücklich ist. Nein.«

»Wer dann? Ich bitte Sie nachzudenken. Wer hatte einen Grund, Ihren Mann zu töten? Gibt es ein Ereignis in seinem Leben, das einen solchen großen Hass, einen solchen Rachegedanken auslösen konnte?«

»Ziehen Sie nicht zu rasche Schlussfolgerungen? Woher wissen Sie, dass es um Hass geht? Vielleicht steckt ein politisches Motiv dahinter. Oder ein wirtschaftliches. Menschen werden doch aus verschiedenen Gründen umgebracht. Jedenfalls in den Krimis, die ich lese.«

Elina wurde rot.

»Ja, Sie haben Recht. Ich habe keine Ahnung, welches Motiv zugrunde liegen könnte. Aber haben Sie irgendeine Idee, die uns helfen könnte, den oder die Täter zu finden?«

Kristina Åkesson stand auf und holte zwei Kaffeetassen. Sie lächelte, als sie sich wieder setzte.

»Mit Ihrer Beharrlichkeit erinnern Sie mich an die erwachsene Tochter, die ich mir immer gewünscht habe.

Entschuldigen Sie, dass ich so persönlich werde. Aber Ihre Frage kann ich, fürchte ich, nicht beantworten. Wiljam und ich haben uns vor fünfundzwanzig Jahren scheiden lassen. Seitdem habe ich seinen Lebensweg nur aus der Ferne verfolgt oder anhand dessen, was ich von Annelie und Elisabeth hörte. Und vorher, nein … mir fällt überhaupt nichts ein. Sollte ich mich doch an etwas erinnern, dann lasse ich von mir hören, das verspreche ich Ihnen. Ich werde nachdenken.«

»Sie haben nicht wieder geheiratet, Wiljam auch nicht. Wissen Sie etwas über sein Privatleben nach der Scheidung?«

»Sehr wenig. In der ersten Zeit, solange die Mädchen an den Wochenenden bei ihm waren, hatte er keine andere Frau. Ich habe ihn mit verschiedenen Frauen in der Stadt gesehen, aber ich weiß nicht, welcher Art ihr Verhältnis zu ihm war.«

»Dann habe ich nur noch zwei Fragen. Die eine muss ich routinemäßig stellen. Da Sie Krimis lesen, verstehen Sie das sicher. Was haben Sie am Mittwoch letzter Woche am Abend und in der Nacht gemacht?«

»Ich war zu Hause, mit Sven, wir haben ferngesehen. Ich kann Ihnen die Sendung nennen, die wir uns angeschaut haben, wenn Sie wollen. Dann sind wir zu Bett gegangen. Ich habe geschlafen und bin am nächsten Morgen um sechs aufgestanden.«

»Die andere Frage gilt diesem Foto«, sagte Elina und zog das Bild von Wiljam und dem unbekannten Mann hervor. »Wissen Sie, wo und wann es aufgenommen wurde und wer neben Ihrem geschiedenen Mann sitzt?«

Sie reichte Kristina Åkesson das Foto, die es aufmerksam betrachtete.

»Nein«, sagte sie. »Ich habe keine Ahnung. Diesen Mann habe ich noch nie gesehen.«

10

Elina hatte eine CD mit »The Best of Nina Simone« in den Player ihres Autos gesteckt und sang das ganze lange »Sinnerman« mit. Die E 18 nach Stockholm war fast leer. Sie musste den Tempomat einschalten, um nicht zu schnell zu fahren.

Botwid Wiik stand im Garten, als sie in die Auffahrt vor dem Reihenhaus in Märsta einbog. Elina winkte ihm zu und stieg aus dem Auto.

»Hallo, mein großer Liebling«, sagte er, als sie ihn umarmte. »Mama hat einen Apfelkuchen gebacken. Hast du schon meinen neuen Schotterplatz gesehen? Anstelle von Rasen. Das habe ich Derek Jarman abgeguckt.«

»Hallo, kleiner Papa«, sagte Elina.

Normalerweise klang in Elinas Sprache nie das singende Österbottnische des Vaters mit. Aber jedes Mal, wenn sie ihn sprechen hörte, war es, als kehrte sie in ihre Kindheit zurück, und sie bemerkte, wie sie automatisch in den Tonfall ihres Vaters verfiel. Er führte sie in seinem bepflanzten Gärtchen herum, das größer war als die der anderen Häuser, da es das Endhaus war. Der Garten hatte sich verändert, aber das war jedes Mal der Fall, wenn sie ihn sah.

»Guck mal, hier«, sagte ihr Vater und zeigte auf eine

Steinanordnung. »Die hab ich aus den Schären geholt. Sind sie nicht schön?«

»Ja, sehr schön, zumindest schön rund.«

»Und das sind meine neuen Madonnalilien«, sagte er und zeigte auf einige weiße Blüten mit gelben Staubgefäßen.

»Elina«, rief Maria Wiik aus, als sie das Haus betrat. »Wie schön, dass du gekommen bist. Papa und ich sind so stolz auf dich. Was da alles über dich in den Zeitungen gestanden hat! Und im Fernsehen bist du auch gewesen. Die Nachbarn haben nach dir gefragt. Alle haben dich gesehen.«

»Hallo, Mama. Das ist alles ein bisschen anstrengend. Ich bin doch nur eine gewöhnliche Polizistin.«

»Seit neuestem doch wohl Kriminalinspektorin«, entgegnete Maria Wiik. »Es ist wunderbar, dass du so viel Erfolg hast! Aber die Sache mit Åkesson ist schrecklich.«

»Ich bin tatsächlich auch ein wenig aus Dienstgründen hier. Ich möchte dich über deine Partei ausfragen, Papa.«

Nach dem Kaffee und dem Apfelkuchen am gusseisernen Gartentisch kümmerte sich die Mutter um den Abwasch. Elina und ihr Vater blieben sitzen.

»Nun, was möchtest du wissen?«

»Ich möchte wissen, was einen Menschen wie Wiljam Åkesson angetrieben hat. Wie es kam, dass er eine so starke Position in einer Kommune wie Västerås einnehmen konnte. Und wie die Leute um ihn herum auf seine Macht reagierten.«

»Das sind schwierige Fragen. Als ich jung war und in die Partei eintrat, wollte ich die Gesellschaft verändern und sie gerechter machen. Ich nehme an, Åkesson hat genauso gedacht. Er war doch auch ein Arbeiterjunge, oder?«

»Ja.«

»Wir hatten eine Aufgabe im Leben. Und die Partei wurde unser Zuhause. Wir haben uns getroffen, wir verstanden einander. Wir gehörten zur selben Kaste, falls du den tieferen Sinn des Wortes verstehst.«

Botwid Wiik legte den Arm um seine Tochter.

»Du fragst wie ein Mann bei uns in eine Spitzenposition gelangt? Ich bin so alt, dass ich es schon viele Male erlebt habe. In allererster Linie muss man den richtigen Hintergrund haben und immer loyal gegenüber der Partei sein. Dann gehört man zu einer höheren Schicht innerhalb derselben Kaste.«

»Einer Art Oberkaste?«

Er lachte.

»Da war Åkesson nicht allein. In Västerås muss es ein Dutzend Parteigenossen aus derselben Generation geben, die wie Åkesson sind. Loyal, aus dem Arbeitermilieu stammend und in eine Partei hineingeboren, oder wenigstens schon seit jungen Jahren dabei. Was später den Ausschlag für die Tragweite des Einflusses gibt. Åkesson hat es geschafft, sich aus den Schwächeren seiner Schicht eine Machtbasis aufzubauen.«

»Aus den Schwächeren, wie meinst du das?«

»Das ist wie in allen Organisationen. Nur einer kann an die Spitze gelangen. Die anderen bestimmen, wen sie unterstützen. Wenn sie sich richtig entscheiden, werden sie mit nach oben gezogen, in höhere Positionen. All das trat immer stärker in den Vordergrund, je mehr sich Politik und Gewerkschaftsarbeit von ideeller Arbeit entfernten und zu einem Beruf wurden.«

Er ließ Elina los.

»Und natürlich war Åkesson ein verdammt geschickter Kerl. Man muss natürlich auch gut sein, um so weit zu kommen.«

»Dieser Lebensstil, von dem du erzählt hast, die Partei über allem. Wie wirkt sich das aufs Familienleben aus? Wird es davon beeinflusst?«

»Nur insofern, als dass man der Politik viel Zeit widmet. Sonst sind wir Sozialdemokraten vermutlich nicht anders als andere Ehemänner und Eltern. Bestenfalls gibt man seine Vorstellung von Solidarität an seine Kinder weiter. Und das ist mir doch ganz gut gelungen, oder?«

»Klar, Papa. Aber Åkesson hat sich scheiden lassen und hat seine Töchter bis zu seinem Tod beherrscht.«

»Das hatte wohl mit seiner Persönlichkeit zu tun. Im privaten wie im öffentlichen Leben war er vermutlich gleich.«

»Und Feinde?«

»Ich weiß von keinen. Natürlich hatte er politische Gegner, innerhalb und außerhalb der Partei; etwas anderes wäre auch schwer vorstellbar. Aber einen Feind muss er wohl doch gehabt haben. Sonst wäre der Mann ja heute noch am Leben.«

»Im ersten Halbjahr 1962 war er in Luleå, als Ombudsmann der Jusos. Damals hast du doch auch dort gelebt.«

»Stimmt, aber an ihn erinnere ich mich nicht mehr. Wollen wir zu Mama hineingehen? Sie möchte sicher auch noch ein bisschen mit dir reden.«

Botwid Wiik drehte sich um und ging aufs Haus zu. Elina schaute ihm nach.

»Papa?«, sagte sie.

»Komm jetzt«, sagte er. »Mama wartet.«

Für den Rest des Vormittags redeten sie von etwas anderem. Elinas Mutter wollte alles wissen, was in der letzten Zeit passiert war, und fragte auch nach Susannes Tochter Emilie. Elina war klar, dass die Fragen nach Emilie eigentlich ihrer Sehnsucht nach einem eigenen Enkelkind entsprangen. Bevor sie ging, versprach sie wiederzukommen, sobald die Arbeit es erlaubte.

Als Elina auf die E 4 einbog, beschloss sie spontan, statt direkt nach Västerås zurückzukehren, in die Stadt zu fahren. Es war Sonntag und passables Wetter, sie konnte sich ein paar freie Stunden gönnen. Einen Spaziergang durch Djurgården und ein Essen in einem Gartenrestaurant.

Einen Moment lang erwog sie umzukehren und die Eltern zu fragen, ob sie mitwollten. Aber ausnahmsweise hatte sie keine Lust. Nach dem Besuch im Reihenhaus erfüllte sie ein vages Gefühl der Unruhe.

Bilde ich mir etwas ein?, dachte sie. Oder hat Papa vor der Frage nach Luleå gekniffen?

Sie wunderte sich, dass sie immer noch so leicht nach Norrmalm fand, und fuhr über die Djurgårdsbrücke, ohne sich ein einziges Mal zu verfahren. Sie hatte Glück: keine Schlange vor dem Parkplatz am Galärsvarvsvägen.

Der Hunger meldete sich und sie beschloss, erst zu essen und hinterher einen Spaziergang zu machen. Kurz vor Gröna Lund fand sie ein sympathisches, kleines Restaurant. Auf der grün gestrichenen Veranda mit zirka zwanzig Tischen saßen Familien mit Kindern, die Würstchen aßen, und Erwachsene, die Bier tranken.

Elina bestellte ein Fischgericht und ein leichtes Bier. Plötzlich begann an einem Tisch schräg hinter ihr eine Frau zu schreien.

»Dann fahr doch und bums sie, du verdammter Idiot!«

Elina drehte sich um und sah ein Paar, beide etwa Mitte dreißig, das vor einer beträchtlichen Anzahl Bierdosen saß. Alle anderen Gäste schauten ebenfalls zu ihnen hinüber. Als die Frau mit gleicher Lautstärke und einer Wortwahl, die an Vulgarität kaum zu übertreffen war, weiterschrie, erwog Elina aufzustehen und zu gehen. Aber sie hatte ihr Essen bereits bestellt und hoffte, dem Personal würde es gelingen, der grotesken Vorstellung ein Ende zu bereiten. Und tatsächlich näherte sich eine junge Bedienung und bat das Paar, auf die anderen Gäste Rücksicht zu nehmen, bekam aber nur ein »Halt's Maul« entgegengeschleudert, woraufhin die Frau weiter auf den Mann einschimpfte, der bisher geschwiegen hatte.

Elina seufzte und hatte ein Déjà-vue-Erlebnis: Sie erinnerte sich an ein Ereignis vom vorigen Jahr, als sie eine Schlägerei in einem Restaurant in Västerås beendet hatte. Sie beschloss, diesmal nicht einzugreifen. Aber als der Mann schließlich doch anfing zurückzubrüllen und zwei Familien mit kleinen Kindern die Situation als so unangenehm empfanden, dass sie ihre Sprösslinge nahmen und das Restaurant verließen, wurde es Elina zu viel.

Kann man nicht einmal ungestört einen kleinen Imbiss einnehmen?, dachte sie wütend und ging zu dem Paar hinüber.

»Dies ist ein Ort für die Allgemeinheit. Wie wäre es, wenn Sie die Diskussion über Ihr Zusammenleben woanders fortsetzten und uns in Ruhe essen ließen?«

Als Antwort spuckte die Frau nur wenige Zentimeter vor Elinas Fuß auf den Boden. Der Mann tat es ihr gleich: Er drehte sich langsam um und spie Elina mitten auf den Bauch.

Elina schaute erstaunt auf den tropfenden Speichel an ihrer Kleidung.

»Jetzt wissen wir, dass Sie auch sabbern können«, sagte sie. »Wirklich beachtlich. Jetzt bezahlen Sie für Ihr Besäufnis und dann verschwinden Sie!«

Der Mann erhob sich so heftig, dass sein Stuhl umfiel, und machte einen Schritt auf Elina zu. Sie zuckte zurück, als er ihr einen ausgestreckten Mittelfinger vors Gesicht hielt. Elina wich noch einen Schritt zurück und holte mit der Rechten aus. Bevor der Mann auch nur blinzeln konnte, schloss sich ihre Hand um seinen Finger, dann bog sie ihm den ganzen Arm zur Seite. Er hatte große Mühe, nicht umzufallen.

»Aua, Scheiße!«, schrie er, starrte auf seine Hand und begann zu stöhnen.

»Was zum Teufel haben Sie getan! Sind Sie verrückt?«

Elina trat zur Seite, damit er sich nicht auf sie stürzen konnte. Aber ihr wurde schnell klar, dass er nicht mehr besonders kampflustig war. Sein Mittelfinger sah ziemlich verbogen aus.

»Sie hat mir den Finger gebrochen!«, brüllte der Mann.

Die Frau stürmte auf sie zu, blieb aber sofort stehen, als sie Elinas Blick begegnete. Das Risiko weiterer Knochenbrüche schien ihr wohl doch zu groß. Stattdessen sprudelten Schimpfwörter aus ihr heraus, die Elina nicht mehr gehört hatte, seit sie freitagabends als Polizistin durch Västerås' Zentrum patrouilliert war.

»Ich zeig dich an, du verdammte Idiotin«, wimmerte der Mann.

Elina versuchte zu ihrer normalen Atmung zurückzufinden. Sie steckte rasch die Hand in ihre Umhängetasche und holte eine Visitenkarte hervor.

»Tun Sie das ruhig«, sagte sie knapp und gab ihm ihre Karte.

»Die verdammte Fotze ist auch noch Polizistin!«, ächzte der Mann. »Das werden Sie büßen. Das ist Körperverletzung.«

»Komm jetzt, Kurre«, sagte die Frau und führte den Mann aus dem Restaurant. »Die werden wir anzeigen.«

Elina vergewisserte sich, dass die beiden Geld auf dem Tisch hinterlassen hatten. Dann drehte sie sich zur

Kellnerin um, die stumm mitten auf der Veranda mit Elinas Fischgericht dastand.

»Ich glaube, ich geh jetzt«, sagte sie. »Der Appetit ist mir vergangen. Aber ich werde bezahlen, was ich bestellt habe.«

»Kommt gar nicht infrage«, erwiderte die Kellnerin. »Ich danke Ihnen.«

Die Wut über das Verhalten des Paares ließ Elina während der ganzen Autofahrt durch die Stadt nicht los. Aber auch auf sich selbst war sie wütend. Ein gebrochener Finger konnte das Ende ihrer Karriere bedeuten.

Wenn der mich anzeigt, hat das eine interne Ermittlung zur Folge, dachte sie, vielleicht sogar einen Prozess wegen Körperverletzung.

Kurz vor Västerås musste sie sich entscheiden, entweder nach Hause oder zum Polizeipräsidium zu fahren. Trotz des Unbehagens, das sie nach den Ereignissen im Restaurant ergriffen hatte, zwang sie sich, an die Ermittlung zu denken.

Ich gehe eine Weile hinauf und denke nach, beschloss sie.

Der Korridor war leer. Sie wusste, dass zumindest John Rosén am Nachmittag arbeiten würde, obwohl es Sonntag war, nahm jedoch an, dass er unterwegs war. Sie schloss ihre Tür auf und stellte ihren Computer an. John Rosén hatte ihr eine E-Mail hinterlassen.

»Wir haben nichts herausbekommen«, schrieb er. »Niemand hat die geringste Ahnung, wer hinter dem Mord stecken könnte, oder kann sich einen Grund vorstellen. Erik hat bis jetzt mit zwölf Personen gesprochen.«

Sie nahm die Ordner mit den Zeitungsausschnitten hervor und schlug die Seite mit dem Artikel über die Debatte in Luleå auf. Der Text war ziemlich kurz und enthielt nichts anderes als eine Zusammenfassung des

Gesagten. Was die Rationalisierungen im Arbeitsleben anging, waren sich die Teilnehmer über die Bedeutung einer Zusammenarbeit einig. Die Sozialdemokraten hatten jedoch betont, wie wichtig es sei, das Personal nicht freizustellen; stattdessen sollten die Rationalisierungen dazu genutzt werden, die Produktion so zu erweitern, dass neue Arbeitsplätze geschaffen werden konnten.

Sie musterte jede einzelne der acht abgebildeten Personen genau. Das Foto war von schräg rechts aufgenommen worden. Wiljam Åkesson saß der Kamera am nächsten. Auch die drei Männer hinter ihm waren deutlich zu erkennen. Aber dann wurden die Gesichter kleiner und undeutlicher. Die Person am anderen Ende des Tisches würde man kaum identifizieren können; außerdem war sie nur halb im Profil zu sehen, da sie von dem Mann vor ihr verdeckt wurde. Eine Sekunde lang meinte sie eine Ähnlichkeit mit ihrem Vater zu entdecken, verwarf dann aber diesen Gedanken sofort wieder. Auch der Mann davor kam ihr bekannt vor. Aber die Konturen waren undeutlich.

Elina hob den Telefonhörer und rief bei der Spurensicherung an. Erkki Määttä meldete sich.

»Hallo, du hast also heute Dienst«, sagte Elina. »Kannst du mir vielleicht eine Lupe leihen? Oder ein Vergrößerungsglas?«

»Natürlich, Sherlock«, antwortete Erkki. »Ich hab beides. Du musst dir nur abholen, was du brauchst.«

Mit dem Vergrößerungsglas vor Augen betrachtete sie wenige Minuten später den vorletzten Mann in der Reihe. Das Bild war so körnig, dass sie die Rasterpunkte zählen konnte. Plötzlich straffte sie den Rücken, drehte sich um, schloss die Jalousietür des Schrankes hinter sich auf, nahm das oberste Foto aus der Schublade und musterte es lange. Dann sah sie sich wieder den Mann auf dem Zeitungsbild an.

Elina griff nach dem Telefon.

»Hier ist Kriminalinspektorin Elina Wiik«, sagte sie. »Entschuldigen Sie, dass ich Sie am Sonntag störe. Aber ich habe eine kurze Frage. Haben Sie, als Wiljam 1962 in Luleå arbeitete, auch dort gewohnt?«

»Nein«, antwortete Kristina Åkesson. »Ich erwartete damals Annelie und zog es vor, in Västerås zu bleiben, wo auch meine Eltern lebten. Wiljam kam oft her und wir wussten, dass es nur den Frühling über dauern würde. Es handelte sich ja nur um eine Vertretung.«

»Vielen Dank für die Auskunft«, sagte Elina, drückte die Gabel herunter und tippte eine neue Telefonnummer ein.

»Wo bist du, John? Hier ist Elina.«

»In meinem Zimmer«, antwortete John Rosén. »Ich bin vor zwei Minuten gekommen. Und wo steckst du?«

»Quer über den Korridor. Kannst du mal zu mir kommen?«

Gleich darauf klopfte er an ihre Tür und wartete ihr »Herein« ab, bevor er eintrat.

»Ich möchte gern wissen, was du hiervon hältst«, sagte Elina. »Schau dir bitte zuerst den Mann neben Åkesson auf diesem Bild an.«

Sie reichte ihm das Foto mit den beiden Männern auf der Couch. John Rosén setzte seine Brille auf und betrachtete es schweigend. Dann gab er es Elina zurück.

»Und jetzt sieh dir die acht Männer auf dem Zeitungsfoto an. Wir tun mal so, als handle es sich um eine Zeugengegenüberstellung. Erkennst du den Unbekannten unter denen hier?«

John Rosén stützte über dem Ordner den Kopf in die Hände. Nach einer Weile griff er nach dem Vergrößerungsglas.

»Der Vorletzte«, sagte er. »Ich bin nicht sicher, aber sie sehen sich ähnlich.«

»Das ist derselbe Mann, der auch mir aufgefallen ist.«

»Weißt du, wer das ist?«

»Nein. Ich weiß nicht mal, zu welcher Gruppe er in der Debatte gehörte – zu den Sozialdemokraten oder den Arbeitgebern.«

»Aber warum sollte das von Bedeutung sein? Das Bild von Åkesson und diesem Mann ist vielleicht bei einem geselligen Beisammensein nach der Debatte aufgenommen worden. Das würde die Situation erklären.«

Elina nahm das Foto und starrte darauf, als hoffte sie, die beiden Männer würden anfangen zu reden.

»Es wirkt so privat, findest du nicht? Sie sitzen auf einer Couch, die, soweit ich erkennen kann, in einem Privathaus steht. Und die Mienen. Irgendetwas verbindet die beiden. Jedenfalls ist das mein Eindruck.«

»Aber warum sollte das mit dem Mord zu tun haben? Das Zeitungsfoto ist vor vierzig Jahren aufgenommen worden. Das Bild, das du in der Hand hast, vermutlich auch.«

»Ausgerechnet dieses Foto hat er aufbewahrt. Das ist der einzige Grund, warum ich es interessant finde.«

John Rosén nahm ihr das Foto aus der Hand und betrachtete es erneut.

»Du hast Recht, sie strahlen eine Art Zusammengehörigkeit aus. Vielleicht sind sie Freunde. Wenn der Unbekannte Sozialdemokrat ist, ist das wohl nicht weiter verwunderlich. Aber vielleicht meinst du eine andere Art der Zusammengehörigkeit?«

»Ja ... an was denkst du?«, fragte Elina unsicher.

»An Homosexualität zum Beispiel?«

»Der Gedanke ist mir auch schon gekommen. Ich habe seine Exfrau nach dem Foto gefragt. Sie sagt, sie kennt den Mann nicht. Aber sie blieb damals in Västerås, während Åkesson in Luleå arbeitete.«

»Åkesson hat nie wieder geheiratet. Er sah nicht übel aus und war erfolgreich. Vielleicht gibt es hier ein verborgenes Motiv.«

Rosén begann in Elinas kleinem Arbeitszimmer auf und ab zu gehen.

»Ich bin dafür, dass wir eine Kopie von dem Foto machen und es an die Kollegen in Luleå schicken«, sagte er. »Die können zu Åkessons ehemaligen Parteigenossen Kontakt aufnehmen. Vielleicht weiß jemand, wer es ist.«

»Homosexualität«, sagte Elina. »Ein heikles Thema, um in seiner Umgebung danach zu fragen. Da verbreiten sich leicht Gerüchte. Und wir haben keinerlei Beweise.«

»Nein. Aber lass uns beide noch einmal in aller Ruhe über alles nachdenken. Wir haben noch nicht mal ein Indiz dafür gefunden, was zu dem Mord geführt haben könnte, nicht der geringste Hinweis in seinem politischen Umfeld, keine Feinde, keine finanziellen Gründe. Er hatte zwar ein kompliziertes Verhältnis zu seinen Töchtern, aber das war mindestens fünfundzwanzig Jahre so. Wir wissen nichts Neues darüber.«

»Ich muss die Töchter noch mal verhören. Aber es ist, wie du sagst. Wir wissen nicht, was sie plötzlich dazu gebracht haben könnte, gewalttätig zu werden.«

»Sex ist ein häufiges Mordmotiv. Homosexualität ist ein noch stärkeres Motiv, wenn es um Menschen geht, die sich nach außen heterosexuell geben und außerdem Positionen im öffentlichen Leben bekleiden.«

»Und hier in Västerås wissen wir ja, wozu Homosexualität führen kann!«

»Du denkst an den Hockeyspieler?«, fragte John und schüttelte den Kopf. »Okay, spiel mit der Idee, dass Åkesson ein Doppelleben geführt hat. Das könnte vielleicht eine so unbegreifliche Tat erklären.«

»Was machen wir?«, wiederholte Elina ihre Frage.

»Wir ziehen es in Betracht, mehr nicht, ehe wir nicht den geringsten Beweis haben. Aber ich schlage vor, dass du Ragnar Sundstedt über Åkessons Privatleben befragst, der war ja angeblich Åkessons bester Freund. Frag ihn nach Frauen, Liebesaffären, alles, wonach man sich bei einer Mordermittlung erkundigen kann, ohne anzuecken.«

»Wäre es nicht Eriks Sache, mit Sundstedt zu sprechen?«

»Enquist hat ihn schon vernommen. Ich bin der Überzeugung, dass es für Sundstedt leichter ist, sich einer Polizistin gegenüber zu öffnen, wenn es um Åkessons Liebesleben geht. Verabrede dich mit ihm, mach es bald.«

John Rosén zog sein Jackett glatt und öffnete die Tür.

»Für den Rest des Tages wollen wir uns freinehmen. Kannst du bis morgen einen Abzug von dem Foto beschaffen? Ich werde mit dem Dezernatschef in Luleå sprechen. Und jetzt wünsche ich dir einen schönen Nachmittag.«

Elina blieb noch eine Weile sitzen, nachdem John Rosén gegangen war. Sie schaute auf das Foto und suchte nach verborgenen Zeichen in dem Gesicht des unbekannten Mannes.

11

Olavi Andersson überdachte seine Alternativen. Das Sozialamt würde ihm im Augenblick wohl kaum eine weitere Zuwendung geben, nicht in dem Zustand, in dem er sich befand. Und wer würde auch nur daran denken, jemanden seines Alters einzustellen? Nicht einmal für die einfachsten Gelegenheitsarbeiten! Zu stehlen, wie er das früher getan hatte, war ihm unvorstellbar. Er wollte nicht erwischt werden und die restlichen Tage seines Lebens hinter Gittern verbringen. Sich Geld zu leihen war unmöglich. Er kannte niemanden mehr. Seine Saufkumpane waren für immer verschwunden. Andere Freunde hatte er nicht. Er überlegte, ob es noch einen Freund aus der Kindheit oder einen Schulkameraden von früher gab, der ihm helfen könnte. Ihm fiel nicht ein einziger ein.

Er war sich sicher, niemals mehr trinken zu wollen. Aber es würde noch mindestens einen Monat dauern, bevor die Sucht nach dem Alkohol erneut einsetzte. Dann würde sich zeigen, was sein Entschluss wert war. Wenn er wieder abstürzte, war es vorbei.

»Geh kein Risiko ein, Olavi«, sagte er laut.

Ich muss diesen Monat richtig nutzen, dachte er dann. Woher bekomme ich Geld? Woher?

Plötzlich stand er auf und schlug die Hände zusammen. Er machte zwei Schritte auf den Fernseher zu und begann in den Papieren zu blättern, die darauf lagen. Bald fand er, was er suchte.

Wie konnte ich das vergessen, dachte er. Alle Hirnzellen weg, klar. Am 26. August. Vielleicht könnte er einen Vorschuss bekommen? Engelbrektsgatan 1.

Er zog sich an und ging ins Zentrum. Diesmal hatte er zwar Geld für den Bus, doch der Spaziergang würde ihm gut tun. Außerdem freute er sich zum ersten Mal seit langem über einen Sommertag. Er fand den Namen des Notars an der Tür eines gelben Steingebäudes, dessen Fassade einen neuen Anstrich nötig hatte.

»Ja?«, sagte eine Frau hinter dem Empfangstresen.

»Ich erwarte ein Erbe von meiner Mutter«, sagte Olavi Andersson. »Ich weiß nicht wie viel, und der Notar …«

Er holte den Brief des Notariats hervor.

»… Johannes Elwin, er schreibt, dass der Nachlass nicht vor dem 26. inventarisiert ist. Aber ich brauche jetzt Geld und wollte mich erkundigen, ob sich die Angelegenheit nicht beschleunigen lässt.«

»Ich frag mal nach, ob Herr Elwin da ist«, sagte die Frau. »Bitte setzen Sie sich solange.«

Nach einer halben Minute kam sie zurück.

»Er ist da und wird Sie gleich empfangen.«

Der Mann ist die Güte selbst, dachte Olavi Andersson dankbar.

Johannes Elwin erhob sich von seinem Schreibtisch und reichte Olavi Andersson die Hand.

»Wir sind uns schon mal begegnet«, sagte Elwin.

»Wirklich?« Olavi Andersson zog die Augenbrauen hoch.

»Ja, da waren Sie vermutlich nicht ganz nüchtern. Aber ich muss sagen, jetzt sehen Sie viel gesünder aus.«

»Der Tod meiner Mutter hat mich verändert. Ich habe wahrscheinlich nicht mehr viele Jahre zu leben und ich will das Beste daraus machen.«

»Sie sind mir keine Erklärung schuldig. Aber als Mitmensch muss ich sagen, dass ich mich freue. Was kann ich für Sie tun?«

»Es geht um das Erbe. Sie haben mir geschrieben, der Nachlass wird am 26. August freigegeben. Ich brauche aber jetzt schon Geld und möchte wissen, wann ich es bekommen kann. Ich versichere Ihnen, dass das Geld nicht für Alkohol draufgehen wird.«

»Wie gesagt, Sie brauchen sich nicht zu rechtfertigen. Sie sind der einzige Erbe, ganz gleich, was Sie mit dem Geld anfangen.«

Johannes Elwin setzte sich wieder hinter seinen Schreibtisch und nahm eine Mappe aus einem Korb.

»Der Nachlass ist tatsächlich bis auf einen Punkt geklärt. Ihre Mutter ist ja alt geworden und lebte von einer kleinen Rente, wie so viele andere alte Leute. Auf ihrem Konto waren nur 2.316 Kronen. Aber es ist ein wenig mehr geworden, nachdem ich den Hausrat verkauft habe, wie Sie es wünschten.«

Hab ich das?, dachte Olavi Andersson. Aber er sagte nichts.

»Das hat allerdings auch nicht viel gebracht. Die Möbel waren abgenutzt und sie besaß keine Antiquitäten. Was sie hinterlassen hat, reicht nicht einmal für die Beerdigungskosten und mein Honorar. Leider ist gar nichts übrig geblieben.«

Mist, dachte Olavi Andersson. Was soll ich jetzt machen?

»Bis auf einen Punkt, wie gesagt. Die Wohnung gehörte ja ihr.«

Wirklich?, dachte Olavi Andersson. Er sah Johannes Elwin an.

»Und was bedeutet das?«

»Dass Sie Geld bekommen, sobald sie verkauft ist. Ich habe die Sache einem Makler übergeben. Gerade heute erscheint eine Annonce. Der Makler ist der Meinung, dass er die Wohnung für mindestens 150000 Kronen verkaufen kann.«

»Was? Ist das wahr?«

Johannes Elwin lächelte.

»Ja. Allerdings gehen von der Summe die Steuer und die Maklergebühr ab, und ich bekomme auch noch etwas, weil mein Honorar noch nicht gedeckt ist. Aber zwischen 80000 und 90000 werden wohl für Sie bleiben.«

»Und wann?«

»Das dauert mindestens noch einen oder zwei Monate.«

»Aber ich brauche jetzt Geld. Es ist dringend.«

Johannes Elwin lehnte sich zurück und spielte mit dem Stift zwischen seinen Fingern.

»Ich verstehe. Auf dem Konto befindet sich noch der Ertrag vom Verkauf des Hausrats. Das ist eigentlich mein Honorar. Aber ich bin bereit, mit der Begleichung zu warten, bis der Wohnungsverkauf abgeschlossen ist. Ich sollte das nicht tun, aber Sie können das Geld als eine Art Vorschuss auf das Erbe bekommen, natürlich gegen Quittung. Es handelt sich um gut zehntausend Kronen.«

Olavi Andersson stand auf und reichte Elwin die Hand.

»Danke. Ihr Verhalten ehrt Sie. Es wird das Leben eines Menschen retten.«

Auf der Föreningssparbank hob er den ganzen Betrag ab, ging sofort zum Hauptbahnhof und kaufte eine Fahrkarte. Schon am nächsten Morgen wollte er den Zug nehmen.

Elina hatte sich mit Ragnar Sundstedt um drei Uhr nachmittags in seiner Wohnung verabredet. Er wohnte in Önsta-Gryta, dem nördlichsten Stadtteil, in einem Fertighaus, das nach Elinas Eindruck im typischen Stil der frühen achtziger Jahre erbaut war. Holzfassade, blassgelb gestrichen, eineinhalb Stockwerke und nicht ein einziges dekoratives Detail, das den Blick fesselte. Sundstedts Frau öffnete ihr die Tür und Elina begriff sofort, dass sie einen Fehler gemacht hatte.

Warum hab ich nicht nachgedacht, ärgerte sie sich, das geht so nicht. Ich muss mit Sundstedt allein sein.

Sie lächelte und stellte sich vor.

»Aurora Sundstedt«, antwortete die Frau, »mein Mann kommt gleich. Er hat angerufen und gesagt, dass er sich ein wenig verspätet. Die Sitzung hat etwas länger gedauert. Kommen Sie herein und setzen Sie sich.«

»Danke«, sagte Elina. Aurora, dachte sie. Was für ein schöner Name. So würde ich meine Tochter nennen.

Sie betrachtete die Frau. Aurora Sundstedt war das totale Gegenteil ihres Mannes. Größer als er und kräftig, mit vollem Haar.

Sie führte Elina ins Wohnzimmer und zeigte auf die Couch.

»Sie möchten bestimmt Kaffee«, sagte sie und ging in die Küche, ehe Elina antworten konnte.

Elina sah sich um. Im Wohnzimmer gab es keine Bücher. In einem braunen Regal standen lauter Fotos. Sie trat näher und schaute sie sich an. Auf einem, vermutlich das Hochzeitsfoto der Eheleute Sundstedt, lächelten zwei junge Menschen in die Kamera. Die Frau auf dem Bild, Aurora, war schlank und hatte große braune Augen. Sie war auffallend hübsch, schon damals ganz das Gegenteil ihres Mannes.

»Möchten Sie ein Butterbrot oder lieber Kuchen?«,

fragte Aurora Sundstedt, als sie mit einem Tablett ins Zimmer zurückkehrte.

»Ein Stück Sandkuchen, bitte«, sagte Elina, nachdem sie einen Blick auf den Kuchenteller geworfen hatte, und setzte sich wieder auf die Couch.

Verstohlen musterte sie Aurora Sundstedts Gesicht. In ihren fülligen Zügen lag noch die Spur ihrer einstigen Schönheit. Aurora Sundstedt stellte schweigend das Geschirr auf den Tisch.

»Ich ... wir sind natürlich erschüttert über Wiljams Tod«, sagte sie leise.

Elina hob den Kopf und sah geradewegs in Aurora Sundstedts dunkle Augen.

Ich hab's verstanden, dachte Elina. Ich habe verstanden, was du eigentlich sagen wolltest. Hoffentlich lässt Ragnar Sundstedt noch eine Weile auf sich warten.

Sie war unschlüssig. Diese Chance würde sie vermutlich nicht noch einmal bekommen. Aber sie war ganz und gar unvorbereitet darauf. Sie hatte keine Ahnung, wie sie das Gespräch in Richtung des menschlichen Abgrunds, der sich plötzlich vor ihr auftat, lenken sollte.

»Wie lange kannten Sie und Ihr Mann Wiljam Åkesson?«, fragte sie.

»Mir kommt es so vor, als hätten wir uns schon immer gekannt. Ragnar und Wiljam haben sich zu Beginn der fünfziger Jahre kennen gelernt. Mein Mann ist zwei Jahre jünger als er. Sie sind immer Freunde gewesen.«

»Bitte, erzählen Sie weiter«, sagte Elina, beugte sich vor und stützte das Kinn auf die Hand.

Aurora Sundstedt lächelte.

»Wir waren alle vier in der Partei«, sagte sie. »Wiljam, Ragnar, Kristina und ich. Die anderen kannten sich schon, bevor ich dazukam. Ich bin achtundfünfzig, jünger als sie, und bin mit siebzehn Mitglied geworden. Damals waren Wiljam und Kristina verlobt.«

Sie verstummte und schaute aus dem Fenster. Elina wartete auf die Fortsetzung. Sie war sicher, dass sie kommen würde.

»Ich vermisse ihn sehr«, sagte Aurora Sundstedt, ohne Elina anzusehen. »Ich habe immer noch nicht begriffen, dass er für immer fort ist.«

Elina fasste einen raschen Entschluss. Sie beugte sich vor und nahm Aurora Sundstedts Hand.

»Ich verspreche Ihnen«, sagte sie, »dass nichts von dem, was Sie mir erzählen werden, ohne Ihr Einverständnis weitergetragen wird. Nichts, sollte es nicht aus irgendeinem Grund entscheidend für ... meine Ermittlung werden. Jedes Wort, das Sie sagen, werde ich für mich behalten. Aber beantworten Sie mir bitte eine Frage: Haben Sie ihn geliebt?«

Aurora Sundstedt warf den Kopf zurück. Sie atmete tief aus und sah Elina an.

»Das Wort ›geliebt‹ ist falsch. Ich liebe ihn immer noch. Ich habe ihn geliebt, seit wir uns das erste Mal begegnet sind.«

Sie wiegte ihren Körper langsam vor und zurück.

»Wir waren einmal zusammen. Nur ein einziges Mal. Eine Nacht, als Kristina verreist war. Es war gar nicht so außergewöhnlich. Aber es war ... Wiljam.«

»Doch dann hat er Kristina geheiratet, nicht wahr?«

»Als sie Annelie erwartete. Und ich habe Ragnar geheiratet. Er ist ein so guter Mensch und ich dachte, ich könnte ihn lieben. Doch daraus wurde nichts.«

»Weiß Ragnar es?«

»Ja und nein. Es ist mindestens zwanzig Jahre her, dass wir darüber geredet haben. Aber die ganze Wahrheit habe ich ihm nie erzählt. Er weiß nichts von meinen Gefühlen.«

Elina beschloss, nicht locker zu lassen. Sie hielt immer noch Auroras Hand.

»Und Wiljam?«

»Er wusste Bescheid, jedenfalls vermute ich das. Ich glaube, er ... hatte auch starke Gefühle für mich. Aber vielleicht war das auch nur ein Wunschdenken.«

Aurora Sundstedts Gesichtszüge verkrampften sich.

»Jetzt ist alles aus.«

»Warum hat er sich von Kristina scheiden lassen?«

»Sie wollte es. Obwohl sie ihn liebte. Er war ja nie da. Die Partei war sein Leben. Sie wollte einen Mann, keinen Parteigenossen.«

Sie lachte auf.

»Ich hätte ihn genommen, wenn er es nur über sich gebracht hätte, mich zu fragen.«

»War nach der Scheidung nichts zwischen Ihnen?«

»Ich habe es natürlich gehofft. Aber er hielt sich zurück. Wenn er gewollt hätte, hätte er auf mich zukommen müssen. Aber das hat er nie getan. Vielleicht aus Rücksicht auf Ragnar. Und auf die Partei.«

»Hatte er andere Frauen?«

»Vielleicht, aber keine festen Beziehungen, soweit ich weiß. Er hat weder mir noch Ragnar je etwas erzählt. Wie gesagt, die Partei war sein Leben.«

Elina ließ Aurora Sundstedts Hand los und sammelte sich wie zu einer letzten Attacke.

»Frau Sundstedt, ich habe versprochen, dass niemand etwas von unserem Gespräch erfährt. Können Sie mir dasselbe versprechen, wenn ich Ihnen jetzt eine Frage stelle? Ganz gleich, worum es geht?«

Aurora Sundstedt sah Elina mit gerunzelter Stirn an.

»Ja, das kann ich wohl. Worum geht es?«

»Glauben Sie ... können Sie sich vorstellen, dass Wiljam Åkesson homosexuell war? Oder bisexuell?«

Die Reaktion war vollkommen unerwartet für Elina. Aurora Sundstedt begann lauthals zu lachen.

»Ich habe ja schon viel gehört«, sagte sie, als der

Lachanfall abgeklungen war. »Aber das schießt den Vogel ab. Nein und nochmals nein. Wenn er noch etwas außer der Partei liebte, dann bestimmt keine Männer. Das ist vollkommen unvorstellbar. Nicht Wiljam.«

Plötzlich wandte sie sich ab und begann zu weinen. Elina nahm wieder ihre Hand und hielt sie sanft fest. Im selben Moment wurde die Haustür geöffnet. Ragnar Sundstedt zog die Schuhe im Flur aus und trat kurz darauf ins Zimmer.

»Entschuldigen Sie, dass ich mich verspätet habe. Ich war auf einer Besprechung, die ich nicht einfach verlassen konnte.«

Aurora Sundstedt murmelte ein schwaches »Hallo« und ging ins Bad.

Gut zwei Stunden später saß Elina in ihrem Dienstzimmer. Das Gespräch mit Ragnar Sundstedt hatte ihr nicht halb so viel Einblick in die Schicksale dieser Menschen verschafft wie das mit seiner Frau. Die Frage nach Wiljam Åkessons sexueller Veranlagung hatte sie ihm gegenüber mit großer Vorsicht berührt, sodass er gar nicht verstanden hatte, worauf sie hinauswollte. Seiner Antwort hatte sie entnommen, dass er keine Geheimnisse über Åkesson zu berichten hatte. Auf die Fragen nach Åkessons möglichen Freundinnen hatte er ihr nur einen Namen nennen können, den einer ehemaligen Sekretärin. Mit ihr, glaubte er, habe Åkesson Ende der achtziger Jahre ein langjähriges Verhältnis gehabt. Åkesson habe nie über sein Privatleben gesprochen.

Doch trotz Aurora Sundstedts Enthüllungen war es Elina nicht gelungen, in der Mordermittlung auch nur einen Millimeter voranzukommen. Sie sah nicht, wie diese unglückliche Liebe mit dem Mord zusammenhängen sollte oder sie in der Arbeit weiterbringen würde. Sie schlug das Telefonbuch auf und suchte nach dem

Namen der Sekretärin. Die Frau wohnte im Zentrum, doch es meldete sich niemand, als Elina anrief, und sie beschloss, bis zum nächsten Tag zu warten.

Sie verließ ihr Zimmer und schloss es ab. Es war nach fünf und kein Mensch zu sehen.

»Da bist du ja!«

Ein Stück weiter auf dem Korridor steckte Kärnlund den Kopf aus seinem Zimmer.

»Komm doch bitte mal einen Augenblick zu mir«, sagte er kurz.

Mit einem unbehaglichen Gefühl ging Elina auf ihn zu.

»Bitte setz dich. Dieses Fax habe ich vor einer Stunde bekommen.«

Er reichte ihr über den Schreibtisch einige Blätter. Auf dem obersten stand in halbfetter Schrift »Polizei Stockholm«. Es war eine Anzeige von einem Mann namens Kurt Jörgen Hansson, sechsunddreißig Jahre, wohnhaft in Nacka. Rasch überflog Elina Hanssons Aussage und legte die Blätter wieder auf Kärnlunds Schreibtisch.

»Was ist passiert?«, fragte Kärnlund.

»Ungefähr das, was da steht«, antwortete sie tonlos.

»Du hast ihm den Finger gebrochen, weil er sich in einem Restaurant mit seiner Frau gestritten hat und dir dann ein ›fuck you‹ zeigte?«

»Ja, aber ich habe ihn nicht mit Absicht verletzt. Er hat mich angespuckt.«

»Hat er dich bedroht? Nein, warte, antworte nicht darauf. Um die Sache wird sich die interne Ermittlung kümmern. Aber das ist nicht gut. Daraus kann eine Anklage wegen Körperverletzung werden. Ich habe überlegt, ob ich schon jetzt Maßnahmen ergreifen soll.«

»Schließ mich nicht aus, alles, aber nicht das!«, flehte Elina.

»Ich habe entschieden, die Ermittlung abzuwarten. Der Entschluss ist von oben abgesegnet. Du darfst weiterarbeiten.«

»Danke«, sagte Elina leise.

Oskar Kärnlund nickte leicht. Elina erhob sich und ging.

Sobald sie in ihrer Wohnung war, warf sie sich in den Wohnzimmersessel, beugte den Oberkörper vor und legte die Arme über den Kopf.

»Ich gottverdammte Idiotin«, stöhnte sie.

Nachdem sie mehrere Minuten wie gelähmt dagesessen hatte, zwang sie sich aufzustehen. Sie griff nach dem Telefonhörer und wählte Susannes Nummer. Aber dort meldete sich niemand. Sie versuchte die quälenden Gedanken zu vertreiben, was ihr jedoch nicht gelang. Appetit hatte sie keinen und auch keine Lust, sich etwas zu kochen.

Mehrere Male versuchte sie Susanne zu erreichen, aber um neun gab sie auf. Ihr Magen knurrte und sie beschloss, essen zu gehen, obwohl ihre Laune auf dem Nullpunkt angekommen war.

Am besten in einem Lokal, in dem das Essen auch wirklich gut ist und nicht nur satt macht, dachte sie.

Sie ging zum Hafen hinunter, wo einige Restaurants neu eröffnet hatten, ein Versuch der Kommune, das Mälarufer für Menschen zugänglich zu machen und nicht nur für Transportschiffe und Getreidesilos. Das Lokal, das sie betrat, war jedoch nur spärlich besetzt.

Eine Kellnerin kam an ihren Fenstertisch und legte ihr wortlos die Speisekarte hin. Elina entschied sich für Zanderrouladen, trotz des gepfefferten Preises.

»Und ein Glas Weißwein.«

Die Kellnerin nahm die Speisekarte mit einem matten Lächeln und ging. Elina schaute ihr nach. Sie hatte ihre Haare blond gefärbt und eine Haltung, die Elina als stolz interpretierte.

Das Essen versetzte sie nicht gerade in Begeisterung, aber als die Kellnerin den Teller abräumte und gleichzeitig fragte, wie es geschmeckt habe, antwortete sie mechanisch »gut«. Sie wollte gerade um die Rechnung bitten, da sie inzwischen der vorletzte Gast war und keine Lust hatte, allein im Restaurant sitzen zu bleiben, als die Kellnerin mit einem Aschenbecher an ihren Tisch kam.

»Rauchen Sie?«

»Nein«, antwortete Elina.

»Darf ich Ihnen Gesellschaft leisten und dabei eine Zigarette rauchen?«

Elina machte eine unbestimmte Handbewegung und die Frau setzte sich.

»Ich rauche zu viel«, erklärte sie und lachte heiser. »Ich mache alles zu viel! Rauchen, arbeiten, glauben, hoffen – überhaupt alles. Alles, was schlecht ausgehen kann.«

Da Elina nicht wusste, was sie antworten sollte, stellte sie eine Frage, die die Frau sicher schon viele Male gehört hatte.

»Woher kommen Sie?«

»Man hört, dass ich nicht von hier bin, was? Aus Russland.«

Sie streckte die Hand über den Tisch.

»Nadia, aus Moskau.«

»Elina Wiik. Aus ... ja, woher komme ich eigentlich? Stockholm, nehme ich an. Mein Vater stammt aus Finnland.«

»Ha!«, platzte die Frau heraus. »Mein Vater stammt aus Karelien. Er ist aber kein Finne, sondern Russe. Trotzdem sind wir dann ja fast verwandt. Warten Sie, ich hole ein Glas Wein.«

»Bitte nicht für mich«, wehrte Elina ab.

»Trinken Sie«, sagte Nadia, als sie mit zwei Gläsern zurückkehrte und ihres hob.

Elina gehorchte ohne zu widersprechen.

»Wie lange wohnen Sie schon hier?«, fragte sie. »Sie sprechen ja fast fließend Schwedisch.«

Nadia zündete sich eine weitere Zigarette an, bevor sie antwortete.

»Seit neun Jahren. Bin hierher gekommen mit einem Mann, der eine Frau wollte. Ich wollte raus aus dem Elend, deshalb hat er mich gekriegt. Als er mich drei Jahre lang gehabt hat, fand ich, es reicht. Was Besonderes war er nicht, aber die Fahrkarte wert. Sind Sie verheiratet?«

»Nein, noch nicht.«

»Dann wollen Sie also heiraten?«

»Irgendwann schon. Das heißt, nein.«

»Wollen Sie oder wollen Sie nicht?«

»Ich habe keinen Freund, falls Sie das wissen wollen.«

»Nicht? So hübsch und keinen Mann?«

Elina musste lachen. Gleichzeitig wunderte sie sich, dass sie so bereitwillig Fragen nach ihrer Person beantwortete.

»Ich habe eine Tochter«, erzählte Nadia. »Nina ist acht. Man kann über meinen Verflossenen sagen, was man will, aber dazu taugte er. Sie sollten Nina mal sehen. Sehen, wie sie Ballett tanzt. Wie ein Schmetterling auf einer Sommerwiese.«

»Ich sehne mich auch nach Kindern. Aber dazu brauche ich einen Mann.«

»Nein, doch, natürlich, aber später sind sie nur im Weg. Glauben Sie mir, am besten kommt man ohne Männer klar.«

Elina betrachtete Nadias Gesicht. Graue Augen, lange, gerade Nase, volle Lippen, die unaufhörlich Zigarettenrauch einsogen. Eine Stimme unterbrach ihre Gedanken. Sie schaute auf, während Nadia ihre Zigarette ausdrückte.

»Vielleicht möchten die Gäste bedient werden«, schnarrte ein Mann in Oberkellnerkleidung, der an Elinas Tisch getreten war und Nadia ärgerlich anstarrte.

»Das ist schon in Ordnung«, sagte Elina.

»Es gibt ja auch noch andere Gäste, nicht wahr, Nadia?«

»Einen«, sagte Nadia. »Sie können den da hinten ja mal fragen, ob er was möchte. Oder haben Sie etwas Wichtiges zu tun? Sehen Sie nicht, dass ich mich um diesen Gast kümmere?«

Der Mann lächelte Elina schief an.

»Ich hoffe, sie stört Sie nicht und tut bald, wofür sie bezahlt wird.«

Er drehte sich um und ging.

»Das war vielleicht nicht so gut«, sagte Elina.

Nadia zuckte mit den Schultern.

»Gut, schlecht, wie soll ich das wissen? Er ist nur sauer, weil er nicht mit mir schlafen darf. Aber ich habe meinen armen Mann nicht verlassen, um etwas mit diesem Walross anzufangen.«

»Und wenn sie hier rausfliegen?«

»Na und? Ich komm schon zurecht.«

Elina sah auf die Uhr. Es war fast elf.

»Ich muss gehen. Muss morgen früh zur Arbeit.«

Nadia reichte Elina die Hand.

»Kommen Sie nächste Woche wieder«, bat sie. »Dann hab ich um acht Schluss, wir gehen aus und zeigen denen mal, wer in der Stadt das Sagen hat. Sie kommen doch, oder?«

Elina versprach es.

12

Die Schrift war krakelig. Schönschreiben war nicht gerade sein Lieblingsfach in der Schule gewesen. Der ungewöhnliche Name hatte zu dem unschönen Eindruck beigetragen.

Er hatte das einzige Einzelzimmer in der Jugendherberge gemietet. Da die Leute sich an den Vornamen Olavi erinnern würden – das wusste er aus Erfahrung –, entschied er sich für Karl Andersson. Karl war sein zweiter Name, oder eigentlich sein erster, denn er hieß Karl Olavi. Seine Hand hatte ein wenig gezittert, als er sich eintrug, aber das Mädchen an der Rezeption hatte seine Unsicherheit nicht bemerkt.

In dem Zimmer gab es nur ein Bett, einen kleinen Nachttisch, einen Schreibtisch und einen Stuhl. Doch es war billig und Olavi Andersson wusste nicht, wie lange er bleiben würde. Auch wenn er mehrere tausend Kronen in der Tasche hatte, musste er gut damit haushalten. Zu dem Mädchen hatte er gesagt, er wolle vier Tage bleiben. Er glaubte nicht, dass es leicht werden würde, bestimmt bedeutend schwieriger als das letzte Mal. Er war nur ein einziges Mal in seinem Leben in der Stadt gewesen und kannte sich überhaupt nicht aus. Auf dem Bett lag ein aufgeschlagener Stadtplan und er bemühte sich, mit dem Finger den einfachsten Weg zu seinem Ziel ausfindig zu machen. Fragen wollte er nicht.

Du hast keinen Plan, sagte er zu sich. Ein einziger Fehler und es ist gelaufen. Gib zu, dass du ein verdammter Amateur bist. Benutz die wenigen Hirnzellen, die dir noch geblieben sind. Denk erst nach und handle dann.

Plötzlich verspürte er einen starken Druck auf der Brust.

Was habe ich mit meinem Leben gemacht?, dachte er. Dafür bin ich selbst verantwortlich. Aber jetzt geht es nicht nur um mich. Ich muss mich zusammenreißen.

Er sah wieder auf den Stadtplan, erhob sich und zog seine neue Herbstjacke an. Er versuchte die Bushaltestelle zu finden, die auf dem Plan verzeichnet war, ging aber schon vor der Tür der Jugendherberge in die falsche Richtung. Schließlich fand er die Haltestelle doch und stieg eine halbe Stunde später in einem Villenviertel aus. Er versuchte sich zu erinnern, wie er gehen musste, erinnerte sich jedoch nur noch an die Adresse und ging aufs Geratewohl los. Schon an der nächsten Kreuzung wurde ihm klar, dass er sich wieder verlaufen hatte. Er kehrte um und ging in die entgegengesetzte Richtung.

Als er das Haus endlich fand, spürte er einen ziehenden Schmerz im Magen. Die erste Sehnsucht nach Alkohol.

Geh weiter, dachte er, bleib nicht stehen, geh einfach vorbei.

Er hatte Glück. Schräg vor dem Haus gab es ein unbebautes Grundstück, das ziemlich dicht mit Büschen bewachsen war. Er betrat es von hinten. Ohne recht zu wissen, was er tun sollte, setzte er sich ins Gras und wartete.

Menschen und Autos kamen vorbei. Er glaubte nicht, dass ihn jemand gesehen hatte, jedenfalls schaute niemand zu ihm hin. Einige Stunden später bog ein Auto in die Auffahrt vor dem Haus ein. Eine Frau, die um die fünfzig sein mochte, stieg aus. In der Hand trug sie eine Einkaufstüte. Sie ließ das Auto draußen stehen, obwohl es eine Garage gab, und betrat das Haus, ohne aufzuschließen.

Also offen, dachte Olavi Andersson. Und sie ist sicher lange fort gewesen. Vermutlich arbeitet sie, während er zu Hause ist. Er sah auf seine Armbanduhr. Es war fünf Minuten nach halb fünf. Er stand auf und verließ das Grundstück auf demselben Weg, wie er gekommen war. Eine Dreiviertelstunde später war er wieder in der Jugendherberge.

Es ist sinnlos, es noch lange hinauszuzögern, dachte er, morgen ist genauso gut wie irgendein anderer Tag. Wenn das Auto weg ist, muss ich es darauf ankommen lassen. Sobald die Straße leer ist.

Er öffnete seine Reisetasche und hob vorsichtig das oberste Hemd heraus. Die Pistole, die er in einen Strumpf gesteckt hatte, lag auf der zweiten Unterhose. Seine Hand zitterte, als er sie herausnahm.

13

Ich hab gehört, du hast ein bisschen Ärger«, sagte John Rosén, als er Elina die Korridortür öffnete. »Wenn du darüber reden willst, komm ruhig zu mir.«

»Danke«, antwortete Elina. »Aber ich möchte mich lieber nicht dazu äußern, bis die internen Ermittler mich verhört haben.«

»Klar, das ist vermutlich eine kluge Entscheidung. Lass mich dir nur einen Rat geben: Denk nicht mehr dran. Wir müssen uns auf Åkesson konzentrieren. Schaffst du das?«

»Selbstverständlich.« Elina versuchte, ihrer Stimme einen sicheren Ausdruck zu verleihen.

John nickte und öffnete die nächste Tür, die zu Oskar Kärnlund führte. Kärnlund begann sofort zu sprechen.

»Die Pistolenkugel stammt aus einem 7,65er Colt«, sagte er und wedelte mit einem Blatt Papier. »Aber er lässt sich nicht mit einer uns bekannten Waffe in Verbindung bringen. Das ist alles, was wir haben.«

Plötzlich schlug er mit der Faust auf den Tisch, das hatte er noch nie getan.

»Warum kommen wir nicht weiter?«, brüllte er. »Ich habe noch nie eine so ideenlose Mordermittlung erlebt.«

Niemand sagte etwas. John Rosén hatte sich schräg neben Kärnlund gesetzt und schaute auf den Tisch. Henrik Svalberg schüttelte den Kopf. Erik Enquist stützte seinen Kopf in die Hände. Elina notierte etwas.

»Die Medien fangen an, sich über uns lustig zu machen«, sagte Kärnlund, »was wissen die schon.«

»Wir müssen tiefer graben, die Geheimnisse in Åkessons Leben ergründen«, sagte Elina. »Denn natürlich gibt es die. Jeder hat Geheimnisse. Was uns von Wiljam Åkesson unterscheidet, ist, dass unsere Geheimnisse nicht zu unserem Tod führen. John und ich hatten die Idee, dass Åkesson homosexuell oder bisexuell gewesen sein könnte. Wir haben nicht direkt gefragt, aber wir haben das Thema bei unseren Vernehmungen angesprochen, ohne etwas herauszubekommen.«

»Sex oder Geld«, knurrte Kärnlund. »Eins von beidem. So ist das fast immer bei geplanten Morden.«

Elina blätterte in ihrem Notizbuch.

»Heute Morgen hab ich mit einer Frau gesprochen, mit der Åkesson zwischen 1986 und 1990 viel Kontakt hatte. Ich habe einen Hinweis bekommen, dass sie vielleicht seine Geliebte war. Aber sie bestreitet das und sagt, es sei ein rein platonisches Verhältnis gewesen. Ihr Eindruck von Åkesson war, dass er nicht besonders an Sex interessiert gewesen sei.«

»Wenn eine Frau so etwas sagt, könnte das nicht bedeuten, dass er eigentlich an Männern interessiert war?«, fragte John Rosén.

»Vielleicht«, erwiderte Elina. »Aber es ist ebenso denkbar, dass es stimmt. Vielleicht war er impotent.«

»In seinen Krankenakten gibt es keinen Vermerk, dass er wegen Impotenz behandelt wurde«, sagte Svalberg. »Ich habe alle durchgesehen. Er hatte einige geringfügige Beschwerden, aber keine Prostataprobleme oder etwas Ähnliches, das Impotenz verursachen könnte.«

Oskar Kärnlund unterbrach ihn.

»Woher weißt du das? Bist du vielleicht Arzt?«

»Ich habe bei seinem Arzt angerufen und mich erkundigt.«

»Okay«, sagte Kärnlund. »Aus alldem können wir also die Schlussfolgerung ziehen, dass wir bis jetzt nichts gefunden haben, was auf ein Motiv in Åkessons Sexleben hindeutet.«

»Das es vielleicht gar nicht gab«, fügte John Rosén hinzu.

»Genau das habe ich soeben festgestellt.« Kärnlund sah ihn wütend an. »Dass es kein Motiv in seinem Sexleben gibt.«

»Ich habe gemeint, dass es vielleicht überhaupt kein Sexleben gab«, entgegnete John Rosén ruhig.

Oskar Kärnlund warf den Kopf zurück.

»Wenn wir so weitermachen, erreichen wir nichts. Wie ist es mit Geld? Gibt es da etwas? Hat er zum Beispiel gespielt?«

»Auch dafür haben wir keine Hinweise gefunden«, sagte Elina. »Es gab keine Wettscheine, weder für Pferderennen, noch für Lotto, Toto oder Ähnliches in seinen Papieren. Niemand, den wir vernommen haben, hat erwähnt, dass er sich für Glücksspiele interessierte. Ich muss allerdings zugeben, dass wir nicht alle danach gefragt haben. Vielleicht sollten wir das tun.«

»Seine Finanzen waren in Ordnung«, sagte John Rosén. »Keine diesbezüglichen Probleme, soweit wir es rückblickend überprüfen konnten. Sein Einkommen war hoch und sicher. Das Haus in Blåsbo gehörte ihm. Es ist mindestens zweieinhalb Millionen wert. Mindestens! Es war mit nur 230000 beliehen. Auf zwei verschiedenen Konten hatte er fast 560000 Kronen. Keine Aktien, aber eine Lebensversicherung in einem Fond, der aus gestreuten Aktien bestand, die über eine Million wert sind.«

»Er ist am selben Tag ermordet worden, an dem er pensioniert wurde«, sagte Oskar Kärnlund. »Was passiert mit der Lebensversicherung?«

»Sie geht an die Nachkommen«, sagte John Rosén, »die Töchter also.«

»Dann können sie sich über den Daumen gepeilt vier Millionen teilen«, sagte Kärnlund, »abzüglich Steuern. Die eine Tochter ist Alkoholikerin. Das schlimmste Problem für einen Alkoholiker ist ja, keinen Stoff im Haus zu haben. Schnaps kostet Geld. Das wäre doch ein denkbares Mordmotiv?«

»Schon«, sagte Henrik Svalberg, »aber gestern Abend habe ich mich in den Pubs nach ihr erkundigt. Im ›Stopet‹ habe ich einen Kellner getroffen, der mit absoluter Sicherheit sagen konnte, dass Elisabeth Åkesson am Abend des Mordes dort war. Er hatte die ganze Woche Tagesdienst und ist genau an dem Abend für eine Extra-Schicht eingesprungen. Er kennt sie gut, sie ist dort Stammkundin. Er hat um sechs angefangen und da war sie schon im Lokal. Sie ist geblieben, bis sie zumachten, und war natürlich betrunken, als sie ging.«

»Könnte sie nicht von dort zu Åkesson gefahren sein und ihn erschossen haben?«, meinte Kärnlund. »Wir haben ja keinen exakten Zeitpunkt.«

»Schwer vorstellbar, dass sie das geschafft hat«, sagte John Rosén. »Betrunken, wie sie war.«

»Und die andere Tochter?«, fragte Kärnlund. »Wie steht's um deren Finanzen?«

»Sie ist Diplomkauffrau und hat ein anständiges Gehalt«, antwortete John Rosén. »Ihr Mann ist Beamter beim Landtag und verdient ebenfalls gut. Sie haben keine Kinder und keine Schulden. Nichts deutet darauf hin, dass sie ihren Vater des Geldes wegen ermordet haben könnte. Für den Abend hat sie zwar kein Alibi und daher können wir sie als Täterin natürlich nicht ausschließen. Aber die Vernehmungen haben bis jetzt nichts erbracht, was in diese Richtung weist.«

»Okay«, sagte Kärnlund. »Das dritte klassische Motiv also: Alkohol und Drogen.«

»Im Haus gab es eine halb volle Whiskyflasche und zwei Flaschen Bier«, sagte Elina Wiik. »Natürlich keine Drogen. Keine Benzondiazepine im Medizinschrank. Rezeptfreie Schlaftabletten sind das Einzige, was wir gefunden haben.«

»Ging vorsichtig mit Alkohol um, trank nur Mineralwasser bei Empfängen, das ist das Bild, das alle von ihm zeichnen«, berichtete Erik Enquist. »So ist er immer gewesen, erklären alle, mit denen wir gesprochen haben. Einer der Befragten meinte, das sei recht ungewöhnlich in der Partei. Åkesson war kein Antialkoholiker, aber gegen die herrschende Alkoholkultur.«

»So ungewöhnlich allein war er mit seiner Einstellung vermutlich nicht«, wandte Elina ein. »Auch innerhalb der Partei gab es schon immer eine starke Bewegung gegen den Missbrauch von Alkohol.«

Sie dachte an ihren Vater, der nie Schnaps getrunken hatte.

»Ich glaube, das Ungewöhnliche war, dass er gegen die Trinkgewohnheiten Stellung bezog, ohne selber Antialkoholiker zu sein«, sagte Enquist.

»Politik«, sagte Oskar Kärnlund. »Kein gewöhnliches Mordmotiv. Aber Åkesson war auch kein gewöhnlicher Mann.«

Erik Enquist hob die Hand, als wollte er vom Lehrer aufgerufen werden.

»Ich hab den früheren Parteiführer Ingvar Carlsson erreicht. Am Telefon. Zunächst hat er Wiljam Åkessons politische Taten gepriesen; er hat gesagt, dass es Menschen wie Åkesson waren, die das Land aufgebaut haben. Ich habe ihn direkt gefragt, ob er Åkesson 1988 gebeten hat, nicht für die Reichstagswahl zu kandidieren. Jetzt zitiere ich seine Antwort wörtlich: ›Daran habe ich keine Erinnerung‹.«

»Das hat er gesagt?«, fragte John Rosén.

»Ich sag doch, ich habe ihn wörtlich zitiert.«

»Das ist typisch für Politiker«, sagte John Rosén. »Wenn wir sagen, dass wir uns nicht erinnern können, dann können wir es wirklich nicht. Aber wenn Politiker behaupten, dass sie keine Erinnerung an etwas Bestimmtes haben, dann erinnern sie sich, wollen es aber nicht sagen. Erinnerungen kann man verlieren, ungefähr so wie Gegenstände. Wie etwas, das gewissermaßen unabhängig ist von bewussten Funktionen. Das drücken sie eigentlich damit aus. Wenn die Wahrheit doch ans Licht kommt, strengen sie sich manchmal an und finden ihre verlorene Erinnerung plötzlich wieder. Und niemand kann sie beschuldigen, vorher gelogen zu haben.«

»Erstaunlich, was du alles weißt«, sagte Oskar Kärnlund. »Könnte es aber nicht auch so sein, dass es eine Floskel ist?«

»Dann ist es Gewohnheit«, sagte John Rosén.

»Darf ich fortfahren?«, fragte Erik Enquist. »Oder wollt ihr lieber über die Sprachgewohnheiten der Politiker philosophieren?«

Kärnlund machte eine Handbewegung, mit der er Enquist wieder das Wort erteilte.

»Ich habe Ingvar Carlsson gefragt, warum ein so erfolgreicher Politiker wie Åkesson nicht für den Reichstag kandidiert hat, sein Name war 1988 ja nachweislich in aller Munde. Carlsson antwortete, danach müsse man seine Parteigenossen in Västmanland fragen, vermutete jedoch, dass es mit verschiedenen Faktoren zusammenhängen könnte. Åkesson wurde in Västerås gebraucht, man musste auf die Verteilung der Listenplätze Rücksicht nehmen, auf die Wünsche der Gewerkschaften und der anderen Parteiorganisationen. Außerdem war es eine Zeit, in der die Partei die Frauenquote im Reichstag verstärken wollte. Da ging es immer um schwierige Entscheidungen, sagt er.«

»Die Erklärung klingt plausibel«, bemerkte Henrik Svalberg.

Elina überlegte, ob sie erzählen sollte, was ihr Vater über die Sozialdemokratie gesagt hatte. Aber wenn sie ihn zitierte, würde sie ihr eigenes Privatleben in die Ermittlung einbeziehen. Dagegen hatte sie immer einen starken Widerwillen empfunden. Diesmal gab es einen weiteren Grund, sich zurückzuhalten, einen Grund, zu dem ihre Gedanken gegen ihren Willen immer wieder zurückkehrten.

Hat er sich geduckt?, fragte sie sich zum wiederholten Male. Warum? Oder bilde ich mir das nur ein?

»Ich schließe mich Henriks Meinung an«, sagte sie stattdessen. »Es klingt vollkommen plausibel. Aber diese Statements sind typisch für die Parteiorganisationen des Landes. Das weiß ich von Leuten, mit denen ich gesprochen habe. Es erklärt nicht, warum Ingvar Carlsson sich eingemischt hat. Falls er es wirklich getan hat.«

»Wenn das der Fall wäre, ist er der Einzige, der es erklären könnte«, sagte Kärnlund. »Und das kann oder will er nicht.«

Henrik Svalberg blätterte in seinem Block.

»Die Tür-zu-Tür-Befragung ist abgeschlossen«, sagte er. »Einige Nachbarn haben Åkesson an jenem Abend zu Fuß nach Hause kommen sehen. Die wichtigste Zeugin heißt Agnes Khaled, sie wohnt im Haus gegenüber. Sie ist sicher, gesehen zu haben, dass er an dem Tag, als er im Rathaus verabschiedet wurde, um viertel vor sechs nach Hause kam. Ihr ist aufgefallen, dass er an jenem Abend kein Licht eingeschaltet hat, was er sonst immer tat, egal, ob er zu Hause war oder nicht. Agnes Khaled sagt, das hätte er spätestens um halb acht tun müssen. Daraus kann man folgern, dass er nicht in der Lage war, es zu tun, da er zwischen Viertel vor sechs und halb acht ermordet wurde. Das stimmt außerdem mit dem Todeszeitpunkt überein, den der Gerichtsmediziner ermittelt hat.«

»Es ist niemand gesehen worden, der während des Tages das Haus durch die Haustür betreten hat«, fügte Rosén hinzu. »Es könnte natürlich trotzdem passiert sein. Meiner Meinung nach erhöht das jedoch die Wahrscheinlichkeit, dass der Mörder durch ein Fenster hinten im Haus eingestiegen ist. Um dahin zu gelangen, muss man zwar über das Grundstück gehen, aber das Fenster selbst ist vor Einsicht geschützt.«

»Es ist niemand gesehen worden, der sich auffällig verhalten hat«, stellte Svalberg fest.

»Und was ist nun das Ergebnis unserer Ermittlung?«, fragte Kärnlund.

»Haben wir aus Luleå Auskunft bekommen, wer der Mann auf dem Foto ist?«, fragte Elina, an John Rosén gewandt.

»Noch nicht«, antwortete er. »Im Lauf der Woche vielleicht. Wir müssen neue Anstrengungen unternehmen, müssen, wie du gesagt hast, tiefer graben, und zwar schnell. Ich habe das Gefühl, die Zeit läuft uns davon.«

Elina hatte sich um acht Uhr mit Susanne verabredet, wenn Emilie eingeschlafen wäre. Am Telefon hatte sie nur angedeutet, dass sie Hilfe brauchte, aber nicht gesagt, worum es ging.

»Johan hat sie ins Bett gebracht«, berichtete Susanne, als sie Elinas Wohnung betrat. »Er war noch bei ihr, als ich ging, aber sie schien ruhig einzuschlafen.«

»Was möchtest du trinken?«, fragte Elina. »Kaffee, Tee oder vielleicht ein Bier?«

»Gern ein Glas Wein, wenn du hast. Ich geh so selten am Abend aus.«

Elina suchte im Vorratsschrank und fand eine halb volle Rotweinflasche, die sie auf den Couchtisch stellte.

»Für die Qualität kann ich nicht garantieren«, sagte sie. »Der steht schon eine Weile offen.«

»Aber was ist passiert?«, fragte Susanne, als sie sich Elina gegenübergesetzt hatte. »Du klangst so gedämpft am Telefon.«

»Ich hab mich in etwas reingeritten. Darüber muss ich mit dir reden. Außerdem benötige ich professionellen Rat. Von dir als Anwältin. Tatsache ist, dass ich vermutlich einen Verteidiger brauche. Ist es in Ordnung, wenn ich dich um Rat frage? Ich meine, dass ich deine Kenntnisse nutze? Gratis?«

»Hör doch auf«, wehrte Susanne lächelnd ab. »Wenn ich auf der Straße überfallen werde, würdest du dann nicht eingreifen, nur weil du gerade nicht im Dienst bist? Nun sag schon, um was geht es?«

Susanne hörte zu, ohne sie zu unterbrechen, während Elina erzählte, was sich in dem Gartenlokal zugetragen hatte.

»Das sieht dir ähnlich«, meinte sie, als Elina fertig war.

»Wieso?«

»Immer regst du dich auf, wenn Leute sich danebenbenehmen. Sonst hast du jede Menge Geduld, aber in solchen Situationen lässt du dich zu sehr von deinen Gefühlen leiten.«

»Ich bin doch kein Hitzkopf!«

»Ach nein? Wie lange kennen wir uns schon? Ich könnte dir wenigstens fünf Gelegenheiten aufzählen, bei denen ich dir empfohlen hätte, mehr Ruhe zu bewahren. Erinnerst du dich, wie du letztes Jahr im ›Klippan‹ diesen Blödmann zu Boden geworfen hast?«

»Das habe ich getan, weil ich Polizistin bin und den Streit beenden wollte.«

»Und weil du wütend warst, wenn du ehrlich bist. Du hast manchmal Schwierigkeiten mit der Selbstbeherrschung, nicht wahr?«

Elina wiegte ihren Kopf hin und her, sagte aber nichts.

»Einerlei«, schloss Susanne, »jetzt müssen wir praktisch denken. Erst mal muss ich dir sagen, dass du riskierst, wegen Körperverletzung verurteilt zu werden. Nach deiner Beschreibung klingt es so, als hättest du mehr Gewalt angewandt, als es die Situation erforderte. Eine Geldstrafe wirst du verkraften, aber schlimmer sind die Konsequenzen für deine Karriere.«

»Ich weiß, schlimmstenfalls werde ich gefeuert.«

»Ich glaube nicht, dass es so weit kommt. Du bist ja nicht vorbestraft. Kein ganz hoffnungsloser Fall also. Aber wir wollen nichts riskieren. Was für dich spricht, ist ganz klar, dass du provoziert wurdest, da dieses Paar dich und die anderen Gäste störte und der Mann dir den Stinkefinger gezeigt hat. Und er hat dich angespuckt. Wenn das keine Beleidigung ist! Aber gegen dich spricht, dass du als Polizistin dazu ausgebildet bist, diese Art Provokationen zu ertragen. Außerdem hättest du dich aus der Sache heraushalten und es dem Restaurantpersonal überlassen sollen, die Situation zu klären.«

»Ich weiß, es war wirklich bescheuert. Aber Leute, die meinen, sie könnten sich ohne Rücksicht auf andere skandalös benehmen, machen mich wild.«

»Hitzkopf! Hab ich's nicht gesagt? Aber die Frage ist, ob er dich bedroht hat. Dann würde es um Selbstverteidigung gehen.«

Elina schüttelte den Kopf.

»Er fuchtelte mit der Hand vor deinem Gesicht herum«, argumentierte Susanne. »Man könnte es so auffassen, dass er dich schlagen wollte. Du hast die Bedrohung abgewehrt und dabei wurde ihm unglücklicherweise ein Finger gebrochen.«

»Nein«, sagte Elina. »Provoziert wurde ich, aber bedroht fühlte ich mich nicht.«

»Ein Mann, der eine aggressive Handbewegung gegen eine Frau macht – das kann man doch wohl als Bedrohung interpretieren, wenn du richtig nachdenkst?«

»Ich habe es getan, weil ich wütend war, nicht erschrocken. Leider, Susanne. Ich bin wohl keine besonders kooperative Klientin.«

»Natürlich sollst du nicht lügen, aber du konntest doch nicht ahnen, was für Absichten er hatte, oder? Seinen Finger zu packen, war deine Art, dich gegen seinen Angriff zu schützen. Das stimmt doch wohl auf jeden Fall?«

Elina schlug die Fingerknöchel gegeneinander und schwieg eine Weile.

»Vielleicht«, sagte sie schließlich. »Aber weißt du, in meinem Job begegne ich so vielen Menschen, die stets anderen die Schuld geben. Selten steht jemand für das gerade, was er getan hat. Und da ich mich nicht bedroht fühlte, hatte ich tatsächlich keinen Grund, diesem Kerl den Finger zu brechen.«

»Mit dieser Aussage gehst du das Risiko ein, verurteilt zu werden, auf jeden Fall erhöht es sich! Eine Bedrohung kann man doch sehr unterschiedlich interpretieren. Bei einem Prozess ist das entscheidend. Denk drüber nach!«

»Werde ich«, versprach Elina. »Zeit, das Thema zu wechseln.«

»Dann also Prost«, sagte Susanne und hob ihr Weinglas. »Und jetzt erzähl mir, wie es um die Ermittlungen im Fall Åkesson steht. Ich bin wahnsinnig neugierig …«

14

Es dauerte zwei Tage, ehe der Anruf kam. Am Freitagnachmittag um zwei Uhr rief Kriminalinspektor Gerhard Tallberg John Rosén an. Sie arbeiteten seit über zehn Jahren zusammen.

Anschließend ging John Rosén sofort zu Oskar Kärnlund, um zu berichten, was er erfahren hatte.

»Unglaublich«, sagte Kärnlund. »Vollkommen unglaublich und inakzeptabel. Die von der Reichskripo müssen die Berichte doch bekommen haben. Trotzdem dauert es so lange, bis ein normaler Ermittler die Sache entdeckt. Weitere zwei Tage verloren. Diesmal werde ich verdammt noch mal dafür sorgen, dass jemand zur Verantwortung gezogen wird. Da muss sich doch mal was ändern.«

Er zeigte auf John Rosén.

»Nimm Elina mit und fahr sofort hin. Jetzt, auf der Stelle. Ich werde Tallbergs Chef informieren, dass ihr unterwegs seid. Du und Tallberg müsst euch über die Arbeitsverteilung einigen. Für dich und Wiik bedeutet das Überstunden am Wochenende. Bleibt so lange, wie es nötig ist.«

John Rosén nickte und ging in Elinas Zimmer.

»Hoffentlich hast du am Wochenende noch nichts

vor, wir müssen nämlich nach Göteborg fahren«, sagte er. »Geh nach Hause und pack zusammen, was du für ein paar Tage im Hotel brauchst. Ich weiß nicht, wie lange wir bleiben müssen.«

»Was ist passiert?«, fragte Elina.

»Das erzähl ich dir im Auto. Ich besorg uns ein Fahrzeug. In einer Stunde treffen wir uns, ich muss auch noch bei mir vorbeifahren und ein paar Sachen holen.«

Eine Stunde später fuhren sie in John Roséns BMW auf der E 18 in Richtung Göteborg. Sie hatten mehrere Minuten geschwiegen. Elina wartete darauf, dass ihr Kollege mit seinem Bericht beginnen würde. Erst als sie die Abzweigung nach Fagersta passiert hatten, fing er an.

»In der Polizeigarage standen zwei Autos«, sagte er. »Aber in solchen Schrottkarossen können wir doch nicht nach Göteborg fahren, oder?«

»John«, bat Elina.

»Es sind fast vierhundert Kilometer hin. Und vierhundert zurück. Wenn wir drei Tage bleiben, werden wir mindestens noch weitere vierhundert in der Stadt fahren. Göteborg ist viermal so groß wie Västerås. Wir brauchen ein gutes Auto.«

»John, wovon redest du?«

Er hielt das Steuer mit beiden Händen und schaute geradeaus. Nach einer Weile schaltete er das Radio an.

»Guter Song«, sagte er. »*Desert Rose.* Hat echten Schwung, von einem arabischen Sänger, dessen Namen ich nicht kenne. Ist vor einigen Jahren rausgekommen.«

Elina sah ihn von der Seite an. Die CD muss ich kaufen, dachte sie. Wie konnte die mir entgehen?

Keiner sagte etwas, bis sie an Köping vorbei waren.

»Jetzt erzähl endlich«, sagte Elina leise.

John Rosén seufzte.

»Vor ein paar Stunden hat mich Kriminalkommissar Gerhard Tallberg angerufen, mein Kollege aus Göteborg. Hast du von dem Mord an Erland Bergenstrand gelesen?«

»Ja, selbstverständlich. Der hat ja zum Glück Wiljam Åkessons Platz in der ständigen Beobachtung durch die Medien übernommen. Kannst du nicht endlich zur Sache kommen?«

»Gleich. Bergenstrand ist am Mittwoch in seinem Haus erschossen worden. Seine Frau hat ihn gefunden, als sie von der Arbeit kam. Tallberg wird uns mehr Details erzählen. Er wurde mit derselben Waffe wie Åkesson erschossen.«

Elina starrte John Rosén an, als ob sie ihn noch nie im Leben gesehen hätte.

»Was sagst du da?«, platzte sie heraus.

»Genau das.«

»Das darf nicht wahr sein!«

»Doch, es wurde schon bestätigt.«

Erst als sie Laxå passiert hatten, hörten sie auf, darüber zu spekulieren, wie die Morde zusammenhängen könnten. Ohne dass sie zu einer einleuchtenden Erklärung kamen. Elina lehnte den Kopf gegen die Nackenstütze und versuchte eine Weile zu schlafen. Doch ihre Gedanken hielten sie wach. Sie beugte den Kopf vor und massierte ihren Nacken mit der rechten Hand. Dann wandte sie sich wieder John Rosén zu.

»Darf ich dich etwas fragen? Etwas Privates?«

»Fragen darfst du.«

»Auf dem Namensschild an deinem Dienstzimmer steht John W. Rosén. Wie heißt du noch außer John?«

»Weine.«

Elina schwieg einige Sekunden, um diese Information zu verarbeiten.

»Du heißt also John Weine? Ist das richtig?«

John Rosén lächelte.

»Wie der Hollywoodstar?«, fragte Elina. »Nur auf Schwedisch?«

»Ja«, sagte er.

Sie unterdrückte ein Kichern.

»Entschuldige! Aber John Weine? Das ist etwas merkwürdig.«

»Nicht bei uns.«

»Wen meinst du mit uns?«

John Rosén blinkte rechts.

»Zeit, etwas zu essen«, verkündete er. »Ich hab Hunger.«

Er hatte Zimmer im Hotel »Eggers« am Drottningtorget gebucht. Auf dem Stadtplan hatte Elina gesehen, dass sie zu Fuß zum Polizeipräsidium gehen konnten. Aber nach Roséns Bemerkung über die Schrottkarossen vermutete sie, dass alle Fahrten in John Roséns BMW unternommen würden, wie kurz die Strecken auch sein mochten.

Sie saß auf dem Bett mit dem Stadtplan vor sich. In einer Viertelstunde würden sie sich auf ein Bier in der Bar treffen. Sie dachte an das, was John Rosén ihr über seinen Namen erzählt hatte.

Jeder hat ein Geheimnis, dachte sie. Auch John hat eins. Will er es verraten oder nicht? Und wen meint er mit »uns«? Seine Familie? Ich weiß nicht einmal, ob er verheiratet ist. Oder mit jemandem zusammenlebt. Oder ein Verhältnis mit einer Frau hat. Ich weiß nichts über ihn.

Elina war überzeugt, dass sie das Talent hatte, in relativ kurzer Zeit die Persönlichkeit von Menschen zu erkennen. Eine Begabung, die sie schon seit der Kindheit besaß und die sie dann im Beruf vielfach erprobt hatte. Aber bei John Rosén gab es etwas, das ihr fremd blieb. Etwas, das aus dem Rahmen fiel.

Was ist mein Geheimnis?, dachte sie. Habe ich eins? Vielleicht bin ich deswegen nicht verheiratet. Die Männer, für die ich mich interessierte, waren nicht wirklich an mir interessiert. Wohingegen mir die, die mich wollten, nicht passten.

Sie war enttäuscht, dass sie nichts Geheimnisvolles mit sich herumtrug.

Plötzlich sank ihr Kopf schwer nach unten. Langsam stand sie auf und trat vor den Spiegel. Das Gesicht, das ihr darin begegnete, war ernst.

Warum belügst du dich selber?, dachte sie. Nur weil du nicht an dein eigenes Geheimnis denken willst? Du wirst ihm ohnehin nicht entgehen.

15

»John. Warte mal.«

Die Frau hinter dem Glasfenster der Rezeption sprang auf und verschwand aus Elinas Blickfeld. Dann tauchte sie vor ihnen auf. Sie stürzte auf John Rosén zu und fiel ihm um den Hals.

»Wie ich mich freue, dich zu sehen. Sag, dass du zurückkommst. Was hast du in Västerås zu suchen? Wie konntest du in so ein Kaff ziehen?«

»Hallo, Aina«, sagte John Rosén und löste sich vorsichtig von ihr. »Das ist Elina Wiik von der Polizei in Västerås.«

»Dann verstehe ich es besser«, sagte die Frau. »So hübsche Polizistinnen haben wir nicht in Göteborg. Da hat so eine alte Schachtel wie ich keine Chance.«

Elina lachte und reichte ihr die Hand.

»Hallo«, sagte sie fröhlich.

»Wir sind mit Gerhard verabredet«, erzählte John Rosén.

»Hätte ich's mir doch denken können«, sagte Aina. »Was ist bloß los in dieser Stadt? Es ist schrecklich. Willst du Gerhard helfen, den Mordfall zu lösen? Ich ruf ihn sofort an.« Sie lief zurück an die Rezeption. Ziemlich flink für ihr Alter, dachte Elina.

Es dauerte nur zwei Minuten, dann kam Gerhard Tallberg ihnen am Drehkreuz entgegen.

»Ich weiß nicht, ob ich zwei solche Filous einlassen soll«, sagte er. »Dies ist immerhin das Haus der Ordnungsmacht.«

Er umarmte John Rosén herzlich.

»Hallo, du altes Rußgesicht«, sagte dieser.

Rußgesicht?, dachte Elina.

Gerhard Tallberg war der größte Polizist, den sie jemals gesehen hatte. Er überragte sie um einen ganzen Kopf und sie war immerhin um einiges größer als die Frauen im Durchschnitt. Als sie sich begrüßten, verschwand ihre Hand in seiner. Sein fleischiges Gesicht war ein einziges breites Lächeln.

»Ich kenne Sie von Zeitungsfotos«, sagte er. »Nett, Ihre Bekanntschaft zu machen. Kommt, wir gehen zu mir rauf.«

Gerhard Tallbergs Dienstzimmer im Präsidium war größer als ihr Zimmer in Västerås. Der Schreibtisch war mit Papieren und Akten übersät.

»Wo soll ich anfangen?«, fragte Tallberg.

»Am Ende«, sagte Rosén. »Sag uns nur, wer der Mörder ist. Das reicht.«

»Ich würde deinen Wunsch ja gern erfüllen. Aber da es unmöglich ist, beginne ich wohl doch am Anfang. Habt ihr was über den Fall gelesen?«

»Bruchstückhaft. Geh davon aus, dass wir nichts wissen.«

»Gut. Erland Bergenstrand war zweiundsiebzig Jahre alt und Rentner, ein vermögender Rentner. Nach einer erfolgreichen Karriere in der Wirtschaft war er mehrfacher Millionär. Er war Geschäftsführer in verschiedenen Unternehmen und in den letzten Jahren Unternehmensberater. Seinen letzten Job hatte er bei SKF und seinen letzten Auftrag als Berater in der Kommune Kungsbacka. Vor drei Tagen wurde er von seiner sechsundfünfzigjährigen Ehefrau Birgitta tot aufgefunden, als sie von der Arbeit nach Hause kam. Sie arbeitet halbtags als Sprechstundenhilfe. Er lag auf dem Fußboden im Badezimmer mit einer Kugel im Kopf. Eine ziemlich schmutzige Angelegenheit. Trotzdem gibt es einen Anhaltspunkt: Unser Täter hat nämlich Schuhabdrücke im Blut hinterlassen. Einen richtig guten, die anderen zunehmend schwächer, je weiter er sich vom Tatort entfernte. Er verließ das Haus durch die Tür.«

»Ist er nach dem Schuss im Bad herumgetrampelt?«, unterbrach John Rosén ihn.

»Scheint so. Bergenstrand wurde von der Tür aus erschossen, zu dem Schluss sind die von der Spurensicherung gekommen, nachdem sie den Ein- und Austritt des Projektils bestimmt haben. Und dann ist der Mörder hineingegangen. Schwer zu verstehen, warum. Vielleicht, um sich zu überzeugen, dass Bergenstrand wirklich tot war.«

Tallberg erhob sich und begann herumzuwandern.

»Welche Schuhgröße?«, fragte Rosén.

»Vermutlich 42. Ein nicht allzu großer Mann. Oder eine große Frau. Das ist auch möglich. Derbe Gummisohlen, noch kein bisschen abgenutzt. Wir versuchen die Schuhmarke herauszubekommen, aber so weit sind wir noch nicht. Dann werden wir überprüfen, welche Läden diese Marke verkaufen.«

Elina schaute unbewusst auf ihre Füße. Sie hatte Schuhgröße 39. Ihr Blick glitt weiter zu Tallberg, der vor ihr stand.

»Größe 52«, sagte er, als er ihren Blick auffing. »Müssen spezialangefertigt werden.«

»Die Befragung der Nachbarn hat leider überhaupt nichts ergeben«, fuhr er fort. »Niemand hat etwas gesehen. Und niemand ist ins Haus eingebrochen, die Haustür war unverschlossen. Wir gehen also davon aus, dass der Mörder geklingelt hat und eingelassen wurde oder sich den Zutritt mit der Waffe erzwungen hat. Oder dass die Tür unverschlossen war und er einfach hineinspazieren konnte. Natürlich haben wir die Angehörigen und ihre eventuellen Motive überprüft, haben aber nichts Besonderes gefunden, bis jetzt jedenfalls nicht. Nicht mehr, als dass sie Bergenstrand beerben werden. Doch seitdem ich weiß, dass Åkesson in Västerås mit derselben Waffe erschossen wurde, glaube ich noch weniger daran, dass Bergenstrand von einem seiner Verwandten umgebracht wurde.«

»Auf der Fahrt haben wir darüber gesprochen, welche Verbindung zwischen Bergenstrand und Åkesson bestehen könnte«, sagte Rosén. »Uns ist nichts eingefallen. Weißt du etwas?«

»Nein«, sagte Tallberg. »Nichts. Das ein und dieselbe Waffe benutzt wurde, haben wir erst gestern erfahren; wir hatten also noch keine Zeit zum Nachfragen. Ich dachte, das ist etwas, worauf du und Elina ...«

»Wiik«, sagte Elina.

»Danke«, sagte Tallberg. »Etwas, worauf ihr beiden euch konzentrieren könntet.«

Zehn Minuten später waren sie in John Roséns BMW auf dem Weg zu Bergenstrands Haus. Elina saß hinter Rosén, Tallberg auf dem Beifahrersitz, und obwohl dieser, so weit wie es nur ging, zurückgeschoben war, musste Tallberg die Knie schräg halten.

Elina kam plötzlich ein Gedanke.

Vielleicht etwas gewagt, dachte sie. Aber wenn es sich als wahr herausstellt ...

Das würde sie als Erstes herauszufinden versuchen, wenn sie ankamen.

»Birgitta Bergenstrand ist nicht zu Hause«, sagte Tallberg. »Sie hat es nicht allein ausgehalten und ist zu ihrer Schwester nach Jönköping gefahren. Das war uns nur recht, die Spurensicherung war mehrere Tage im Haus beschäftigt.«

»Was hatte sie zu sagen?«, fragte Elina.

»Nicht viel«, antwortete Tallberg seufzend. »So einen schockierten Menschen habe ich selten gesehen. Es dauerte vierundzwanzig Stunden, ehe wir ein vernünftiges Wort aus ihr herausbekamen. Sie verstand nichts, wusste nichts und konnte nicht begreifen, dass jemand ihrem Mann übel wollte. Die Verhöre haben bis jetzt nicht das Geringste ergeben. Aber sie scheint sich inzwischen ein wenig gefasst zu haben.«

»Hatte er Kinder?«, fragte Rosén.

»Fünf aus zwei früheren Ehen«, erwiderte Tallberg. »Vier Jungen und ein Mädchen, im Alter von vierzehn bis sechsundvierzig. Mit Birgitta hatte er keine Kinder.«

»Wie viele Kinder hatte er mit der ersten Frau und wie viele mit der zweiten?«, fragte Rosén.

»Vier mit Nummer eins und eins mit Nummer zwei«, sagte Tallberg.

»Welche?«, fragte Rosén.

»Die Jungen mit der ersten und das Mädchen mit der zweiten.«

Rosén fuhr schweigend weiter. Elina sagte nichts.

»Der zweite Sohn heißt Håkan«, fuhr Tallberg fort, »und ist dreiundvierzig Jahre alt. Das schwarze Schaf der Familie. Hat in der Jugend Rauschgift genommen, jetzt nimmt er Drogen verschiedener Art und säuft wie ein Loch. Für ihn ist das Erbe natürlich wichtiger als für die anderen. Aber warum hätte er Wiljam Åkesson umbringen sollen? In Västerås? Außerdem noch vor dem lieben Papa?«

»Darüber müsste man nachdenken«, sagte Rosén.

Elina beugte sich vor und legte die Ellenbogen auf die Rückenlehne des Vordersitzes.

»Elisabeth Åkesson, also Åkessons Tochter hat auch schwere Alkoholprobleme. Vielleicht sollten wir überprüfen, ob sie einander kennen.«

»Ja«, sagte Rosén, »nur ein bisschen weit hergeholt. Aber Alkohol ist ein starkes Motiv.«

Er parkte das Auto vor Bergenstrands Haus. Es war groß, weiß geklinkert und in einem unbestimmbaren englischen Stil erbaut.

Nicht sehr geschmackvoll, dachte Elina.

Tallberg öffnete die Tür. Er hatte einen Schlüssel. Im Wohnzimmer standen gepolsterte Ledergarnituren und dunkle Bücherschränke aus Holz. In der einen Ecke gab es eine Bartheke.

»Da findet ihr alles«, sagte Tallberg.

»Eine Frage«, sagte Elina. »Haben Sie Bergenstrands persönliche Sachen mit aufs Präsidium genommen oder befinden sie sich noch hier im Haus?«

»Wir haben alles hier gelassen, aus Rücksicht auf die Ehefrau. Sie wird ja zurückkommen.«

»Gibt es alte Fotos?«

»Kommen Sie mit.« Tallberg nahm Elina am Arm.

Er führte sie in ein Zimmer, das aussah wie ein Büro. In einem Bücherregal standen mehr als zehn Fotoalben in schwarzen Plastikeinbänden.

»Wir haben sie durchgesehen, ohne etwas zu finden, das uns weitergebracht hätte. Suchen Sie nach etwas Bestimmtem?«

»Ja, nach Åkesson. Könnte ich die Fotos sofort durchsehen?«

»Bitte sehr«, sagte Tallberg und ging zu John Rosén.

Elina zog das Album heraus, das ganz links stand. Sie setzte sich auf einen Stuhl und schlug es auf. Auf den ersten drei Bildern war Erland Bergenstrand zu sehen, der den Arm um eine jüngere Frau gelegt hatte. Elina vermutete, dass es seine Frau Birgitta war. Neben ihm stand eine zweite Frau, die in seinem Alter zu sein schien. Sie befanden sich auf einem Balkon, im Hintergrund war ein diesiges Meer zu erkennen. Alle waren sonnengebräunt. Ganz unten auf der Seite war mit der Hand vermerkt: »Zypern 1998 mit Gittan und Pelle«.

Pelle ist wahrscheinlich der Fotograf, dachte Elina und betrachtete Bergenstrand genau. Ein großer, schlanker Mann. Sein Gesicht wirkte hager und sagte ihr nichts.

Sie blätterte weiter. Das gesamte Album war eine Art Bilderbogen der Auslandsreisen des Ehepaares Bergenstrand zu verschiedenen Zielen, die man per Charterflug erreichen konnte. Auf einigen der Fotos, die auf Barbados aufgenommen waren, tauchte dann noch einmal Gittan auf und diesmal auch Pelle. Keine einzige Reise hatte an einen Ort geführt, den man nicht in den Charterkatalogen finden konnte.

Er hätte sich eigentlich mehr leisten können, dachte Elina. Und wie gut für das familiäre Umfeld, dass die eine Birgitta Gittan genannt wurde. Zwei Birgittas wären zu viel gewesen.

Dasselbe Thema im nächsten Album. Erland und Birgitta mal hier, mal da, auf neuen Charterabenteuern. Das dritte Album unterschied sich ein wenig von den ersten beiden: Erland und Birgitta auf verschiedenen Golfplätzen. Meistens nur Birgitta. Nach den Reisen folgten die Familienfotos. Weihnachten 1980. Weihnachten 1982. Und später. Kleine Kinder mit jungen Eltern. Aber Erland Bergenstrand war auf keinem einzigen Bild dabei.

Er hat wahrscheinlich immer fotografiert, vermutete Elina. Er hat die Enkel mit den Söhnen und ihren Frauen auf den Bildern verewigt.

Auf einem der Fotos lümmelte sich im Hintergrund ein einsamer Mann um die fünfundzwanzig in einem

Sessel mit einem Glas in der Hand. Sein Hemd war aufgeknöpft. Alle anderen standen oder saßen zusammen.

Håkan. Elina war sicher, dass er es war.

Das letzte Album unterschied sich von allen anderen. Keine Familienmitglieder oder Urlaubsreisenden, sondern ziemlich neue Farbfotos und auch die eine oder andere Schwarzweißaufnahme. Auf mehreren war Erland Bergenstrand auf Konferenzen mit anderen Männern abgebildet. Auf einem posierte er vor einem Gemeindebüro. Auf einem anderen stand er vor den Fabriktoren von SKF mit Blumen in der Hand.

Vielleicht bei seiner Pensionierung, dachte Elina. Die Bilder mussten erst kürzlich ins Album eingeklebt worden sein.

Sie drehte das Album um und musterte den Einband. Er sah ziemlich neu aus. Sie blätterte bis zum letzten Bild, schlug das Album zu und legte es vor sich auf den Fußboden. Dann erhob sie sich und ging zu Gerhard Tallberg und John Rosén, die vor dem Bad standen, in dem Bergenstrand ermordet worden war, und erörterten, wie das Opfer gelegen hatte, als es gefunden wurde.

»John«, sagte sie.

»Warte mal eben«, sagte er.

Sie blieb stehen und hörte dem Gespräch zu.

»Was ist?«, fragte Rosén nach einer Weile und sah Elina an.

Sie drehte sich um und bedeutete den beiden, ihr ins Büro zu folgen. Dort bückte sie sich und hob das Fotoalbum vom Fußboden auf.

»Schaut mal«, sagte sie und schlug die letzte Seite auf.

»Herr im Himmel!«, entfuhr es Rosén.

»Ihr seht etwas, was ich nicht sehe«, sagte Tallberg. »Dürfte ich es bitte erfahren?«

»Das ist Wiljam Åkesson«, sagte Rosén und zeigte auf einen der Abgebildeten.

»Genau so ein Foto habe ich bei Åkesson gefunden«, sagte Elina. Sie reichte Rosén das Album.

»Ich hab's gewusst«, rief sie triumphierend. »Es hat etwas mit dem Mord zu tun.«

Tallberg starrte Elina stumm an. John Rosén lächelte.

»Auf dem Bild ist Åkesson nicht älter als fünfundzwanzig«, sagte Elina. »Und ich glaube, der andere ist Bergenstrand als junger Mann. Auch wenn er auf diesem Bild korpulent ist und auf allen anderen Aufnahmen dünn wie eine Bohnenstange. Das lässt sich ja leicht überprüfen. Auf jeden Fall hatten beide das gleiche Foto in ihrer Wohnung.«

»Die Verbindung zwischen ihnen«, ergänzte Rosén.

»Ich glaube, es wurde 1962 in Luleå aufgenommen«, sagte Elina. »Nach einer Debatte zwischen Sozialdemokraten und Arbeitgebern über Rationalisierungsmaßnahmen in der Wirtschaft. Oder vor der Debatte. Jedenfalls ungefähr zu der Zeit.«

Fast riss sie Rosén das Album aus den Händen.

»Bei Åkesson gab es einen Zeitungsartikel, der über die Debatte berichtete«, fuhr sie fort und wandte sich an Tallberg. »Einer der Teilnehmer war Åkesson, und der andere Mann auf dem Foto hat wahrscheinlich auch daran teilgenommen. Bergenstrand, wenn er es wirklich ist.«

»Und jetzt, vierzig Jahre später, hat jemand beschlossen, das endgültige Argument beizusteuern«, sagte Tallberg, »um die Debatte endlich für sich zu entscheiden.«

»Wir müssen herausfinden, was Åkesson und Bergenstrand gemeinsam hatten«, sagte Rosén, ohne auf Tallbergs ironischen Kommentar zu achten. »Vielleicht sind sie sich bei der Diskussion zum ersten Mal begegnet, hielten weiterhin Kontakt und haben sich im Lauf der Zeit gemeinsame Feinde geschaffen.«

»Åkessons Frau wusste nicht, wer der Mann auf dem Bild ist. Und sie und Åkesson waren bis weit in die siebziger Jahre verheiratet. Eine enge Freundschaft kann es also nicht gewesen sein«, bemerkte Elina.

»Oder eine enge Freundschaft im Geheimen«, sagte Tallberg. »Und wie hängt das mit Håkan und Åkessons alkoholsüchtiger Tochter zusammen?«

»Das ist nur eine Theorie«, sagte Rosén. »Aber eine, die es wert ist, überprüft zu werden. Wir müssen für alles offen sein.«

Sie blieben noch eine Stunde im Haus. Zuletzt kehrte Elina noch einmal in das Arbeitszimmer zurück und musterte die leeren Regale, in denen die Ordner gestanden hatten. Sie waren für den Transport ins Präsidium in einen Karton gepackt worden.

Sie fühlte sich sonderbar zufrieden nach der Entdeckung des Fotos. Aber plötzlich tauchte ein Gedanke in ihrem Kopf auf. Er bestand nur aus einem Wort und war mehr ein Gefühl.

Pelle, dachte sie.

Sie spürte eine leise Unruhe. Warum ging ihr dieser Pelle, der Erland Bergenstrand auf einigen Reisen begleitet hatte, nicht aus dem Kopf? Die Unruhe verwandelte sich in Irritation. Wieder einmal war da etwas, das sie nicht klar formulieren konnte.

16

Er war noch einen weiteren Tag in der Jugendherberge geblieben. Falls mich das Mädchen an der Rezeption etwas zwielichtig findet, würde es ihr im Nachhinein vielleicht merkwürdig vorkommen, wenn ich direkt nach dem Mord abreise, hatte Olavi Andersson gedacht.

Diesen Tag hatte er damit verbracht, über die Avenyn zu bummeln, was ihm wie Urlaub vorgekommen war. Er fühlte sich entspannt und heiter. Heiterkeit war ein Gefühl, das er viele Jahre nicht gekannt hatte. Er hatte sich sogar getraut, sich in ein Straßencafé zu setzen und eine Coca-Cola zu bestellen. Obwohl die meisten anderen Gäste Wein oder Bier tranken, hatte er keine Gier nach Alkohol empfunden. Er hielt es für ein gutes Zeichen, dass er es schaffen würde.

Auf der Zugfahrt zurück nach Västerås war ihm übel geworden. In letzter Sekunde hatte er es zur Toilette geschafft und sich übergeben. In Västerås nahm er ein Taxi nach Hause. Dann hatte er achtundvierzig Stunden geschlafen.

Am Samstag fühlte er sich wieder einigermaßen normal. Aber die Angst lauerte noch in seinem Magen und es fiel ihm schwer, still zu sitzen. Er beschloss, Zigaretten kaufen zu gehen, obwohl noch eine halb volle Schachtel auf dem Couchtisch lag.

Das Schwerste steht mir noch bevor, dachte er auf dem Weg zum Skallbergskiosk. Wie soll ich vorgehen?

»Merhaba Olli«, sagte der Mann im Kiosk. »Du neue Kleidung gekauft? Ich finden, du sehen munter aus.«

»Danke«, murmelte Olavi Andersson. »Ich hab mit dem Schnaps aufgehört.«

»Gut. Schnaps nix gut. Wie immer?«

Er legte eine Schachtel Marlboro vor seinen Kunden hin. Olavi Andersson bezahlte und kehrte in seine Wohnung zurück. Er nahm den Fahrstuhl nach oben. Einige Male hatte er versucht, zu Fuß hinaufzusteigen, um seine Muskeln zu trainieren, hatte es aber nie geschafft. Er steckte den Schlüssel ins Schlüsselloch und drehte ihn um. Als er die Klinke herunterdrückte, merkte er, dass er ab- statt aufgeschlossen hatte.

Hab ich vergessen abzuschließen, als ich ging?, fragte er sich und drehte den Schlüssel noch einmal um.

Er betrat den kleinen Vorraum und bückte sich, um seine Schuhe auszuziehen. Das hatte er früher nie getan, aber jetzt wollte er den Fußboden sauber halten. Ehe er sich aufrichten konnte, hörte er rasche Schritte und spürte eine Hand in seinem Nacken, die ihn wie ein Schraubstock umklammert hielt.

»Aha«, sagte eine Stimme, die er kannte, »Olli hat also geglaubt, er entkommt. So einfach ist das aber nicht.«

Olavi Andersson wurde ins Zimmer gezogen und mit Kraft auf die Couch gedrückt. Als er den Kopf hob, stand nur einen halben Meter von ihm entfernt ein Mann über ihn gebeugt.

»Du bist eine länger währende Verpflichtung eingegangen, als du angefangen hast, bei mir zu kaufen«, sagte der Mann. »Den Chemiker verlässt man nicht so ohne weiteres. Ich muss an meine Geschäfte denken. Mein Lagerbestand hängt unter anderem von deinen Käufen ab. Du musst mir also auch weiter Ware abnehmen.«

Olavi Andersson richtete sich auf und hielt sich eine Hand vor den Kopf, um sich vor Schlägen zu schützen.

Der Chemiker bückte sich blitzschnell und versetzte ihm einen Schlag in den Magen. Der Schlag war so heftig, dass Olavi Andersson vornüberkippte und mit dem Kopf auf den Couchtisch schlug.

»Steh auf!«, schrie der Mann, der sich selber »der Chemiker« nannte.

»Schlag mich nicht«, flehte Olavi Andersson. »Lass uns darüber reden.«

»Okay, dann reden wir. Hör mir zu. Du warst nicht zu Hause, als ich dir bestellte Ware bringen wollte. Und dann hast du dich mit einem meiner Kunden angelegt und behauptet, es gibt keinen Handel mehr unter euch Jungs und keine Einladungen mehr. So was macht mich sauer.«

Er erhob die Hand erneut zu einem Schlag.

»Warte«, sagte Olavi Andersson. »Ich kann dir das erklären.«

»Na, wunderbar. Aber mach schnell und dann rück das Geld raus. Ich hab den Kanister dabei.«

Der Chemiker drehte sich um und hob einen Fünf-Liter-Kanister vom Fußboden.

»Diesen wirst du kaufen und du wirst ihn trinken. Und in drei Tagen komme ich mit einem neuen. Und dann hast du das Geld parat.«

»Wir machen einen Deal«, schlug Olavi Andersson vor. »Ich bezahle diesen Kanister und dann ist Schluss.«

Er ging auf der Couch vor dem nächsten Schlag in Deckung. Aber nichts geschah.

»Schluss, sagst du Schluss? Warum sollte so ein alter abgehalfterter Kerl wie du aufhören?«

»Das ist meine Sache. Es ist nun mal so.«

»Da täuschst du dich aber, Olavi.«

Der Chemiker schraubte den Verschluss auf, stellte den Kanister auf den Couchtisch und schlug rasch mit der rechten Faust zu. Sie traf Olavi Andersson am Kiefer und schleuderte seinen Kopf gegen die Wand. Der Chemiker stemmte sein Knie gegen Olavis Brust, der halb auf der Couch lag, und reckte sich nach dem Kanister.

Mit der anderen Hand öffnete er ihm den Mund.

Der Schmerz im Kiefer war höllisch und Olavi Andersson hatte keine Möglichkeit sich zu wehren. Der Schnaps floss in seinen Rachen, und obwohl er hustete und gleichzeitig zu schreien versuchte, lief ihm immer mehr in die Kehle.

Schließlich goss der Chemiker den Rest der Flüssigkeit über Olavi Anderssons Kleidung. Er wich ein paar Schritte zurück, und griff nach einem Feuerzeug.

»Ich glaube, ich mach Schluss mit dir«, sagte er leise.

Er stand eine Weile mit der Flamme in der Hand da und starrte Olavi Andersson an. Dann löschte er sie.

»Du kriegst noch eine Chance. Ich bin ein anständiger Mensch. Aber wenn ich in drei Tagen wieder komme, hör ich mir ein solches Gefasel nicht noch mal an.«

Dann ging er, ohne die Tür hinter sich zu schließen.

Olavi rollte sich von der Couch und wankte zur Toilette. Er beugte den Kopf über die Schüssel, und obwohl sich sein Kiefer wie gebrochen anfühlte, steckte er zwei Finger in den Hals. Er übergab sich sofort.

Der bringt mich nicht dazu wieder anzufangen, dachte er. Der nicht.

Er betastete seinen Kiefer. Vielleicht war er doch nicht gebrochen. Er zog sich aus und hängte die Sachen über den Stuhl. Verwirrt sah er sich nach seinem Bett um.

Dann ging er langsam darauf zu und streckte sich auf dem Rücken aus. Den Alkohol empfand er nur schwach. Das meiste hatte er wieder ausgespuckt, bevor es richtig wirken konnte.

Ich muss was tun, dachte er. Innerhalb von drei Tagen. Sonst geh ich in die Unterwelt.

Er lachte auf. Es tat weh.

Olavi in der Unterwelt. Wie Orpheus. Der Gedanke amüsierte ihn. In all den Jahren mit dem Schnaps hatte er ständig das Gefühl gehabt, ins Totenreich hinabzusteigen.

Aber da kann ich nicht lange bleiben, dachte er. Früher oder später muss ich wieder nach oben. Und dann steht der Chemiker da und wartet auf mich. Er wird mir im Weg stehen.

Allmählich formte sich ein neuer Gedanke in seinem Kopf, der schnell zu einem Entschluss reifte.

17

Es war Samstagnachmittag und die drei Ermittler saßen in einem Restaurant in der Nähe des Nya-Ullevi-Stadions. Elina aß eine vegetarische Lasagne, Tallberg und Rosén hatten sich für Bratwurst mit Kartoffelbrei entschieden. Tallberg hatte um eine doppelte Portion gebeten, die er bekam, ohne mehr dafür bezahlen zu müssen.

Am Sonntag wollten John und Elina nach Jönköping fahren, um Bergenstrands Ehefrau Birgitta zu befragen. Alle waren sich einig, dass sie vor dem Abend noch mindestens einen Schritt weiterkommen mussten.

Tallberg holte sein Handy heraus und wählte die Nummer von Magnus Bergenstrand, dem ältesten Sohn des Ermordeten. Fünfundvierzig Minuten später parkten sie das Auto hinter einem golden lackierten Volvo auf einer Straße in Örgryte, wo eine ganze Reihe Villen im Stil der Neuen Sachlichkeit standen.

Magnus Bergenstrand öffnete die Haustür, er trug einen blauen Trainingsoverall.

»Entschuldigen Sie mich bitte einen Moment. Ich muss schnell eine Dusche nehmen, bevor wir uns unterhalten«, sagte er. »Setzen Sie sich doch schon ins Wohnzimmer. Ich komme gerade vom Joggen.«

Fünf Minuten später kam Magnus Bergenstrand in Shorts und T-Shirt herein.

»Lassen Sie mich als Erstes mein Beileid zum Verlust Ihres Vaters aussprechen«, sagte John Rosén.

Ein leichtes Nicken war die Antwort.

»Wir hätten gerne, dass Sie sich ein Foto anschauen«, sagte Rosén und schlug das Album auf.

Magnus Bergenstrand beugte sich vor und betrachtete es.

»Das ist mein Vater als junger Mann«, erklärte er. »Er war ziemlich kräftig, bis er fünfzig war. Dann hat er abgenommen. Ich glaube, das geschah, als meine Eltern sich scheiden ließen.«

Er nahm Rosén das Album aus den Händen.

»Das Bild habe ich noch nie gesehen«, sagte er. »Mein Vater hat seine Fotos vor einigen Jahren sortiert und eingeklebt. Die Alben standen im Arbeitszimmer, nicht wahr?«

»Ja«, antwortete Tallberg.

»Wer ist der andere Mann auf dem Foto?«, fragte Bergenstrand.

»Wir hatten eigentlich gehofft, dass Sie das wissen«, sagte Rosén.

Magnus Bergenstrand sah genauer hin.

»Keine Ahnung. Wer könnte das sein?«

»Wiljam Åkesson«, verkündete Rosén.

»Wie bitte?«

»Das ist der Gemeinderat aus Västerås, der vor ein paar Wochen ermordet wurde.«

»Haben sie einander gekannt?«

»Noch etwas, worauf wir uns von Ihnen eine Antwort erhofften.«

»Ich hatte nie von ihm gehört, bevor er als Mordopfer in den Zeitungen auftauchte.«

»Denken Sie nach«, sagte Tallberg. »Denken Sie zurück. An Ihre Kindheit. Wir glauben, dass dieses Bild 1962 aufgenommen wurde. Da waren Sie sechs Jahre alt. Könnte Åkesson irgendwann später bei Ihnen zu Hause aufgetaucht sein? Oder an einem anderen Ort, wo Sie ihn gesehen oder von ihm gehört haben?«

Elina war beeindruckt, wie schnell Tallberg Magnus Bergenstrands Alter im Kopf ausgerechnet hatte.

Magnus Bergenstrand stand eine Weile schweigend da. Dann schüttelte er den Kopf.

»Nicht soweit ich mich erinnere. Vielleicht weiß meine Mutter mehr. Das ist ja ganz unglaublich. Vater und ein anderer Mann, der ebenfalls ermordet wurde. Gibt es da einen Zusammenhang?«

»Ja, den gibt es offenbar. Aber wir kennen ihn nicht, wir haben nur dieses Bild. Darum fragen wir Sie.«

»Ich habe keine Ahnung.«

Er betrachtete wieder das Bild und schüttelte den Kopf.

»Wahrscheinlich ist das Foto in Luleå aufgenommen worden«, mutmaßte John Rosén. »1962, wie mein Kollege eben sagte.«

»Luleå? Dort hat mein Vater Ende der fünfziger und Anfang der sechziger Jahre gewohnt. Wir haben natürlich auch dort gewohnt, meine Mutter und ich. Ich erinnere mich nicht genau, wann das war, aber es waren etwa fünf Jahre. Mein Vater arbeitete bei NJA, das heißt heute SSAB. Er war dort eine Art Chef.«

»Dann habe ich noch zwei Fragen«, schaltete Elina sich ein.

Sie schlug das Album mit den Weihnachtsfotos auf.

»Ist das hier Håkan?«, fragte sie und zeigte auf den einsamen Mann mit dem Glas in der Hand.

»Ja«, antwortete Magnus Bergenstrand, »schon damals ziemlich runtergekommen.«

»Warum hat er mit Drogen angefangen?«

»Als Jugendlicher ist er in schlechte Gesellschaft geraten. Und er war immer leicht verführbar. Mangelndes Selbstbewusstsein.«

Ein typischer kleiner Bruder, dachte Elina.

»Wissen Sie etwas über seinen Bekanntenkreis?«, fragte sie.

»Das sind wahrscheinlich Leute, die so leben wie er«, erwiderte Magnus Bergenstrand kurz. »Zu uns anderen hat er die Verbindung total abgebrochen. Auch zu unserer Mutter, obwohl sie in all den Jahren immer wieder versucht hat, Kontakt zu ihm aufzunehmen.«

»Kennen Sie eine Frau, die Elisabeth Åkesson heißt?«

»Mit Wiljam Åkesson verwandt?«

Elina nickte.

»Eine Tochter. Wissen Sie, ob Ihr Bruder Håkan sie kennt oder kannte?«

»Nein.«

»Okay. Und wer ist das hier?«

Sie zog ein weiteres Album aus der Tasche und zeigte auf ein Bild, auf dem der Charterreisende Pelle mit den beiden Birgittas posierte.

»Das ist Pelle Torstensson. Ein Freund meines Vaters. Sie haben sich auf dieser Charterreise nach Zypern kennen gelernt. Das ist noch gar nicht so lange her. Danach haben sie weiterhin miteinander verkehrt und gemeinsam Reisen unternommen. Haben zu Hause in Göteborg zusammen gegessen. Papa fand ihn so unkompliziert. Er ist Unternehmensberater, genau wie mein Vater es ursprünglich war. Warum fragen Sie?«

Elina wusste nicht recht, was sie antworten sollte.

»Es interessierte mich einfach«, sagte sie dann etwas kleinlaut.

Als sie Magnus Bergenstrands Haus verließen, wollte John Rosén dasselbe von ihr wissen.

»Warum hast du nach diesem Pelle Torstensson gefragt?«

»Ich weiß es nicht«, antwortete Elina ausweichend.

John Rosén sah sie an.

»Aber es muss doch einen Grund geben, dass du ausgerechnet nach ihm gefragt hast. Auf dem Bild waren ja noch andere Personen zu sehen.«

»Ich kann es dir tatsächlich nicht erklären, John. Manchmal lenkt mich mein Instinkt, ohne dass ich weiß, wohin mich das führt. Irgendwann verstehe ich es vielleicht. Aber im Augenblick habe ich keine Ahnung.«

Am Samstagabend um zehn zog Gerhard Tallberg eine Lederjacke an und trat in die Augustdämmerung hinaus. Er startete seinen Volvo und fuhr zur Första Långgatan, parkte und betrat einen Pub. Er brauchte eine Weile, um sich in dem verrauchten Lokal zu orientieren. Dann ging er zur Theke und bestellte ein Tonic. Ohne Gin.

»Du auch hier, Håkan?«, sagte er und wandte sich an einen Mann, der auf dem Barhocker neben ihm saß. »Wie ist die Lage?«

»Gibst du einen aus?«

»Klar.«

Tallberg winkte dem Barkeeper und zeigte auf Håkans leeres Bierglas.

»Wer zum Teufel bist du?«, fragte Håkan.

»Ein Freund von Elisabeth. Soll dich grüßen, falls ich dir in Göteborg über den Weg laufe.«

»Mensch, bist du groß. Ein richtiger Goliath, was? Wie heißt du?«

»Gerhard.«

Er streckte seine Hand aus.

»Boah, wie ein Waffeleisen.«

»Wie gesagt, ich soll dich von Elisabeth grüßen. In Västerås, du weißt schon.«

»Kenn ich nicht, aber grüß sie von mir aus wieder.«

»Elisabeth Åkesson. Ich glaub, die hast du mal vor einiger Zeit getroffen.«

»Muss aber ziemlich lange her sein. In Västerås hab ich schon seit einer Ewigkeit keine mehr gebumst.«

»Elisabeth, jünger als du. Blonde kurze Haare. Denk mal nach, es fällt dir bestimmt wieder ein.«

Håkan Bergenstrand lehnte sich ein wenig zurück und versuchte Gerhard Tallberg mit dem Blick zu fixieren.

»Scheiße, bist du'n Bulle? Sitzt da und quetscht mich aus, ohne mich um Erlaubnis zu fragen. Bei mir kommst du nicht weiter. Zum Teufel, such dir einen anderen, den du überführen kannst.«

Er stand auf und wankte zu einem Tisch. Gerhard Tallberg folgte ihm.

»Du hast Recht. Ich bin Polizist. Und ich möchte mit dir über Elisabeth Åkesson reden.«

»Ich sag doch, dass ich keine Elisabeth kenne. Hau ab und lass mich in Ruhe.«

»Wo wohnst du?«

»Bei einem Kumpel.«

»Wo, Håkan? Ich muss mit dir sprechen, wenn du nüchtern bist.«

»Dann kannst du noch zwanzig Jahre warten. Gib mir noch einen aus, das müssen dir meine Antworten wert sein.« Gerhard Tallberg erhob sich.

»Dann sehen wir uns im Polizeipräsidium. Ich werde dich morgen schon finden.«

Sonntagmorgen um neun checkten Elina Wiik und John Rosén im Hotel aus. Sie hatten beschlossen, nicht länger in Göteborg zu bleiben. Mit Hilfe des Fotos wollten sie lieber in Västerås nach der Verbindung zwischen den beiden Männern suchen. Tallberg würde die Ermittlungen in Göteborg weiterführen.

Aber zuvor wollten sie mit Bergenstrands Witwe in Jönköping sprechen.

John Rosén stellte den Tempomat ein, als sie die Landstraße in Richtung Borås erreichten, und lehnte sich auf seinem Sitz zurück.

»Du fährst gerne zügig, nicht wahr?«, fragte Elina.

»Seit meiner Kindheit. Mein Vater hatte einen amerikanischen Wagen. Einen Chevrolet 1960, hat zwei Tonnen gewogen.«

Elina betrachtete die Landschaft. Sie überlegte, wie sie es anstellen sollte, das zu erfahren, was sie eigentlich wissen wollte.

»Wie gefällt es dir unter den Kollegen in Västerås?«, fragte sie in neutralem Ton.

»Gut, sehr gut.«

Er fuhr schweigend weiter.

Das war der falsche Weg, dachte Elina. Es ist vielleicht besser, direkt vorzugehen.

»Mir ist etwas aufgefallen«, begann sie zögernd. »Du scheinst Distanz zu halten. Zu den Kollegen und zum Beruf. Habe ich Recht?«

»Findest du? Ja, vielleicht ist es so.«

»Warum?«

Er schwieg eine Weile.

»Ich weiß, was du meinst«, sagte er schließlich. »Aber das hat mit etwas sehr Privatem zu tun.«

Elina machte einen Rückzieher. »Ich wollte nicht aufdringlich sein. Aber neugierig bin ich doch.«

»Von den Kollegen weiß es nur Tallberg. Auch wenn er nicht besonders diskret ist, wie du vielleicht bemerkt hast?«

»Nein, wie meinst du das?«

»Wenn ich es dir erzähle, bist du also die Zweite, die es erfährt.«

»Du brauchst es mir nicht zu erzählen, wenn du nicht

magst. Aber ich möchte es schon gern wissen. Und ich behalte es natürlich für mich, falls es ein Geheimnis ist.«

Johns Geheimnis, dachte sie und spürte die Neugier im ganzen Körper.

»Kein Geheimnis«, sagte er, »aber privat.«

»Ich verstehe«, sagte sie, ohne im Geringsten zu ahnen, was es sein könnte.

»Ich habe einen anderen Hintergrund als du, einen anderen als alle schwedischen Kollegen. Soweit ich weiß, bin ich der Einzige.«

»Der Einzige womit?«

Er sah sie an.

»Mit meiner Herkunft.«

Elina wartete darauf, dass er weitersprechen würde. Aber er schwieg. Ich darf ihn auf keinen Fall drängen, dachte sie.

Sie fuhren an Borås vorbei. Die Straße schlängelte sich zwischen Birkenhainen und Fichtenwäldern dahin. Bald würden sie in Jönköping sein.

»Es gibt ziemlich viele wie mich in Borås«, sagte er, »und in Jönköping, auch in Göteborg. Vor allem dort. Und in Hisingen, wo ich aufgewachsen bin.«

»Jetzt bin ich aber wirklich gespannt«, sagte Elina.

»Hast du schon mal vom fahrenden Volk gehört?«

»Klar, Zigeuner. Wieso?«

»Eben keine Zigeuner. Ich gehöre zum fahrenden Volk, wir sind keine Zigeuner.«

Sie wandte sich so weit zu ihm um, wie es der Sicherheitsgurt erlaubte.

»Was sind denn das für Menschen? Ich habe keine Ahnung.«

»Wer es nicht besser weiß, nennt uns Zigeuner, aber wir nennen uns Reisende.«

»John, ich kapier gar nichts.«

»Nein, wie solltest du auch. Wir waren früher die Ausgestoßenen der Gesellschaft.«

Er drehte am Lenkrad.

»Jönköping«, sagte er, »kannst du die Karte lesen?«

»Natürlich«, erwiderte Elina und nahm den Stadtplan zur Hand.

Sie suchten sich den Weg zum Östratorget und parkten vor einer Kirche. Während Elina den Plan zusammenfaltete, stieg John Rosén aus und ging um das Auto herum. Er öffnete die Beifahrertür und hielt sie Elina auf.

»Danke«, sagte sie und sah ihn an.

»Ich erzähl dir später mehr«, versprach er, »wenn es dich wirklich interessiert.«

»Ja«, sagte Elina und stieg aus. »Das tut es. Aber erzähl es mir erst, wenn du wirklich dazu bereit bist.«

Im zweiten Stock eines Mehrfamilienhauses neben der Kirche fanden sie den gesuchten Namen an einer Tür. John Rosén klingelte. Eine Frau im Morgenrock öffnete ihnen.

»Die Polizei?«, fragte sie.

»Ja«, sagte Rosén. »Möchten Sie, dass wir draußen warten, während Sie sich zurechtmachen?«

»Zurecht?«

Elina sah, dass die Frau geweint hatte.

»Vielleicht möchten Sie sich anziehen?«, erklärte sie. »Wir können in einer halben Stunde wieder kommen.«

»Nein, treten Sie ein. Wer hat meinen Mann getötet, wissen Sie es?«

Elina und John Rosén schoben sich vorsichtig an Birgitta Bergenstrand vorbei in den Vorraum. Beide zogen sich die Schuhe aus und reichten ihr dann die Hand.

»Nein«, antwortete Rosén. »Leider nicht.«

Birgitta Bergenstrand machte eine einladende Geste.

»Meine Schwester Desirée ist nicht zu Hause«, sagte sie. »Bitte nehmen Sie im Wohnzimmer Platz.«

Ob es wohl auch eine Christina, eine Margareta und einen Carl Gustaf gibt?, dachte Elina.

»Auch meine Eltern hatten immer eine große Wertschätzung für das Königshaus«, bemerkte John Rosén.

Elina sah ihn mit hochgezogenen Augenbrauen an.

»Ja, unsere Eltern haben uns nach den Königskindern benannt«, sagte Birgitta Bergenstrand. »Mein kleiner Bruder heißt Carl Gustaf. In der Schule wurden wir wegen unserer Namen immer gehänselt.«

»In meiner Familie gibt es auch solche Namen«, sagte John Rosén. »Hübsche Namen. Ich bin nach einem Schauspieler benannt worden.«

Birgitta Bergenstrand lächelte Rosén an.

Es ist vermutlich das erste Mal seit Tagen, dass sie an etwas anderes denkt, dachte Elina und warf einen bewundernden Blick auf ihren Kollegen.

»Wir werden alles tun, um den Täter zu fassen, der Ihren Mann auf dem Gewissen hat«, sagte er. »Jetzt müssen wir Sie leider mit einigen Fragen belästigen. Wir haben etwas entdeckt, wobei Sie uns vielleicht weiterhelfen könnten. Haben Sie die Kraft dazu?«

»Ja.«

Sie setzten sich um den gläsernen Couchtisch.

»Wissen Sie, wer das ist?« John Rosén reichte ihr das Foto von Erland Bergenstrand und Wiljam Åkesson.

Sie nahm es und betrachtete es lange.

»Erland«, antwortete sie dann, »als junger Mann. Nach seiner ersten Scheidung ist er schlank geworden. Wer der andere ist, weiß ich nicht. Das Gesicht habe ich noch nie gesehen.«

»Sind Sie ganz sicher?«, fragte Elina.

»Ja.«

Elina lehnte sich enttäuscht zurück. Es hatte den Anschein, als könnte keiner der Angehörigen die Verbindung zwischen den beiden Männern erklären.

»Wer ist das?«, fragte Birgitta Bergenstrand. »Wissen Sie es?«

John Rosén erstattete Bericht und begegnete demselben erstaunten Blick wie bei Magnus Bergenstrand.

»Wir müssen in der Vergangenheit suchen«, sagte Elina ein wenig zögernd, um in der Vernehmung voranzukommen. »Darf ich fragen, wie Sie und Ihr Mann sich kennen gelernt haben?«

Birgitta Bergenstrand schaute auf und holte tief Luft.

»Nehmen Sie sich Zeit«, sagte Elina.

»In Thailand. Wir haben an derselben Charterreise teilgenommen, 1989. Ich war damals frisch geschieden. Er war so lieb. Versuchte mir zu imponieren, aber nicht auf diese Macho-Art. Er war so erfolgreich und ich war nur Arzthelferin. Das hat mir wahrscheinlich geschmeichelt und ich habe mich in ihn verliebt. Als wir nach Hause kamen, hat er sich scheiden lassen. Wir haben geheiratet, sobald wir konnten. Es war eine sehr harmonische Ehe ...«

Sie verstummte.

»Was wissen Sie von seinem früheren Leben?«

»Nicht viel, wir waren erwachsene Menschen und beschlossen, von vorn zu beginnen und nicht über die Vergangenheit zu reden. Aber seine Kinder kenne ich natürlich. Alle haben mich akzeptiert. Nur Håkan ist ein Kapitel für sich.«

»Was wissen Sie von Håkans Leben?«, fragte John Rosén.

»Ich habe ihn nur ein einziges Mal getroffen. Erland hat nie über ihn gesprochen. Es war für ihn zu schmerzlich.«

»Gibt es eine Verbindung zwischen Håkan und Västerås?«, fragte Elina. »Irgendetwas, was Ihnen dazu einfällt?«

Birgitta Bergenstrand schwieg eine Weile.

»Nein«, sagte sie dann. »Glauben Sie, Håkan hat mit ...«

»Nein«, unterbrach John Rosén sie rasch. »Wir suchen nach einer Verbindung, ganz gleich, was das ist.«

»Frau Bergenstrand«, sagte Elina, »wer ist Pelle Torstensson?«

»Jemand, den Erland auf Zypern kennen gelernt hat. Die beiden haben sich auch später in Göteborg getroffen. Seine Frau hieß genau wie ich, Birgitta, aber wir sind nicht miteinander warm geworden. Erland und Pelle haben sich meistens allein getroffen. Trotzdem haben wir zu viert ein paar Reisen unternommen, weil Erland und Pelle es wollten.«

»Gab es einen Konflikt oder eine Meinungsverschiedenheit zwischen den beiden?«

»Nicht, dass ich wüsste. Warum fragen Sie?«

»Haben sie zusammen Geschäfte gemacht?«

»Sie hatten die Absicht, aber es ist nie was daraus geworden.«

»Worum ging es bei den Geschäften?«

»Um Beratertätigkeiten, sie wollten ins Internet einsteigen. Genaues ist mir nicht bekannt.«

Elina wusste nicht, wie sie fortfahren sollte und schaute John an. Aber er sagte nichts.

»Gibt es in Erlands Leben etwas, worüber Sie sich Gedanken gemacht haben?«, fragte Elina schließlich.

»Nein«, antwortete Birgitta Bergenstrand. »Unser Leben war unkompliziert. Erland hatte natürlich seinen Kummer mit Håkan, worüber er aber nicht sprach. Ansonsten war unser Verhältnis sehr offen.«

Sie neigte den Kopf und schien sich in Gedanken zu verlieren.

»War es ein Zufall, dass Sie dieselbe Reise nach Thailand buchten?« Elina versuchte erneut, in die Vergangenheit vorzudringen.

»Ja, wir kannten uns nicht. Es war reiner Zufall. Erland war früher schon in Asien gewesen.«

»Wo genau ist er früher gewesen?«

»In Thailand, einige Male. Und in Vietnam.«

»Vietnam? Wann denn?«

»Während des Krieges. Er hat mir davon erzählt, als wir in Thailand waren. Daran erinnere ich mich.«

»Was hat er in Vietnam gemacht?«

»Er hat mir nur erzählt, dass er zu einer Geschäftsdelegation gehörte.«

Als sie auf die Straße kamen, griff Elina nach Johns Arm.

»Wiljam Åkesson war während des Krieges und danach in Vietnam«, sagte sie erregt. »Und Bergenstrand während des Krieges. Kann das Zufall sein?«

Er sah sie an.

»Vielleicht, vielleicht auch nicht. Und für uns gilt ›vielleicht nicht‹.«

18

Der Bus rollte über eine schmale, asphaltierte Straße, die sich wie eine Schlange durch die wohl geordnete Mälartallandschaft wand. Eine Fahrt zwischen Feldern, vorbei an geraden Gräben und frisch renovierten Häusern.

Olavi Andersson verließ den Bus der Linie vierzig in Tortuna gegenüber der Tankstelle, deren rote Schilder entweder eine anarchistische Weigerung waren, sich der gezähmten Natur dieser Gegend anzupassen, oder Ausdruck eines selten schlechten Geschmacks.

Den Rest des Weges wollte er zu Fuß gehen. Es war ein ziemlich weites Stück, aber er hatte es nicht eilig. Er ging in Richtung Norden, erst über Asphalt, dann auf Schotter. Das rote Häuschen lag neben einem Wald mit dichtem Unterholz. Die Farbe der Fensterrahmen war seit langem abgeblättert. Vor dem Haus stand ein beigefarbener Volvo 240. Olavi ging ohne Zögern auf das Haus zu und klopfte an die Tür.

Sekunden vergingen, ohne dass etwas geschah. Er sah sich um und konnte keine Bewegung auf dem Hof wahrnehmen.

Kann er zwei Autos haben?, dachte er.

»Was zum Teufel machst du denn hier?«

Olavi Andersson zuckte zusammen, als er die Stimme hinter sich hörte. Er drehte sich rasch um und starrte in ein Paar zusammengekniffene Augen.

Der Chemiker stand vornübergebeugt da, etwa drei Meter von Olavi entfernt.

»Ich wollte den Schnaps bezahlen und ein bisschen reden.«

»Reden? Worüber? Pass bloß auf, was du sagst.«

»Ich hab einen Vorschlag. Es geht um Geld.«

Olavi deutete mit dem Kopf zum Häuschen und hob fragend die Augenbrauen. Der Chemiker schwieg.

»Geh rein«, sagte er dann. »Aber nur dieses eine Mal. Säufer haben hier nichts zu suchen. Das ist kein Laden.«

Olavi öffnete die Tür und trat ein. Der Geruch nach gärender Maische stach ihm in die Nase. Er sah sich nach einem Stuhl um, auf den er sich setzen konnte. Der Chemiker baute sich vor ihm auf. Seine Hände waren zu Fäusten geballt. Aber Olavi sah ihm geradewegs in die Augen.

»Was hältst du davon, den Betrieb zu erweitern?«

Der Chemiker starrte ihn schweigend an.

»Ich hab aufgehört«, fuhr Olavi ohne ein Zittern in der Stimme fort. »Aber ich kenne alle in der Stadt, die saufen. Jeden Einzelnen. Und ich weiß, bei wem sie kaufen. Du kennst sie nicht. Ich weiß, was sie bezahlen. Wenn du zehn Kronen unter den Preis der anderen Dealer gehst, dann bekommst du neue Kunden.«

»Und dabei willst du Penner mir helfen?«

»Vielleicht ja.«

Der Chemiker öffnete seine Fäuste und rieb sich die Nase mit der rechten Hand.

»Um wie viele handelt es sich?«

»Über hundert.«

»Und was willst du dafür haben?«

»Geld.«

Er machte einen Schritt auf den Chemiker zu.

»Und nicht noch so was wie das letzte Mal in meiner Wohnung.«

Der Chemiker breitete die Arme aus.

»Was hast du denn erwartet? Ich muss zusehen, dass meine Geschäfte laufen.«

Er lächelte schief und deutete mit der Hand auf einen Wandschrank.

»Ich hab einiges auf Lager«, sagte er, »dort und im Keller.«

»Zeig's mir«, verlangte Olavi.

Der Chemiker drehte sich um und öffnete die Schranktür. Als er sich zu einem Regalbrett hinunterbeugte, auf dem Plastikkanister aufgereiht standen, machte Olavi einen Schritt vorwärts. Der Chemiker konnte nicht mehr reagieren, der Hammer traf ihn hart am Hinterkopf. Mit einem lauten Schrei fiel er zu Boden. Olavi stellte den Fuß auf seine Schulter und schlug noch einmal zu. Mit zitternder Hand ließ er dann den Hammer auf den Rücken des Mannes fallen.

Als sein Atem wieder ruhiger ging, bückte er sich zu dem regungslosen Körper hinab. In der rechten Gesäßtasche des Chemikers steckte eine Brieftasche. Olavi angelte sie heraus und öffnete sie. Sie war voller Geldscheine.

»Jetzt bist du für all deinen Schnaps bezahlt worden«, murmelte er. »Und dies ist die Rückerstattung.«

Er riss einen der Kanister aus dem Regal und schraubte den Verschluss auf. Die Hälfte des Inhalts goss er über den Körper und zog dann mit der Flüssigkeit eine Spur bis zur Tür. Er warf den Kanister ins Haus, holte sein Feuerzeug hervor und bückte sich.

Als er zur Straße zurückging, hörte er das knisternde Geräusch der Flammen.

19

Oskar Kärnlund fuhr sich mit der Hand über seine Glatze.

»Nicht allen wird es gefallen, was ich jetzt sage. Aber die Kriminalabteilung der Provinz wird umstrukturiert. Der Vorschlag kommt von mir. Und der Polizeipräsident ist mit mir einer Meinung.«

Alle am Tisch sahen ihn an. Die Teilnehmer der Morgenbesprechung, es war Montag, der 26. August, und es war zwei Minuten nach acht, wurden bei Oskar Kärnlunds Worten hellwach.

»Wir werden ein besonderes Mordkommando einrichten. Es ist an der Zeit, dass wir uns spezialisieren. Dafür habe ich mehrere Monate geackert. Der Mord von gestern ist entscheidend für diesen Beschluss.«

Elina saß ganz hinten im Raum. Sie war die einzige Frau. Zwischen ihr und Kärnlund saßen vierzehn Kollegen der Kripo von Västerås. John Rosén saß neben ihr. Vor ihm lag ein Bericht über die Vernehmungen in Göteborg und Jönköping. Aber keiner von beiden hatte von einem weiteren Mord gehört. Oder von der kleinen Bombe, die Kärnlund jetzt platzen ließ.

Ein Mordkommando?, dachte Elina und warf John einen Blick zu. Sie sah, dass er genauso erstaunt war.

Nehmt uns den Fall bitte nicht weg, flehte sie im Stillen.

Ihr Blick wanderte um den ovalen Tisch herum. Kärnlund am nächsten saß Egon Jönsson. Mit ihm sprach sie nie, wenn es nicht unbedingt nötig war. Der Konflikt, der bei der Brandstiftung in Surahammar im vergangenen Jahr zwischen ihnen entstanden war, war nicht gelöst, sondern nur auf Eis gelegt. Er behandelte sie wie Luft. Eiskalte Luft. Elina war das egal. Aber sie wusste, dass Jönsson sich für Kärnlunds Kronprinz hielt, für seinen Nachfolger, wenn Kärnlund in einem guten Jahr pensioniert würde. Für Elina war es das Schlimmste, was sie sich vorstellen konnte.

»Das Mordkommando wird so etwas wie eine regionale Variante der Reichsmordkommission«, sagte Kärnlund. »Es wird alle Mordfälle in der Provinz übernehmen. Zum Glück haben wir nicht mehr als drei, vier Fälle im Jahr. Aber es gibt eine Tendenz im ganzen Land, dass immer mehr Fälle ungelöst bleiben.«

Er wühlte in seinen Papieren und zog ein DIN-A4-Blatt heraus.

»Im Jahr 2000 wurden nur achtundfünfzig Prozent aller Mordfälle gelöst, Totschlag und Körperverletzung mit Todesfolge. Das heißt im Klartext, dass über siebzig Gewalttäter nicht dingfest gemacht werden konnten.«

Er sah einen nach dem anderen der um den Tisch Versammelten an und gab so ein Zeichen, dass er keinen Widerspruch duldete.

»In unserem Ort laufen Mörder frei herum. Ich habe meine eigene Meinung, weshalb das so ist. Bei komplizierten Ermittlungen tut sich die Polizei schwer. Das darf nicht passieren. Im Gegenteil, wir müssen besser werden. Und das soll durch die Spezialisierung geschehen. Ich will ganz einfach, dass einige von uns Experten im Lösen von Mordfällen werden.«

Er verstummte und schaute in die Runde. Ein Windhauch zog durchs offene Fenster herein. Keiner der Versammelten wollte sich die Chance entgehen lassen.

»Ich weiß, was ihr denkt«, sagte Kärnlund. »Es ist nicht leicht gewesen, unter euch zu wählen. Aber mir blieb nichts anderes übrig, als es zu tun. Vier Männer werden zu dem Kommando gehören.«

Vier Männer, dachte Elina. Nein.

Oskar Kärnlund schien eine Kunstpause einzulegen.

»John Rosén wird die Gruppe leiten.«

Er machte erneut eine Pause, aber mehr, um nachzudenken.

»Lasst sie uns Sonderkommission statt Mordkommando nennen. Kommando klingt zu militärisch und außerdem könnten sich die Medien über uns lustig machen. Stellt euch all die hämischen Schlagzeilen vor, wenn dieses Mordkommando versagt: ›Lockere Schüsse beim Mordkommando‹. Das klingt fast so, als würden wir Mörder losschicken, statt sie zu fangen.«

»Ja, ja«, unterbrach ihn Egon Jönsson und klopfte mit seinem Stift auf den Tisch. »Nun mal weiter.«

Oskar Kärnlund zuckte leicht zusammen.

»Wir brauchen einen Mann aus der Landespolizei: Erik Enquist. Die anderen beiden nehmen wir von hier. Da es eine Maßnahme für die Zukunft ist, habe ich mich für etwas jüngere Leute entschieden.«

Egon Jönssons Schultern senkten sich um einige Zentimeter.

»Henrik Svalberg soll zur Gruppe gehören und Elina Wiik.«

John Rosén drehte den Kopf und lächelte Elina an. Sie saß wie erstarrt da.

Aber ich bin doch eine Frau, dachte sie verwirrt.

»Die vier von der Sonderkommission werden später weiter ausgebildet«, sagte Kärnlund. »Aber dafür ist im Augenblick keine Zeit. Rosén und Wiik sind mit dem Fall Åkesson beschäftigt und Enquist und Svalberg übernehmen den Mord an ...«

Er blätterte in seinen Papieren.

»... wie hieß der Unglücksmensch noch? Hier ist es. Kent Krall. Kent Krall ... fünfunddreißig Jahre alt, wurde gestern am späten Nachmittag stark verbrannt in seinem Haus vor Tortuna aufgefunden. Zunächst schien es, als sei er durch ein selbst verursachtes Feuer umgekommen. Nachdem die Feuerwehr den Brand gelöscht hatte, stellte sich nämlich heraus, dass das Haus, ein eingeschossiges, unterkellertes, älteres Holzgebäude, in Wirklichkeit eine Schnapsfabrik war. Die Brandtechniker waren der Auffassung, das Feuer sei irgendwie durch den Alkohol entstanden.«

»Also ein Arbeitsunfall«, unterbrach ihn John Rosén.

»Das könnte man wohl so sagen.« Svalberg lächelte seinen neuen Gruppenchef an. »Aber das war nicht der Fall. Als der Gerichtsmediziner die Leiche untersuchte, entdeckte er rasch, dass Krall einen Schlag gegen den Kopf bekommen hatte. Und auf der Leiche wurde ein Hammer gefunden. Natürlich ohne Schaft, der war verbrannt. Die vorläufige Schlussfolgerung ist also, dass jemand Krall erschlagen, ihn mit Alkohol übergossen und angezündet hat. Folglich Mord und Brandstiftung. Wir wissen noch nicht, ob er schon tot war, als das Feuer ausbrach.«

»Die Fahndung läuft, doch bisher fehlt jede Spur«, warf Kärnlund ein. »Was nur unterstreicht, dass wir eine spezialisierte Gruppe im Dezernat brauchen. Fahr fort, Svalberg.«

»Wir haben schon zwei von Kralls Kunden verhört – keine Verdächtigen, aber beide scheinen Krall gut zu kennen. Einer von ihnen hat erzählt, dass er in ihren

Kreisen ›Chemiker‹ genannt wurde. Und dass er ihnen den selbst gebrannten Schnaps mehrere Jahre lang verkauft hat. Vermutlich hat er sein Gesöff auch an schwarze Clubs verkauft, aber da wird es vermutlich schwieriger, jemanden zu einer freiwilligen Aussage zu bringen. Sein Spitzname beruhte übrigens nicht nur auf seinen Braukünsten. Krall hat tatsächlich Chemie studiert und angefangen, seine Ausbildung mit einem lohnenden Nebenverdienst zu finanzieren. Aber später hat er die angestrebte akademische Karriere offenbar zugunsten seiner eher zwielichtigen Aktivitäten aufgegeben.«

Svalberg blätterte in den Papieren, die vor ihm auf dem Tisch lagen.

»Auch einige Gewalttaten hat er verübt. Seit 1997 wurde er dreimal wegen schwerer Körperverletzung verurteilt. Wir haben gestern alle drei Opfer ausfindig gemacht, und ich glaube, wir können sie als Tatverdächtige ausschließen, selbst wenn ein paar Ungereimtheiten bleiben. Um weiterzukommen, müssen wir jetzt seinen Kundenkreis ermitteln. Ein Motiv ist leicht vorstellbar. Jemand könnte versucht haben, durch den Mord seine Schnapsschulden loszuwerden. Vorstellbar ist auch, dass Krall von einem Konkurrenten ermordet wurde. Aber Genaues wissen wir letztlich nicht.«

»Dann gehen wir zum nächsten Punkt über«, sagte Kärnlund. »John, du bist dran.«

John Rosén berichtete kurz, was sie erfahren hatten. Zu der Verbindung zwischen Wiljam Åkesson und Erland Bergenstrand konnte niemand der Anwesenden etwas beitragen, und niemand hatte eine überzeugende Theorie bezüglich der Tatsache, dass die beiden Männer in den siebziger Jahren in Vietnam gewesen waren.

Nach Beendigung der Besprechung – und wieder in ihrem Zimmer – griff Elina sofort zum Telefon. Ohne zu fragen, ob Susanne Zeit hatte, erzählte Elina ihr von der Sonderkommission. Sie war auserwählt worden.

Dann ging sie zu John Rosén. Sie hatten keine Zeit zu verlieren.

»Stell dir vor, das Foto ist nur ein Zufall«, sagte John Rosén. »Stell dir vor, sie wurden aus ganz anderen Gründen umgebracht, nicht, weil sie sich vor vierzig Jahren kannten?«

»Das bezweifle ich«, entgegnete Elina. »Wie sagt man noch? Einmal ist Zufall. Zweimal ist Koinzidenz. Dreimal ist Konspiration.«

»Das hab ich noch nie gehört. Wo hast du das denn her?«

»Ich erinnere mich nicht mehr.«

John Rosén verzog den Mund.

»Hier ist wohl Zufall, dass beide Kinder haben, die Alkoholiker geworden sind«, sagte Elina. »Koinzidenz ist, dass beide zur gleichen Zeit in Vietnam waren. Konspiration ist, dass sie auf demselben Foto zu sehen sind.«

»Hm. Und jetzt ist ein Alkoholdealer umgebracht worden. Aber das kann ja kaum etwas mit unseren Morden zu tun haben. Dass Åkesson und Bergenstrand beide Kinder hatten, die Alkoholiker wurden, halte auch ich für einen Zufall. Statistisch gesehen ist es zwar eine Überrepräsentation, aber es gibt viele Alkoholiker und alle haben Eltern. Lebende oder verstorbene. Jetzt müssen wir auf die anderen beiden Punkte setzen: Luleå und Vietnam.«

»Okay«, sagte Elina und breitete die Arme aus. »Du fährst nach Luleå und ich fliege nach Vietnam.«

»Genauso habe ich es mir vorgestellt, nur deine Vietnamreise nicht. Ich bezweifle, dass Kärnlund den Antrag für das Ticket unterschreiben würde. Uns bleibt nichts anderes übrig, als unsere Ermittlungen auf heimischem Boden fortzuführen, in Västerås und Luleå.«

»Pech. Bist du übrigens schon mal in Luleå gewesen? Oder in Vietnam?«

»Weder noch.«

»Ich war mal in Luleå. Zuletzt vor ungefähr fünfzehn Jahren. Ich wollte auf dem Rückweg eine Zwischenlandung in Vietnam machen, aber daraus wurde nichts. Und jetzt verpasse ich wieder die Chance, dorthin zu kommen.«

Sie schwiegen eine Weile.

»Tallberg hat mich angerufen«, sagte Rosén dann. »Er hat gestern Håkan Bergenstrand in einem Spelunkenviertel verhört, bevor er morgens wieder anfing zu saufen. Tallberg sagt, er habe nicht den Eindruck, dass Håkan weiß, wer Elisabeth Åkesson ist.«

»Also kein Zusammentreffen und keine Konspiration«, folgerte Elina. »Nur ein Zufall. Was machen wir jetzt?«

»Ich fahre nach Luleå und versuche herauszubekommen, was eigentlich bei dieser Debatte 1962 passiert ist. Und du kriegst raus, was Åkesson in Vietnam getrieben hat. Tallberg muss dasselbe mit Bergenstrand in Göteborg tun. Du kannst sofort anfangen. Ich hab einen Flug gebucht und muss in einer halben Stunde fahren. Jetzt geht es los. Wir werden die Uhren zurückdrehen müssen.«

20

Sie fragen nach 1962?«

Sigurd Marklund sah John Rosén an, während sie die Köpmangatan entlanggingen. Sein Bauch wackelte bei jedem Schritt. Der Reißverschluss seiner braunen Lederjacke würde sich nicht schließen lassen, selbst wenn er es gewollt hätte.

»Mir ist klar, dass es nicht ganz leicht ist, sich zu erinnern«, sagte John Rosén.

»Ach was, das fällt mir nicht schwer. Aber es war einfach eine andere Zeit. Vielleicht verstehen Sie das nicht. Wie alt sind Sie?«

»Sechsundvierzig.«

»Hier müssen wir rein.«

Sigurd Marklund zeigte auf das Max-Hamburger-Lokal und sie traten ein.

»Die letzte Bastion im Kampf gegen den US-Imperialismus hier in Norrbotten«, sagte Marklund lachend. »Haben McDonald's in die Knie gezwungen. Aber nicht lange. Jetzt haben auch wir die Amerikaner hier.«

»Ich bezahle«, sagte Rosén, als sie ihre Bestellung aufgegeben hatten. »Eine andere Zeit. Klar. Aber woran denken Sie?«

»Damals ging es härter zu. Politisch. Es gab mehr

Klassenkampf. Und Kampf gegen die Kommunisten. Diese Debatte, von der Sie sprachen, an die erinnere ich mich gut. Ich war dabei und hab sie organisiert. Und saß später im Publikum. Hinterher mussten wir viel Kritik einstecken. Die Leute hatten den Eindruck, wir wären den Arbeitgebern in den Arsch gekrochen. Und Sie sollten mal hören, wie das klingt, wenn die Leute hier im Norden sauer sind. Die nehmen kein Blatt vor den Mund. ›Rationalisierungen‹, haben sie gesagt, ›das ist nur eine neue Methode, uns noch mehr auszubeuten.‹ Sie haben uns übel genommen, dass wir auf das Gerede von Entlassungen eingegangen sind. Es hat Leute gegeben, die sind nach dieser Diskussion zu den Kommunisten übergelaufen. Und die haben das Ganze noch angeheizt. Die haben die Chance ergriffen, um mehr Anhänger zu werben. Himmel, da wehte uns ein scharfer Wind ins Gesicht. Aber im Nachhinein finde ich, dass wir Recht hatten. Wie hätte es denn ausgesehen, wenn wir Sozialdemokraten dagegen gewesen wären, die Produktion voranzutreiben? Das ganze Land wäre ins Hintertreffen geraten. Maschinenstürmer sind wir nie gewesen.«

John Rosén legte seine Brieftasche auf den Tisch und öffnete sie.

»Kennen Sie die beiden?«

Sigurd Marklund musterte die Kopie des Zeitungsausschnittes. Er zeigte auf den Mann ganz links.

»Na klar, das ist Åkesson. Und der da hinten ist Erland Bergenstrand. Die beiden Toten, um derentwillen Sie hier sind.«

»Und die anderen?«

Marklund zeigte wieder auf das Bild.

»Das war der Vorsitzende der Arbeiterkommune, der Alte da war auch einer von uns. Und der. Ich erinnere mich nicht, wie er hieß. Irgendwelche Schlaffis im Maßanzug aus Stockholm.«

»Wieso hat Åkesson teilgenommen?«

»Wir wollten jemanden von den Jusos dabei haben. Und Åkesson konnte gut reden. Nicht, dass ich mich erinnere, was er gesagt hat, aber er war gut. Bergenstrand arbeitete im Eisenwerk NJA, wie es damals hieß. Ich glaube, er war dort Personalchef.«

»Haben die beiden privat miteinander verkehrt?«

»Kann ich mir nicht vorstellen. Das wäre zu weit gegangen. Jeder hielt sich an die Seinen.«

»Und wie erklären Sie sich das?«

John Rosén legte das Foto von Åkesson und Bergenstrand auf den Tisch. Sigurd Marklund aß den letzten Bissen von seinem Hamburger und schaute auf das Bild.

»Schwer zu beantworten. Wann wurde das aufgenommen?«

»Vermutlich 1962. Vielleicht im Zusammenhang mit der Debatte. Sie sind ja ziemlich gleich gekleidet, auch wenn Åkesson seinen Schlips abgelegt hat.«

Sigurd Marklund nahm das Foto in die rechte Hand und hielt es näher an seine Augen.

»Nicht derselbe Tag. Das Foto ist später aufgenommen worden.«

»Wieso sind Sie so sicher?«

»Schauen Sie mal.«

Marklund tippte auf Wiljam Åkessons rechten Jackettaufschlag.

»Eine Anstecknadel zum 1. Mai. Die gibt die Partei jedes Jahr neu heraus. Das Bild ist also vermutlich im April oder Mai aufgenommen worden. Und die Debatte war ...«

Er beugte sich über den Zeitungsausschnitt.

»... am 16. Februar. Da gab's noch keine Anstecknadeln zum 1. Mai. Aber wenn Sie sicher gehen wollen, müssen Sie wohl überprüfen, wie die damals aussahen.

Ich bezweifle, dass Åkesson noch die Nadel vom letzten Jahr am Aufschlag trug.«

»Sie hätten Polizist werden sollen«, sagte Rosén lachend.

»Mein Vater war Polizist«, antwortete Marklund.

»Wenn Sie Recht haben, trafen sich Åkesson und Bergenstrand auch nach der Debatte. Was wissen Sie über Bergenstrand?«

»Nichts. Da müssen Sie jemanden fragen, der zu der Zeit beim Werk war. Falls Sie noch jemanden finden. Und das Bild kenne ich auch nicht.«

Er zeigte auf das Gemälde an der Wand über dem Sofa, auf dem Åkesson und Bergenstrand saßen.

»Ich habe also keine Ahnung, wessen Zimmer das sein könnte. Åkesson war nur ein halbes Jahr hier. Soweit ich mich erinnere, hatte er nur zu uns Parteimitgliedern Kontakt.«

»Und zu welchen?«

»Zu mir, beispielsweise. Ich saß im Vorstand der Arbeiterkommune. Wir sind uns oft zu politischen Anlässen begegnet. Einige Male auch privat. Und Mårten Nilsson und Ivan Nordberg, die beide bei den Jusos aktiv waren. Ich weiß, dass er manchmal meine Kusine Anna-Stina und ihren Freund getroffen hat. Sie sind zusammen ins Kino gegangen oder in die Konditorei. Sie hieß auch Marklund und heiratete später jemanden, der Berg hieß. Er ist in den siebziger Jahren bei einem Unfall im Werk umgekommen.«

»Leben sie noch, Mårten Nilsson, Ivan Nordberg und Ihre Kusine?«

»Anna-Stina ist im vergangenen Jahr gestorben, an Krebs. Aber die anderen beiden leben noch. Sie sind immer noch politisch aktiv.«

»Wie hieß der Mann, mit dem Ihre Kusine damals zusammen war?«

»Botwid Wiik. Hat im Wald gearbeitet. Guter Mann.«

»Wiik?«

»Ja. Ist dann in den Süden gezogen, als er eine andere Frau kennen lernte. Weiß nicht, was aus ihm geworden ist. Verschwand einfach aus meinem Blickfeld. Hab nur gehört, dass er eine andere geheiratet hat. Und dass er ein Kind bekommen hat.«

21

Elina drehte sich auf der Straße um. Eine Frau mit einem Zwillingskinderwagen ging vorbei.

Das will ich auch, dachte sie.

Abends würde sie Susanne besuchen. Emilie wurde zwei, und als gute Patentante hatte Elina Geschenke gekauft. Ein Kleid und vier bunte Schwimmenten. In der Handtasche hatte sie die Kamera, die sie sich vor dem letzten Urlaub angeschafft hatte. Das Ereignis sollte dokumentiert werden.

Nachdem John Rosén nach Luleå aufgebrochen war, hatte Elina den Nachmittag des Vortages dazu genutzt, einen Menschen ausfindig zu machen, der etwas Sinnvolles über Wiljam Åkessons Vietnamengagement berichten konnte. Der Einzige, der überhaupt etwas zu wissen schien, war Sixten Eriksson. Sie hatten sich für den nächsten Tag um neun Uhr verabredet. In seiner Wohnung in Viksäng. Den Treffpunkt hatte Eriksson bestimmt. Und jetzt, fünf Minuten vor neun, suchte Elina die Nummer 36 unter den dreistöckigen Häusern mit der gelblich weißen Plattenfassade in der Regementsgatan.

Erik Enquist hatte Sixten Eriksson schon einmal in dieser Ermittlung vernommen, aber Elina hatte nicht mit Eriksson gesprochen und konnte sich auch nicht erinnern, ihn schon einmal gesehen zu haben. Er erinnerte sie an einen Specht, als er ihr die Tür öffnete, und sie war drauf und dran, ihn zu fragen, ob er auch Mitglied in Åkessons Singvogelchor war.

»Sie wollten über Vietnam reden«, sagte Sixten Eriksson ohne die geringste Andeutung eines Zwitscherns in der Stimme. »Darf ich fragen, warum?«

»Natürlich«, sagte Elina. »Wir versuchen Näheres über Wiljam Åkessons Aktivitäten in der Vergangenheit zu erfahren, um eine Erklärung für den Mord zu finden. Unter diesen Umständen ist alles von Interesse. Besonders das, was von Åkessons täglicher Routine abwich.«

»Aber was sollte denn sein Engagement in den siebziger Jahren mit dem Mord von heute zu tun haben?«

»Wir tasten uns langsam vor. So einfach ist das.«

»Sie wissen also nichts. Was wollen Sie von mir wissen?«

»Wieso hat sich Wiljam Åkesson beim ›Schwedischen Komitee für Vietnam, Laos und Kambodscha‹ engagiert, wie es damals hieß?«

»Das war eine Bewegung, die von der Partei unterstützt wurde. Jemand musste ja die Arbeit in unserem Namen ausführen.«

»Unterstützt wurde? Wie meinen Sie das?«

»Das ist doch hinreichend bekannt. Im Land wuchsen die Proteste gegen den Krieg der USA in Indochina, genau wie überall auf der Welt. Olof Palme hielt schon 1965 eine berühmte Rede in Gävle, wie Sie sich vielleicht erinnern.«

»Ich wurde 1969 geboren und hab manchmal sogar Probleme mich daran zu erinnern, was ich gestern getan habe.«

»Aha. Nun, wie dem auch sei, in Schweden begannen die FNL-Gruppen Demonstrationen zu organisieren und Geld zu sammeln. Das waren lauter tüchtige junge Leute. Die konnten Menschen mitreißen. Aber sie gehörten der extremen Linken an. Wir konnten nicht zulassen, dass sie die Vietnampolitik übernahmen. Das hätte Schwedens Verhältnis zu den USA geschadet und die Partei hätte viele junge Mitglieder verloren. Das ›Schwedische Komitee‹ war unsere Antwort.«

»Hat es sich so entwickelt, wie Sie es erwartet haben?«

»Na ja, im Nachhinein muss ich sagen, dass es uns nicht gelungen ist, besonders viele Sympathisanten zu gewinnen. Wiljam war Vorsitzender hier in Västmanland, ich saß im Vorstand und dann haben ein paar von den Jusos mitgearbeitet. Wir haben einige Versammlungen abgehalten, aber mehr war es nicht.«

»Trotzdem durfte Åkesson während des Krieges nach Vietnam reisen?«

»Er saß ja auch im Reichsvorstand des Komitees und gehörte zu einer Delegation. Ich meine mich zu erinnern, dass es 1972 war.«

»Was machte er in der Delegation?«

»Traf vietnamesische Politiker. Reiste im Land herum. Nahm an Mittagessen teil. Eben das, was Freundschaftsdelegationen immer tun. Die Reisen dienten dazu, den Kampf zu unterstützen und persönliche Kontakte herzustellen. Und man wollte sich ein Bild von der Lage verschaffen. Vermutlich hat er danach jedes Mal einen Bericht über seine Erlebnisse verfasst, das gehörte zum Job, sozusagen.«

»Wo finde ich diese Berichte?«

»Ein Exemplar sollte im Staatsarchiv im Rathaus vorhanden sein. Das hat die Verantwortung für die alten Unterlagen des Parteidistrikts. Ich kann dafür sorgen, dass Sie Einsicht bekommen, falls Sie dort suchen möchten. Die Originalberichte sollten in den Akten vom Schwedischen Komitee erhalten sein. Sie werden im Archiv der Arbeiterbewegung in Stockholm aufbewahrt.«

»Hatte er noch einen anderen Auftrag in Vietnam?«

Sixten Eriksson zuckte ein wenig zusammen. Er streckte die Hand nach seiner Zigarettenschachtel aus.

»Rauchen Sie?«

»Nein, danke.«

Er zündete sich eine Zigarette an und nahm einen tiefen Zug.

»Einen anderen Auftrag, was meinen Sie damit?«

»Zum Beispiel, ob er Geschäftsleute vor Ort getroffen hat. Etwas abseits von der Politik. Oder was anderes, irgendwas.«

Sixten nahm noch einen Zug und lehnte sich zurück. Elina sah ihn an. Anscheinend entspannte er sich wieder.

»Das glaube ich nicht«, antwortete er. »Daran habe ich keine Erinnerung.«

Aha, dachte Elina. Also verloren.

»Versuchen Sie sich zu erinnern«, sagte sie. »Ich habe einen Grund zu fragen.«

»Was für einen Grund?«

Wieder erstarrte er. Elina schaute in zwei wachsame Augen.

»Das darf ich Ihnen leider nicht verraten.«

»Wie gesagt, daran habe ich kein Erinnerungsbild.«

»Ich spreche nicht von Bildern«, erklärte Elina etwas irritiert. »Bilder sind konstruierte Erinnerung. Ich habe nur gefragt, woran Sie sich erinnern, ganz spontan.«

»An nichts. Wenn er noch etwas anderes getan hat, steht das sicher in den Berichten. Und entschuldigen Sie, aber nach dreißig Jahren kann ich mich nicht mehr erinnern, was darin gestanden hat, selbst wenn ich sie damals vermutlich gelesen habe.«

Er zerdrückte die Kippe im Aschenbecher.

»Ich werde dafür sorgen, dass Sie Zugang zum Archiv bekommen.«

Elina erhob sich.

»Am liebsten sofort, wenn Sie so freundlich sein wollen. Ich möchte gleich hinfahren. Vielen Dank für den Kaffee.«

Das Archiv lag im Kellergeschoss des Rathauses. Elina trug sich in das Besucherbuch ein und wurde in einen Raum voller Regale geführt, in denen Archivkartons aufgereiht waren, jeder ordentlich gekennzeichnet.

Ein Abstieg in die Vergangenheit, dachte Elina.

»Sie sind chronologisch geordnet«, erklärte der Archivar und zeigte auf die Rücken. »Hier lagern die Papiere des Parteidistrikts bis 1996. Sie können sich zum Lesen dort an den Tisch setzen. Sagen Sie Bescheid, wenn Sie Kopien haben möchten.«

»Danke, das werde ich.«

Elina suchte drei Kartons heraus, die mit »Eingegangene Akten 1972« beschriftet waren, hob alle drei gleichzeitig heraus und trug sie zu dem Tisch. Die Papiere waren mit der Maschine geschrieben, teils waren es Originale, teils mit Kohlepapier erstellte Kopien. Sie blätterte sich durch Protokolle von Besprechungen in verschiedenen Arbeiterkommunen in Västmanland und Briefe von Menschen, die aus allen möglichen Gründen an den Parteidistrikt geschrieben hatten. Im ersten Karton, der bis zum 22. April 1972 reichte, stieß sie auf nichts Interessantes. Ihr war nur aufgefallen, wie alltäglich politische Arbeit sein konnte.

Im zweiten Karton gab es zunächst viele Dokumente, die sich mit den Demonstrationen zum 1. Mai in der Provinz beschäftigten. Die Vietnamfrage war Teil der Vorbereitungen jeder einzelnen Demonstration. Sie sah, dass Åkesson gebeten worden war, darüber in Köping zu sprechen.

Einige Dutzend Papiere weiter fand sie es. »Bericht über einen Freundschaftsbesuch in Nordvietnam«, lautete die Überschrift. Es war nur ein DIN-A4-Blatt. Ganz unten stand Wiljam Åkessons Unterschrift. Ihr Puls wurde ein wenig schneller.

Der Bericht handelte in erster Linie von verschiedenen Arbeitsstätten, die die Delegation besucht hatte, und beinhaltete kurze Statements dazu, was das »Verantwortungskomitee der Arbeiter« zum entschlossenen Widerstand gegen den US-Imperialismus gesagt hatte. Åkesson schien sich überwiegend in der Hauptstadt und im nächsten Umkreis auf dem Lande aufgehalten zu haben. Die Reise hatte er im April 1972 unternommen.

Elina bat den Archivar um eine Kopie des Berichts. Während sie wartete, blätterte sie weiter in den Dokumenten. Es folgten zwei Besprechungsprotokolle. Auf dem nächsten Dokument stand mit Bleistift »Vertraulich«. Elina leckte an ihrem linken Daumen, um das Papier zu greifen.

»Zusammenfassung des Einflusses der Ultralinken auf die Vietnambewegung in Västerås«, lautete die Überschrift. Das Papier war auf den 8. Mai 1972 datiert, der Tag, nachdem Wiljam Åkesson seinen Reisebericht über Vietnam geschrieben hatte.

Das Dokument enthielt Betrachtungen darüber, in welchem Ausmaß die FNL-Bewegung durch die Vietnamarbeit in der Stadt dominiert wurde und wie schwach der Einfluss der Sozialdemokraten war. Dann folgten eine Aufzählung der Namen von Führungsmitgliedern der lokalen FNL-Gruppe und ein Kommentar: »Alle sind Mitglieder der Kommunistischen Partei oder können als Sympathisanten der Organisation gelten.«

Elina blätterte zurück zu Åkessons Reisebericht und

verglich das Schriftbild. Es schien dasselbe zu sein. Eine genauere Untersuchung würde zeigen, ob die beiden Berichte auf derselben Schreibmaschine geschrieben worden waren. Sie schaute sich die Buchstaben genau an. An den Rändern waren sie ausgefranst.

Beides sind Kopien, dachte sie. Ich muss überprüfen, ob sich die Originale in dem Archiv in Stockholm befinden, dessen Namen Sixten Eriksson mir genannt hat.

Sie suchte mit den Augen nach Unterschriften, doch der Reisebericht enthielt nur den maschinengeschriebenen Namen Wiljam Åkessons, keine handschriftliche Signatur. Daraus zog Elina den Schluss, dass kein Kohlepapier zwischen den Papieren gelegen hatte, als er das Original unterschrieb.

Auch auf »Zusammenfassung des Einflusses der Ultralinken« fehlte die Unterschrift. Aber jemand hatte ganz unten rechts auf dem Papier einen kurzen Strich mit schwarzer Tinte gezogen. Elina verglich die Länge des Striches mit Wiljam Åkessons Namen auf dem anderen Dokument. Der Tintenstrich war bedeutend kürzer.

»Hier ist Ihre Kopie.«

Elina drehte sich um und begegnete dem Blick des Archivars.

»Danke«, sagte sie. »Ich muss Sie um noch etwas bitten. Dieses Dokument ...«

Sie reichte ihm die Kopie der »Zusammenfassung«.

»... möchte ich bitte mitnehmen. Im Original. Obwohl es ja eigentlich auch eine Kopie ist. Aber diesen Bericht möchte ich haben.«

Der Archivar sah sie mit einem Blick an, den Elina als bekümmert deutete.

»Ich weiß nicht ...«

»Wenn Sie wollen, werde ich einen formellen Antrag durch die Polizei stellen lassen. Falls es Ihnen die Sache erleichtert.«

»Ich mache lieber eine Kopie und lege sie zusammen mit einem Zettel in den Karton, auf dem steht, dass Sie das Original haben. Wir bekommen es doch später wieder?«

»Selbstverständlich.«

Als Elina ins Polizeipräsidium zurückkam, wählte sie sofort die Nummer der Spurensicherung.

»Erkki«, meldete sich eine Stimme.

»Hallo, hier ist Elina.«

»Das höre ich. Noch ein ausgefallener Auftrag?«

Elina lachte.

»Vielleicht. Ich wollte deine Fähigkeiten testen.«

»Ich bin verheiratet, Elina.«

»*Stupid*. Ich meine deine technischen Fähigkeiten.«

»Ich sag doch, ich bin verheiratet.«

»Hör auf! Ich rede von der Kriminaltechnik. Jetzt sei still und hör mir zu.«

Erkki Määttä gluckste in den Hörer.

»Kann man einen Schreibmaschinentext rekonstruieren, der mit Tinte auf einer Kohlekopie durchgestrichen wurde?«

»Ein Stück Torte.«

»Ein was?«

»*A piece of cake.*«

»Echt blöd. Wieso reden wir dauernd Englisch?«

»Es ist möglich. Dafür gibt es eine Technik. Wenn die Kopie von einer alten Schreibmaschine stammt, müssten die Typen Zeichen im Papier hinterlassen haben. Schwieriger ist das mit Fotokopien und Matrizen.«

»Dann schick ich dir ein Blatt mit der Hauspost runter. Ganz unten rechts ist ein Tintenstrich. Ich möchte wissen, was darunter steht.«

»Gibt es mehrere Striche?«

»Nein.«

»Na dann. Es dauert einen Tag oder mehrere. Ich melde mich.«

Um halb fünf schloss Elina die Tür des Präsidiums hinter sich. Sie musste rechtzeitig dort sein, ehe der Schlaf siegte – Emilies Schlaf. Es war nicht weit. Susanne und Johan wohnten noch in Johans alter Junggesellenwohnung auf der Storagatan, mitten im Zentrum. Nur einige Häuserblöcke vom Polizeipräsidium entfernt. Aber bald würde Emilie mehr Spielfläche brauchen, und so hatten sie angefangen, nach einem passenden Haus zu suchen. Für zwei Rechtsanwälte war der Preis das geringere Problem.

»Lina«, schrie Emilie, als Elina hereinkam. Elina hob sie hoch und küsste sie auf die Wange.

»Glückwunsch, Mäuschen«, sagte sie.

»Johan macht Überstunden«, verkündete Susanne. »Wir sind also nur zu dritt. Großmutter und der Rest der Bande kommen erst am Wochenende.«

Emilie war mehr am Zerreißen des Geschenkpapiers interessiert, als am Geschenk selbst.

»Nimm Emilie auf den Arm, dann mach ich ein Foto von euch beiden«, sagte Susanne, als alles ausgepackt war.

Elina setzte sich in einen Ledersessel und hob Emilie hoch, die an einer Plastikente kaute.

»Sonst wissen wir ja gar nicht, dass die Patentante da war«, sagte Susanne und schaute durch den Sucher. »Darf ich um zwei Lächeln bitten?«

Elina lächelte, aber plötzlich sah sie gedankenverloren aus dem Fenster.

»Aufwachen, Elina«, sagte Susanne. »Du siehst aus, als wärst du vom Fotoblitz getroffen worden.«

»Pelle«, murmelte Elina und wandte ihr Gesicht Susanne zu. »Pelle Torstensson. Himmel, bin ich blöd.«

»Wovon redest du?«

»Danke, Susanne!«

Elina stellte Emilie auf die Füße und stand sofort auf.

»Ich muss zurück zur Arbeit. Sorry, aber ich muss. Einen Augenblick nur, ich komme wieder.«

»Was ist los?«

»Ich kann es dir jetzt nicht erklären, Susanne. Mir ist eben was eingefallen.«

»Und die Torte?«

»Lass mir ein Stück übrig. Oder iss es für mich auf. Küsschen, du Zweijährige.«

Elina beugte sich zu Emilie hinab, lief dann in den Vorraum und zog rasch ihre Schuhe an.

»Immer auf dem Sprung«, sagte Susanne lächelnd und umarmte Elina.

»Ich bin bald wieder da. Tschüs.«

Auf der Straße zwang sie sich zu gehen, statt zu rennen.

Hoffentlich ist er noch da, dachte sie, holte ihr Handy heraus und tippte eine programmierte Nummer an.

»Du bist doch noch nicht wieder zu Hause, John? Bist du noch in Luleå?«

»Ja, aber ich wollte heute Abend fliegen, in ein paar Stunden. Es hat einige Zeit gedauert, Leute zu finden, die mit Erland Bergenstrand zusammengearbeitet haben. Aber mit einem bin ich gleich verabredet. Ein früherer Angestellter des Werkes, der unter ihm in der Personalabteilung gearbeitet hat. Und ich habe einige getroffen, die 1962 mit Åkesson verkehrt haben. Das einzig Wichtige, was ich herausgefunden habe, ist, dass das Foto vermutlich mehrere Monate nach der Debatte aufgenommen wurde.«

»Ach?«

»Åkesson trug eine Anstecknadel zum 1. Mai. Daraus schließt Sigurd Marklund, dass das Foto vermutlich im April oder Mai gemacht wurde. Das würde bedeuten, dass sich Åkesson und Bergenstrand auch nach der Debatte getroffen haben. Sonst ist das Ergebnis dünn, obwohl wir vielleicht einen neuen ... Anhaltspunkt haben. Aber darum kümmern wir uns später. Und du?«

»Ich habe heute Morgen Sixten Eriksson getroffen. Und einige Mitarbeiter, die mehrere Jahre für Åkesson gearbeitet haben. Er ist schon mal vernommen worden, du erinnerst dich bestimmt an den Namen, aber da ging es um andere Dinge. Er scheint der Einzige zu sein, der etwas von Åkessons Vietnamgeschichte weiß. Ich werde dir erzählen, was er gesagt hat und was ich in einem Archiv gefunden habe, wenn du zurückkommst. Aber, du, John? Ich rufe wegen etwas anderem an. Du musst wahrscheinlich noch in Luleå bleiben.«

»Warum?«

»Um nach Pelle Torstensson zu suchen.«

Am anderen Ende wurde es still.

»Hallo?«, fragte Elina. »Bist du noch da?«

»Pelle Torstensson? Bergenstrands Charterkumpel aus Göteborg? In Luleå? Warum das?«

»Weil ich glaube, Pelle könnte der Mörder sein.«

Elina war am Haupteingang des Präsidiums angekommen.

»Ich rufe dich in einer Minute wieder an«, sagte sie und beendete das Gespräch, ehe John Rosén reagieren konnte.

Elina musste sich durch zwei Kodeschlösser drücken, ehe sie ihr Arbeitszimmer im zweiten Stock erreichte. Mechanisch stellte sie den Computer an, bevor sie den Telefonhörer abhob und erneut Roséns Handynummer wählte.

»Entschuldige, John. Ich wollte in meinem Zimmer sein, ehe ich über Einzelheiten der Ermittlung spreche.

Also Pelle, der mögliche Mörder. Nicht buchstäblich, aber bildlich. Im doppelten Sinn.«

»Könntest du etwas deutlicher in deinen Ausführungen werden? Dein Gruppenchef, also ich, wüsste das zu schätzen.«

»Der dritte Mann, der unsichtbare.«

»Das war ja sehr deutlich.«

»Der, der das Foto gemacht hat. Erinnerst du dich, dass ich nach Pelle Torstensson gefragt habe, als wir in Göteborg waren?«

»Ja, aber nun komm verdammt noch mal zur Sache!«

Elina nahm den Hörer vom Ohr. Es war das erste Mal, dass sie John Rosén hatte fluchen hören.

»In den Fotoalben bei Erland Bergenstrand zu Hause tauchen außer Erland und seiner Frau Birgitta häufig auch die Namen Gittan und Pelle auf. Aber auf den Bildern einer gemeinsamen Zypernreise sind immer nur Erland, Birgitta und Gittan zu sehen. Kein Foto von Pelle und trotzdem war er auch dabei.«

»Entschuldige, wenn ich geflucht habe«, sagte Rosén. »Ich verstehe, was du meinst, obwohl deine Erklärung etwas umständlich ist. Auf jedem Bild gibt es einen unsichtbaren Teilnehmer. Der, der die Kamera hält.«

»Mir ist unbegreiflich, warum ich nicht eher darauf gekommen bin. Erst als meine Freundin Susanne eben Fotos von Emilie und mir gemacht hat, ist es mir durch den Kopf geschossen. Sonst wissen wir ja nicht, dass die Patentante hier war, sagte sie.«

»Patentante? Ich weiß zwar nicht, wovon du gerade redest, aber ich verstehe trotzdem. Dich interessiert also, wer 1962 das Foto von Åkesson und Bergenstrand in Luleå aufgenommen hat, oder?«

»Das Foto ist unsere Verbindung zwischen Åkesson und Bergenstrand. Und damit die Verbindung zu der unsichtbaren Person in der Wohnung. Wenn wir den Fotografen finden, haben wir den Fall gelöst. Er ist der unbekannte Faktor.«

Für einen Moment senkte sie den Hörer und atmete aus, um sich ein wenig zu beruhigen.

»Das Foto ist in Luleå aufgenommen worden«, sagte sie dann. »Das glauben wir jedenfalls. Bleib da und such nach dem Fotografen.«

John Rosén lachte in den Telefonhörer.

»Na klar, Chefin.«

»Es ist natürlich nur ein Vorschlag«, sagte Elina rasch. »Selbstverständlich entscheidest du selber.«

»Tatsache ist, dass ich schon in diese Richtung gedacht habe. Nur nicht so präzise. Einer von denen, mit denen ich mich unterhalten habe, dieser Sigurd Marklund, von dem ich vorhin sprach, ein Parteiveteran, sagt, er kenne das Gemälde nicht, das in dem Zimmer, in dem Åkesson und Bergenstrand saßen, an der Wand hängt. Und da habe ich vage daran gedacht, dass man es herausfinden müsste. Aber ich gebe zu, dass ich nicht die richtigen Schlüsse gezogen habe. Bis jetzt.«

»Yes«, sagte Elina etwas zu laut. »Gut, gut. Das Gemälde. An das habe ich nicht gedacht. Es ist unsere beste Chance, den Fotografen zu finden. Wenn es seine Wohnung war.«

»Ich muss also in Luleå bleiben und nach jemandem suchen, der ein Bild mit einem Elch erkennt, das vor vierzig Jahren an einer Wand gehangen hat, und der sich außerdem daran erinnert, wem es gehörte.«

»Viel Glück.«

»Dann sehen wir uns also in etwa einem Jahr wieder.«

»Wenn wir Pech haben, hat das Bild in einer der Wohnungen gehangen, die Bergenstrand und Åkesson in Luleå gemietet hatten. Ich werde Kristina Åkesson fragen, ob sie es erkennt. Als ich ihr das Foto zeigte, schien sie sich an nichts zu erinnern.«

»Bitte Gerhard Tallberg, die damalige Ehefrau von Bergenstrand zu fragen. Sie sollte eigentlich wissen, wie sie ihre Wände dekoriert hatte. Du musst ihn sofort anrufen, Elina. Und sprich mit Åkessons Exfrau, sobald du kannst. Wenn das Bild einer von ihnen gehört hat, kann ich nach Hause fahren.«

»Sonst musst du bleiben. Und suchen.«

22

Das Haus unten am Hafen zu finden, war nicht schwer. Es sah aus wie eine gestrandete Finnlandfähre. Schwerer war es, den Eingang zu finden; John Rosén brauchte mehrere Minuten, bevor er begriff, dass er durch eine blaue Plastikröhre mit Rolltreppe gehen musste, um das Gebäude selbst zu erreichen.

An der Haustür hing ein Briefkasten mit dem Namen Curt Valdemarsson. Der Mann, der ihm öffnete, trug eine graue Strickjacke und Pantoffeln. Seine Haut war glatt und er begrüßte John Rosén mit einem weichen Handschlag.

»Natürlich erinnere ich mich an Erland Bergenstrand«, sagte er, noch ehe Rosén seine Schuhe ausgezogen hatte. »Der hat mich doch eingestellt. Das war am 1. Oktober 1959 und ich bin dem Werk bis zu meiner Pensionierung im letzten Jahr treu geblieben. In meinem ganzen Leben habe ich nur einen einzigen Job gehabt.«

»Sehr eindrucksvoll«, sagte John Rosén. »Es muss Ihnen dort gefallen haben.«

»Nein. Ich hab nie Freude an der Arbeit gehabt. Nicht einen einzigen Tag in meinem Leben. Für mich war das nur eine Möglichkeit, meinen Lebensunterhalt zu sichern. Irgendwie hab ich es nie geschafft, die Stelle zu wechseln. Die Jahre vergingen und ich bin geblieben. Kommen Sie herein.«

Sie setzten sich auf eine Couch in einem hübsch eingerichteten Wohnzimmer. Rosén sah sich um. Auf dem Bücherregal fehlten die sonst üblichen Familienfotos. Sein Blick wurde von einem Gemälde angezogen, das über dem weinroten Sofa hing. Darauf war eine Gebirgslandschaft mit Rentieren zu sehen. Kein Tümpel, kein Elch.

»Und jetzt ist er tot«, sagte Curt Valdemarsson. »Ich lebe immerhin noch. Aber ich glaube, er hat mehr Spaß am Leben gehabt als ich. Na ja, man soll nicht jammern.«

»Was waren Ihre Aufgaben in der Personalabteilung? Dort haben Sie doch gearbeitet?«

»Bürosklave. Ich habe mich um die Papiere gekümmert, wenn jemand eingestellt wurde, habe die Bewerbungen entgegengenommen, Einstellungsgespräche vorbereitet, habe dabeigesessen und Notizen gemacht und die Unterlagen aller Angestellten verwaltet.«

»Sie haben im Lauf der Jahre bestimmt viele kommen und gehen sehen.«

»Mehr, als ich mich erinnern kann. Halb Luleå und ein großer Teil des Binnenlandes sind an mir vorbeigezogen. Ja, mit der Zeit wurden wir natürlich immer mehr in der Abteilung, ich habe mich also nicht um alle gekümmert. Es gab ja Kontoristinnen.«

»Und was hat Bergenstrand getan?«

»Leute eingestellt.«

John Rosén blätterte in seinem Block. Er zeigte mit dem Stift auf eine Notiz.

»Ich sehe hier, dass er zwischen 1958 und 1963 im Werk gearbeitet hat. Hatten Sie Gelegenheit, ihn näher kennen zu lernen?«

»Persönlich? Nein, nur als Chef.«

»Wie war er als Chef?«

»Zu mir korrekt.«

»Und, wenn ich es so ausdrücken darf, ist er irgendwie aufgefallen? War bei ihm etwas anders im Vergleich zu anderen? In all den Jahren müssen Sie ja viele Personalchefs gesehen haben.«

»Mehr, als ich mich erinnern kann.«

Curt Valdemarsson verzog den Mund bei dieser Wiederholung.

»Er war sehr begierig nach Veränderungen und hat oft davon gesprochen, dass sich das Unternehmen entwickeln und effektiver werden muss. Deswegen mussten wir Leute mit dem richtigen Profil einstellen.«

»Profil? Wie hat er das gemeint?«

»Dass man die Aufmerksamkeit nicht nur auf die berufliche Qualifikation richten sollte. Die Angestellten sollten immer das Beste für das Unternehmen im Auge haben. Für Rationalisierungen offen sein und bereit, für ein gemeinsames Ziel zu arbeiten.«

»Was war denn das Ziel?«

»Der Gewinn des Unternehmens natürlich. Was sonst?«

»Und was bedeutete das genau?«

»Dass man die Leute nach ihrer Haltung fragte, bevor man sie einstellte. Aber ehrlich gesagt, begriffen nicht viele, wovon wir redeten. ›Haltung?‹, sagten sie, ›ich will arbeiten!‹. Und dann erkundigten sie sich nach dem Lohn. Wenn Bergenstrand ihnen erklärte, was er meinte, nickten sie nur. Oder sagten ›Ja, ja, das hat wohl seine Richtigkeit‹.«

»Die moderne Unternehmensphilosophie hatte also praktisch keine Bedeutung?«

»Kaum. Aber es klang sicherlich gut, wenn Bergenstrand seinen Vorgesetzten Bericht erstattete. Nur in einem Punkt war er knallhart.«

»Und das war?«

»Es wurden keine Unruhestifter eingestellt.«

»Unruhestifter?«

Curt Valdemarsson schaute John Rosén eine Weile schweigend an.

»Sie sind noch nie in Norrbotten gewesen?«

»Nein.«

»Wahrscheinlich sind Sie auch noch ein wenig zu jung. Unruhestifter war zu der Zeit nur eine andere Bezeichnung für Kommunisten. Leute, die sich höhere Löhne und bessere Arbeitsbedingungen erstreiken wollten. Die die falsche Veränderung anstrebten.«

»Also Leute mit unterentwickeltem Unternehmensprofil?«

»Genau.«

»Aber woher wusste Bergenstrand, wer Kommunist war? Das stand doch nicht in den Bewerbungsunterlagen?«

»Man konnte es auf andere Art herausbekommen.«

»Und wie?«

Curt Valdemarsson verzog wieder den Mund.

»Das sollten Sie aber wissen«, sagte er. »Leute Ihres Berufsstandes konnten zum Beispiel helfen. Der Geheimdienst hatte alle Kommunisten unter Kontrolle und nicht nur die, sondern auch ihre Familien. Frauen, Kinder, Eltern und Freunde.«

Er erhob sich und begann im Zimmer auf und ab zu gehen.

»Und nicht nur der Geheimdienst. Auch die Sozis hatten sie unter Kontrolle. In diesem riesigen Land hat es nie eine Gruppe gegeben, die so sehr durchleuchtet wurde wie die Kommunisten. Mit Ausnahme des Wolfsbestandes vielleicht. Der schwedische Staat hat immer alles unter Kontrolle gehalten, was von Ausrottung bedroht war.«

»Ich weiß«, erwiderte John Rosén und schaute auf den Tisch.

»Ich weiß es auch«, sagte Curt Valdemarsson plötzlich heftig. »Ich hatte die *Nordlichtflamme* abonniert, als ich jung war. Glauben Sie nur nicht, Bergenstrand hätte nicht auch das herausbekommen! In seinem Zimmer gab es einen verschlossenen Schrank, einmal konnte ich hineinschauen. In meiner Akte stand ›ungeeignet für eine Beförderung‹. Und eine Notiz über meine Lesevorlieben. Mit seiner Handschrift.«

»Was haben Sie gemacht?«

»Nichts. Doch, ich hab die *Flamme* gekündigt. Aber da war es bereits zu spät.«

John Rosén öffnete seine Aktentasche, nahm das Foto von Åkesson und Bergenstrand heraus und legte es vor Valdemarsson auf den Couchtisch.

»Kennen Sie die beiden?«

»Bergenstrand kenne ich natürlich. Wer der andere ist, weiß ich nicht.«

»Wiljam Åkesson«, sagte Rosén. »Das Foto wurde vermutlich im Frühling 1962 in Luleå aufgenommen. Sie wissen nicht, ob die beiden etwas gemeinsam hatten?«

»Der Politiker? Der ermordet wurde?«

»Genau der.«

»Seltsam, oder? Nein, ich weiß nichts.«

»Das Bild hinter den beiden an der Wand. Kennen Sie das?«

Curt Valdemarsson drehte sich um und warf einen Blick auf seine eigene Gebirgslandschaft mit Rentieren.

»Solche Bilder gibt es bei vielen Menschen hier oben in Norrbotten. Tiere in der Natur. Ein Elch in jeder Wohnung. Aber diese Variante habe ich noch nie gesehen. Leider.«

John Rosén war noch eine weitere halbe Stunde geblieben, hatte sich unterhalten und Kaffee getrunken. Dann verließ er den einsamen Mann. Als er auf die Straße trat, wählte er sofort Elina Wiiks Handynummer.

»Was haben sie gesagt?«, fragte er direkt, als sie sich meldete.

»Ich stehe gerade vor Kristina Åkessons Haus. Sie hat versichert, dass sie das Bild noch nie in ihrem Leben gesehen hat. Aber auch, dass sie nur einmal während seiner Zeit in Luleå in der Wohnung ihres Mannes war. Sie erinnert sich nicht, wann, glaubt jedoch, dass es gegen Ende des Frühlings war. Sie sagt, dass er möbliert gewohnt hat, und dass das Bild dort nicht gehangen hätte.«

»Das lässt eine kleine Möglichkeit offen«, meinte Rosén. »Er könnte das Bild nach ihrem Besuch gekauft haben.«

»Wohl kaum. Ich habe Kristina Åkesson danach gefragt, und sie sagte, dass er es bestimmt mit nach Västerås genommen hätte, wenn es so gewesen wäre. Außerdem war sie davon überzeugt, dass es nicht seinem Geschmack entsprach. Wiljam war kein Naturromantiker, so hat sie sich ausgedrückt.«

»Und Bergenstrands Ex?«

»Tallberg hat mich vor fünf Minuten angerufen, dein Timing ist also perfekt. Sie war genauso sicher wie Kristina Åkesson, das Bild noch nie gesehen zu haben. Und sie hat während der Jahre in Luleå in der gemeinsamen Wohnung gewohnt, sie sollte es also wissen.«

»Aha. Das sind ja jede Menge Neuigkeiten, aber ehrlich gesagt verstehe ich immer noch nicht, was uns sagt, dass der Unsichtbare der Mörder ist?«

»Eigentlich nichts. Aber der Fotograf ist das unsichtbare Bindeglied in diesem Zusammenhang. Allen anderen ist die Verbindung zwischen Åkesson und Bergenstrand vollkommen unbekannt. Nur der Fotograf muss sie kennen.«

John Rosén seufzte.

»Das bedeutet jedenfalls, dass ich bleiben und nach dem Bildbesitzer suchen muss. Wie auch immer.«

»Möchtest du, dass ich raufkomme und dir helfe?«

»Noch nicht. Lass mich erst mal darüber nachdenken, wie ich weiter vorgehe.»

»Kunsthändler von damals. Rahmengeschäfte mit älteren Angestellten. Vielleicht wissen die, wer das Bild gekauft hat. Åkessons und Bergenstrands Bekannte. Parteimitglieder. Die anderen Teilnehmer der Debatte.«

»Wie gesagt, wir sehen uns in einem Jahr.«

Er schaltete das Telefon aus, ehe Elina noch etwas darauf erwidern konnte.

»Vielleicht solltest du deinen Vater fragen, ob er weiß, wessen Bild das ist«, sagte er zu sich selber.

Dann wählte er die Nummer von Sigurd Marklund und erklärte, dass er eine Liste von allen brauchte, die 1962 in der Partei aktiv und noch am Leben waren. Sowie Namen von Leuten, die eventuell einen Elch in Öl erkennen könnten.

»Geht in Ordnung«, antwortete Marlund. »Aber das dauert vermutlich ein bisschen.«

»Zeit ist alles, was ich bei dieser Ermittlung habe.«

Elina überlegte, ob sie zu Susanne und Emilie zurückfahren sollte, aber nach einem Blick auf die Uhr kam sie zu der Überzeugung, dass Emilie wohl schon schlief. Stattdessen würde sie Susanne später von zu Hause aus anrufen. Das Foto der beiden Ermordeten hatte sie in der Handtasche.

Beweismaterial, dachte sie. Am besten, ich lasse es im Präsidium.

Als sie in ihr Dienstzimmer zurückkehrte, öffnete sie

die Jalousie des Schrankes hinter ihrem Schreibtisch und holte die Mappe mit den anderen Fotos heraus. Aus ihrer Handtasche zog sie das Bild der beiden Ermordeten, die Rückseite nach oben gekehrt, und blieb damit sitzen.

Vielleicht ist es leichter, als wir glauben, dachte sie. Erkki, wie ist noch seine Privatnummer?

Sie hatte keine Kraft danach zu suchen, rief die Auskunft an und bat um eine Verbindung.

»Erkki?«, sagte sie überflüssigerweise, als er sich meldete. »Hier ist Elina.«

»Wir sind noch nicht fertig, falls du das meinst. So schnell geht das nicht. Außerdem bin ich gerade beim Essen.«

»Entschuldige, wenn ich störe. Aber die Pflicht geht vor. Ich bin noch im Präsidium. Nur eine kurze Frage.«

»Shoot.«

»Wenn man die Schrift unter einem Tintenstrich rekonstruieren kann, kann man dann auch eine unleserliche und fast ganz ausradierte Bleistiftnotiz rekonstruieren? Jedenfalls glaube ich, dass es Bleistift ist.«

»Ja, wir können alles. Selbst wenn es unleserlich ist, gibt es vermutlich noch Spuren von Graphitsiotopen auf dem Papier, falls es sich um Papier handelt. Beim Screening treten die Spuren deutlich hervor und bilden idealerweise ein lesbares Muster.«

»Dann lege ich heute Abend ein Foto in einer Plastikhülle auf deinen Tisch. Der Text ist auf der Rückseite.«

»Und es ist natürlich eilig?«

»Åkessons Mörder hat es bestimmt nicht eilig. Der läuft ja irgendwo frei in Schweden herum und stellt eine tödliche Bedrohung für kleine Kinder und süße Pelztiere dar.«

Erkki Määttä seufzte.

»Ich mache es morgen. Heute Nacht kann der Mörder also noch ruhig schlafen. Aber es dauert sicher einige Tage.«

Als Määttä aufgelegt hatte, wählte Elina John Roséns Nummer.

»Vielleicht brauchst du doch nicht zu bleiben«, sagte sie und erzählte von ihrem Gespräch mit Erkki Määttä.

»Es dauert ein paar Tage, hat er gemeint? Wir wissen ja nicht, was er herausbekommt, aber schaden kann es jedenfalls nicht. Ich mache weiter wie beschlossen.«

Nach dem Gespräch mit John blieb Elina sitzen und dachte darüber nach, was sie mit dem angebrochenen Abend tun sollte.

Als sie auf die Uhr schaute, stellte sie fest, dass es zehn vor acht war.

Sie zog ihre Jacke an und ging hinaus, aber nicht nach Hause, sondern in die entgegengesetzte Richtung. Unterwegs sprangen ihr immer wieder Wahlplakate ins Auge. Sie stieß auf Alfs Gesicht, der die Nase wie üblich etwas zu hoch trug. Und Görans Bäuchlein. Bos glattes Jungengesicht schien bekümmert wegen der Steuern, während Gudrun sehr sorgfältig geschminkt war. Elina hatte plötzlich Lust, ihnen allen Schnurrbärte zu malen, genau wie sie es als Dreizehnjährige gemacht hatte, als sie eines Abends mit einer Clique Freundinnen herumgezogen war. Aber jemandem, der bereits der Körperverletzung verdächtigt wurde und von dem man außerdem erwartete, dass er die Plage der Schmierereien bekämpfte, war die Beschädigung von Plakaten nicht zu empfehlen.

Als sie das Restaurant betrat, entdeckte sie Nadia sofort. Sie stand hinter einer Kasse am Tresen. Elina ging auf sie zu, ohne ihre Jacke auszuziehen.

»Hallo«, sagte sie.

Nadia schaute auf und lächelte.

»Sie sind also gekommen! Warten Sie, ich muss nur noch die Kasse übergeben, mich umziehen und meine Mutter anrufen, um ihr zu sagen, dass ich später komme. Sie passt auf meine Tochter auf.«

Sie warf das Haar zurück und lachte laut.

»Komme sofort!«

Zehn Minuten später nahm Nadia Elina am Arm und zog sie rasch mit sich hinaus.

»Jetzt wollen wir uns amüsieren.«

Es war Viertel vor zwei, als Elina sich angekleidet aufs Bett legte und sofort einschlief. Da war sie zum ersten Mal in ihrem Leben in einem schwarzen Club gewesen, hatte Wodka aus gewöhnlichen Wassergläsern getrunken, hatte fantastische Geschichten über das Leben in Moskau gehört und hätte fast, aber nur fast, von den Ereignissen erzählt, die die Selbstverachtung, an der sie in aller Stille litt, verursacht und dazu geführt hatten, dass sie Polizistin geworden war. Jenes Geheimnis, von dem sie meinte, dass sie es nie jemandem verraten würde.

23

Der Empfänger war Olavi Andersson. Er bekam so selten Post, dass der Postbote nach dem Namen suchen musste. Private Briefe bekam Olavi nie und sein Einkommen war so gering, dass die Zustellung einer Werbesendung völlig sinnlos war.

Als die Klappe am Briefschlitz zuknallte, stand Olavi Andersson auf und ging in den Flur. Auf dem Fußboden lag ein Kuvert, mit der Vorderseite nach unten. Er bückte sich und hob es auf.

»Johannes Elwin, Notariat«, las er leise und mit gerunzelter Stirn.

Dann plötzlich verstand er und ging rasch in die Küche. Er zog eine Schublade auf und holte ein Brotmesser hervor. Das Kuvert schien Widerstand zu leisten, aber schließlich bekam er es doch auf und nahm den Inhalt heraus, ein Blatt mit wenigen kurzen Zeilen.

Die Inventarisierung des Nachlasses Ihrer Mutter ist abgeschlossen. Es freut mich Ihnen mitteilen zu können, dass die Wohnung schnell und zu einem etwas höheren Preis als erwartet verkauft werden konnte. Nach Abzug von Steuern und Unkosten, die nachstehend aufgelistet werden, beträgt Ihr Erbe 96 177 Kronen netto. Diese

Summe abzüglich der 10 000 Kronen, die Sie bereits als Vorschuss erhalten haben, wird Ihnen innerhalb von drei Tagen per Postanweisung zugestellt.

Mit freundlichem Gruß
Johannes Elwin
Notar

Olavi Andersson holte seine Brieftasche, zählte die Scheine und kam auf sechstausendeinhundert Kronen. Er legte das Geld zurück in die Brieftasche und steckte sie in die Gesäßtasche seiner Hose. Dann ging er zurück in den Flur und zog seine neue Jacke an.

Anderthalb Stunden später verließ er das Einkaufszentrum am Sigmatorget, bekleidet mit einem dunkelblauen Anzug, einem weißen Hemd mit schwarzem Schlips und einem moosgrünen Mantel. Er suchte nach einem Blumenladen, fand aber keinen.

Es muss einen um die Ecke geben, dachte er.

Weitere vierzig Minuten später ging er auf dem Hovdestalunds-Friedhof einen knirschenden Schotterweg entlang.

Hier muss es irgendwo sein, dachte er und sah sich um. In der Nähe des Glockenturms. Ich bin ja nicht mehr da gewesen, seit ich wieder mit dem Trinken angefangen hatte. Wo ist es?

Schließlich fand er den kleinen flachen, schwarzen Stein, den er suchte. Laut Inschrift war Amanda Anderssons Todestag der 2. Mai 2002. Olavi versuchte sich an den Tag zu erinnern, aber vergeblich. Er legte den Strauß weißer Lilien ab und blieb mit gefalteten Händen und gesenktem Kopf vor dem Stein stehen.

»War es die Ehefrau?«

Olavi Andersson drehte sich um und sah in ein Paar blaue Augen.

»Entschuldigen Sie, wenn ich Sie in Ihrer Trauer störe, aber hier ist es so einsam. Ich wollte nur mit jemandem sprechen.«

»Meine Mutter«, sagte Olavi Andersson. »Sie ist im Frühling gestorben.«

»Das tut mir Leid. Dort liegt mein Mann.«

Die Frau zeigte auf einen Stein schräg hinter Amanda Anderssons Grab.

»Er ist vor zwei Jahren gestorben. Viel zu früh. Er ist nur achtundfünfzig geworden.«

Olavi Andersson nickte leicht und reichte der Frau die Hand.

»Olavi Andersson.«

»Ich heiße Anna Mileva. Mein Mann hieß Jan.«

»Sie stammen nicht aus Schweden?«

»Nein, aus der Tschechoslowakei. Tschechien heißt es heute. Wir sind 1968 hierher geflohen. Damals war ich gerade zweiundzwanzig. Ich arbeite bei der Kommune. Was haben Sie für einen Beruf?«

»Ich bin Frührentner.«

Anna Mileva schaute auf den Stein ihres Mannes.

»Jan hatte es nicht leicht. Konnte sich nicht richtig anpassen und hatte Schwierigkeiten die Sprache zu lernen. Das Leben hat sich nicht so entwickelt, wie wir hofften.«

Sie sah ihn forschend an.

»Sie sind gut gekleidet«, stellte sie fest. »Aber Ihr Gesicht ist ... was sagt ihr Schweden noch ... etwas zerfurcht.«

Olavi Andersson lächelte. Sie lachte.

»Ich kenne ein gutes Lokal«, sagte er. »In der Stadt. Möchten Sie eine Tasse Kaffee mit mir trinken?«

24

Möchtest du Zucker, Milch?«

Henrik Svalberg las die Beschriftung unter den Tasten am Automaten. Er drehte sich zu Erik Enquist um.

»Beides.«

Jeder mit einer Tasse in der Hand gingen sie zu Erik Enquists Büro. Enquist breitete Papiere auf seinem Schreibtisch aus.

»Einundsechzig Verhöre, aber nichts herausgekommen. Die Leute scheinen immer noch Angst vor dem Chemiker zu haben, obwohl er tot ist. Oder sie glauben, dass er wieder aufersteht und sie weiter mit Schnaps versorgt, wenn sie jetzt nur den Mund halten.»

»Ich weiß nicht, wie du das empfindest«, sagte Svalberg, »aber mein größtes Problem ist, auch nur eine einzige Person zu finden, die einigermaßen nüchtern ist. Es hilft ja nichts, in aller Herrgottsfrühe aufzustehen, um die Leute zu vernehmen, die fangen ja schon morgens mit dem Trinken an. Das ist wirklich kein leicht verdientes Geld.«

»Vorgestern hab ich einen getroffen, der war nüchtern. Er hat mit dem Trinken aufgehört, sagte er, und es scheint zu stimmen. Der absolut vernünftigste Kunde, dem ich bis jetzt begegnet bin. Erstaunlich klar im

Kopf, wenn man bedenkt, wie kaputt er aussieht. Er sagt, dass er jahrelang beim Chemiker gekauft habe, bis er sich vor kurzem entschloss aufzuhören. Aber er wusste nicht mal, dass Krall tot ist. Eine Erklärung für diesen unglückseligen Todesfall hatte er auch nicht anzubieten.«

Enquist fischte ein Blatt von seinem Schreibtisch.

»Ist das der hier?«

Henrik Svalberg warf einen Blick darauf.

»Ja.«

»Ich glaube, ich muss mit Elina über ihn reden«, murmelte er und stand auf.

Elina war gerade im Polizeipräsidium angekommen und hatte die Tür hinter sich geschlossen. Obwohl sie lange geschlafen hatte, fürchtete sie, man könnte ihr ansehen, dass sie einen Kater hatte, und das an einem Mittwoch. Das Gehirn funktionierte nicht so, wie es sollte, und außerdem hatte sie Kopfschmerzen. Sie hoffte, bis zur Mittagspause in Ruhe gelassen zu werden. Doch schon nach zwei Minuten klopfte es an der Tür.

»Herein!«

Enquist öffnete die Tür und betrat Elinas Arbeitszimmer.

»Hallo, setz dich.« Elina bemühte sich, ihre Stimme ganz normal klingen zu lassen.

Enquist setzte sich auf den einzigen Stuhl, der sich außer Elinas im Raum befand.

»Wie kommt ihr voran?«, fragte sie.

»Mühselig. Ein Haufen Säufer. Aber keiner hat was zu berichten. Und ihr?«

»Mm, eigentlich ganz gut. Wir haben jedenfalls neue Fäden, an denen wir ziehen können. Möchtest du mehr wissen?«

»Später. Denn ich hab was für euch. Wo ist John?«

»Immer noch in Luleå.«

»Genau genommen sind es zwei Sachen. Als wir Kent Kralls Kontakte zu den minderbemittelten und dem Alkohol verfallenen Individuen erforschten, stellte sich heraus, dass Elisabeth Åkesson zu seinen Stammkunden gehörte. Ihr Name tauchte in verschiedenen Gesprächen auf, und ich habe auch nach Dingen gefragt, die mit ihrem Vater zu tun haben.«

»Klug von dir. Hat es was gebracht?«

»Nein, nichts. Aber die meisten waren auch zu betrunken. Es blieb bei allgemeinen Fragen und undeutlichen Antworten. Und ich habe das Thema rasch wieder fallen lassen, da ich an meine eigene Ermittlung denken muss.«

»Selbstverständlich.«

»Aber vielleicht möchtest du einen Versuch machen?«

»Die Alkoholspur verfolgen wir im Augenblick nicht gerade intensiv.«

»Aber trotzdem ... wenn du Zeit hast ... es gibt einen Mann, mit dem würde sich eine Unterhaltung vielleicht lohnen. Er hat mit dem Trinken aufgehört und kennt Elisabeth aus seiner Säuferzeit.«

»Okay, klar. Noch sind alle Wege offen. Wer ist es?«

»Er heißt Olavi Andersson. Hier ist die Adresse.«

Als es an der Tür klingelte, ging Olavi sofort zum Spiegel. Er fuhr sich mit der Hand durch die Haare.

Anna, dachte er, bevor er nach der Klinke griff und öffnete.

»Ich heiße Elina Wiik. Polizei von Västerås. Darf ich Sie mal kurz stören?«

»Ja ... na klar.«

Einige Sekunden standen sie einander schweigend gegenüber.

»Kann ich hereinkommen?« Elina hob fragend die Augenbrauen.

Olavi Andersson trat beiseite und Elina ging hinein.

»Kleine Wohnung«, sagte sie, als sie mit drei weiteren Schritten das einzige Zimmer erreichte.

»Ich bin froh, dass ich sie noch habe«, sagte Olavi. »Wenn ich am Monatsende meine Rente von der Post abhole, habe ich immer die Überweisung für die Miete dabei und lasse sie gleich abbuchen, um nicht in Versuchung zu kommen, das Geld einfach auszugeben. Wenn ich das nicht immer so gehandhabt hätte, wäre ich schon vor Jahren rausgeflogen.«

»Und jetzt haben Sie aufgehört zu trinken? Den Eindruck hatte jedenfalls mein Kollege Erik Enquist.«

»Ja, das habe ich.«

Aber ich nicht, dachte Elina und spürte den Schmerz in ihrem Kopf.

Sie musterte die Möbel im Zimmer. Olavi Andersson sah ihren Blick.

»Ich besitze nichts. Aber setzen Sie sich auf die Couch. Ich glaube allerdings nicht, dass ich noch mehr über den Chemiker erzählen kann. Außer dass ich ihn nicht sehr vermisse.«

»Wie kommt das?«

»Er hat mich mit Schnaps versorgt, wenn ich welchen wollte. Er hat mich in die Hölle geschickt. Und sich gut dafür bezahlen lassen. Das ist übrig geblieben von all den Jahren.«

Er breitete die Arme aus.

»Warum haben Sie mit dem Trinken aufgehört?«

»Meine Mutter ist gestorben. Sie war das Einzige, was ich hatte. Niemand mehr, für den ich noch leben könnte, außer für mich selber. Jetzt oder nie.«

»Sie glauben also, Sie halten durch?«

»Ich muss.«

»Ich bin hier, um nach Elisabeth Åkesson zu fragen. Ich ermittle in dem Mord an ihrem Vater.«

Olavi Andersson starrte Elina in die Augen. Sein Körper begann zu zittern. Plötzlich hatte er das dringende Bedürfnis nach Schnaps.

»Ach, der …«

»Der was?«

»Der Mann.«

»Sie kennen sie gut?«

»Nein. Niemand kennt in meinen Kreisen einen anderen gut.«

»Aber Sie kennen sie … oberflächlich?«

»Nicht mal das.«

Er nahm eine Zigarette und zündete sie mit zitternden Händen an.

»So wird man«, sagte er, nachdem er den Rauch ausgeblasen hatte. »Die Nerven sind durcheinander. Kaputt vom Alkohol. Selbst nachdem ich nun aufgehört habe zu trinken, wird es mir nie wieder richtig gut gehen.«

»Wie ist Elisabeth Åkesson?«

»Wie ein Schwamm. Saugt alles auf, was sie erwischt. Genau wie wir anderen. Aber ich weiß nichts von ihr. Die wenigen Male, wo ich mich mit ihr unterhalten habe, war es reines Säufergequassel.«

Elina schwieg eine Weile. Sie wusste nicht, was sie fragen sollte.

»Hat sie jemals von ihrem Vater gesprochen?«

»Dem Singvogel?«

Elina sah ihn erstaunt an.

»Manchmal hat sie mit ihm angegeben«, fuhr er rasch fort. »Dass er großen Einfluss hatte in der Stadt. Und dass wir uns in Acht nehmen sollten.«

»Was hat sie damit gemeint?«

»Wollte sich bloß aufspielen. Uns Säufern ist alles recht, was uns größer macht, als wir sind.«

»Sie sollten sich in Acht nehmen, das hat sie gesagt? Hat sie jemals auch Drohungen gegen ihren Vater geäußert?«

»Daran kann ich mich nicht erinnern. Ich glaube nicht.«

»Was hielt sie von ihm?«

»Keine Ahnung. Darüber hab ich sie nie etwas sagen hören. Fragen Sie sie doch.«

Elina stand auf und ging zum Fenster. Sie schaute auf den Hof hinunter. Zwei Kinder saßen in einer Sandkiste.

»Wie ist es, wenn man mit dem Trinken aufhört?«

»Leichter als ich dachte. Der Schnaps war wie der beste Freund, der einen im Stich lässt. Schön, ihn los zu sein. Aber jetzt ist es leer um mich. Der Schnaps war der einzige Freund, den ich hatte.«

»Dann habe ich keine weiteren Fragen.«

»Aber ich. Habt ihr eine Ahnung, wer den Chemiker und diesen Politiker umgebracht hat?«

»Ich ermittle nur in dem Mord an Wiljam Åkesson. Und Sie werden Verständnis dafür haben, dass ich Ihnen über den Stand der Ermittlungen keine Auskunft geben kann.«

»Klar.«

»Dann also adieu. Und viel Glück.«

Elina verließ die Wohnung. Als Olavi Andersson die Tür hinter ihr geschlossen hatte, drehte sie sich um und musterte den Briefschlitz. K. O. Andersson stand auf der Klappe.

Nach ihrer Rückkehr ins Präsidium wählte sie die Privatnummer von Erkki Määttä. Sie war erst bei der zweiten Ziffer, als Erik Enquist zur offenen Tür hereinschaute.

»Ich hab dich zurückkommen hören«, sagte er.

»Wie das?«

»An den Schritten.«

Sie lachte.

»Tripple oder trample ich?«

»Du steppst. Hat es was gebracht?«

»Olavi Andersson, meinst du? Nein, nicht direkt. Aber ich habe ein bisschen gestutzt, als er Wiljam Åkesson Singvogel nannte. Woher weiß er, dass Åkesson Chorsänger war?«

»Es hat in den Zeitungen gestanden. Ich erinnere mich sogar an ein Foto, das einige Tage nach dem Mord veröffentlicht wurde.«

Sie stützte sich mit den Ellenbogen auf den Schreibtisch.

»Komisch, dass genau das seine spontane Äußerung war, als ich Wiljam Åkesson erwähnte. Warum hat er ausgerechnet daran gedacht?«

Erik Enquist zuckte mit den Schultern.

»Es hat also nichts Neues gebracht?«

»Da war noch was«, sagte Elina fast wie zu sich selber. »Seine Wortwahl, seine Art zu formulieren, als wüsste er mehr.«

Sie wandte sich Enquist zu.

»Man sollte immer ein Tonbandgerät dabei haben, wenn man mit den Leuten redet. Hätte ich eins gehabt, könnte ich es mir jetzt noch mal anhören. Nun erinnere ich mich nicht mehr genau, was er gesagt hat.«

Und man soll nie Verhöre durchführen, wenn man einen Kater hat, dachte sie. Mitten in der Woche sollte man überhaupt keinen Kater haben.

»In den Zeitungen haben ellenlange Artikel über beide Morde gestanden«, sagte Enquist. »Die Leute drücken sich oft so aus, als wüssten sie etwas, aber in Wahrheit haben sie es nur gelesen.«

»Vielleicht. Jedenfalls hat das Gespräch nichts über

Elisabeth Åkesson ergeben, was wir nicht schon wüssten.«

Enquist hob die Hand zum stummen Gruß und ging. Elina nahm den Telefonhörer ab und wählte Erkki Määttäs Nummer.

»Sind die Analysen von Papier und Foto fertig?«

»Du hast es vielleicht eilig. Aber sie sind tatsächlich fertig. Es ging schneller, als ich dachte. Ich hab dich angerufen, aber du warst nicht da. Ich zeig dir, was wir herausbekommen haben. Wir treffen uns im Besprechungszimmer, ich brauche einen Overheadprojektor.«

Als Elina in das Besprechungszimmer kam, war Määttä schon da. Er zog gerade die Vorhänge zu. Elina sah ihn an. Er war sehr schlank und ungefähr genauso groß wie sie, einsfünfundsiebzig. Von allen Technikern des Dezernats arbeitete sie am liebsten mit ihm. Er war genau und nicht um Prestige bemüht. Letztere Eigenschaft schätzte sie fast am meisten. Das machte es einfach, mit ihm über die laufenden Ermittlungen zu sprechen.

Ihr ging auf, wie wenig sie über ihn wusste. Dass er verheiratet war und Kinder hatte, war ihr bekannt, da sie manchmal bei ihm zu Hause anrief, wenn sie Fragen zu seinen Berichten hatte.

»Von wo aus Finnland stammst du?«, fragte sie aus einem plötzlichen Impuls heraus.

Er stellte den Projektor auf und antwortete, ohne sich umzudrehen:

»Wie kommst du darauf, dass ich aus Finnland stamme?«

»Dein Name klingt nicht gerade schwedisch. Mein Vater stammt aus Finnland, aus Österbotten.«

»Dann bist du finnischer als ich. Meine Eltern stammen beide aus Schweden. Aus Tornedalen. Auch wenn der Name finnischer ist als tornedalfinnisch.«

»Dann ist Tornedalfinnisch deine Muttersprache?«

»Ja.«

»Lustig. Mein Vater ist aus Finnland und seine Muttersprache ist Schwedisch. Du bist aus Schweden und deine Muttersprache ist Finnisch.«

»Könnten wir die Linguistik für eine Weile lassen?«

Er schaltete den Projektor an und nahm eine durchsichtige Folie hervor.

»Zuerst das Foto, ja?«

»Wie du möchtest.«

»Das ist der Text, den wir entziffert haben.«

Elina las stumm.

»Sonderbar. Was bedeutet das?«

»Das herauszufinden ist die Aufgabe der Kommissarin.«

»Gruß 252. Ist 252 eine Signatur oder eine Nachricht?«

»Schwierig, was?«

Elina sah, dass Erkki den Mund verzog.

»Du weißt etwas, Erkki. Was?«

»Ich habe zwei Analysen von dem Bericht machen lassen, den du mir gegeben hast«, sagte er unbekümmert und tauschte die Folie auf dem Projektor gegen eine andere aus. »Ich habe den Text unter der Tintenlinie freigelegt ...«

»Ja?«, sagte Elina aufgeregt. »Was stand da?«

»Dazu komme ich gleich. Dann hab ich die Schrifttypen der Schreibmaschine auf den beiden Dokumenten verglichen, die du mir gegeben hast. Wie du hier siehst ...«

Er zeigte auf die projizierten Buchstaben.

»... stimmen die Schrifttypen vollkommen überein. Jeder Buchstabe ist identisch.«

»Dann sind sie also auf derselben Schreibmaschine geschrieben worden?«

»Das ist eine zu schnelle Schlussfolgerung. Es könnten ja zwei verschiedene Schreibmaschinen derselben Marke sein. Nicht ungewöhnlich in einem Büro.«

Elina war etwas beschämt.

»Aber es ist tatsächlich dieselbe Schreibmaschine. Das kann man an den Buchstaben ›T‹ und ›ö‹ erkennen. Guck mal hier. Der kleine Haken rechts vom Querstrich über'm ›T‹ fehlt. Und über dem ›ö‹ ist der linke Punkt viel dicker als der rechte. Das sind individuelle Verschleißmerkmale, die man an jeder Schreibmaschine findet.«

»Jetzt will ich nicht wieder eine übereilte Schlussfolgerung daraus ziehen«, sagte Elina. »Es ist dieselbe Maschine, aber das muss nicht bedeuten, dass die beiden Briefe von derselben Person geschrieben wurden. Die Maschine könnte ja, wie gesagt, in einem Büro gestanden haben. Einem sozialdemokratischen Parteibüro zum Beispiel.«

»Genau, Wiik. Auch das habe ich untersucht. Dich interessiert natürlich, ob Wiljam Åkesson beide Texte geschrieben hat. Also habe ich die Fingerabdrücke auf den Papieren untersucht. Åkessons befinden sich auf beiden.«

»Gut, Erkki. Und danke. Selbst wenn auch das nicht beweist, dass er beide Berichte geschrieben hat, ist es wohl doch eine angemessene Schlussfolgerung.«

Sie erhob sich und trat näher an die Leinwand heran.

»Natürlich nur, wenn die Unterschrift unter der Linie nichts anderes besagt. Die Unterschrift, die jemand so gern verbergen wollte. Und die du am längsten vor mir verbirgst. Jetzt raus damit!«

Erkki Määttä legte eine weitere durchsichtige Folie auf den Overheadprojektor und trat ein paar Schritte zurück. Elina starrte mit offenem Mund auf die Leinwand.

»Was?«, platzte sie heraus.

»Interessant, nicht wahr?«, sagte Määttä zufrieden.

»Das kann doch kein Zufall sein.«

»Kaum.«

»Eine Koinzidenz. Vermutlich eine Konspiration.«

»Jetzt kann ich dir nicht ganz folgen.«

»Nur so eine Art Redensart, Erkki. Nimm deine Folien mit. Darüber müssen wir mit Kärnlund sprechen. Schade, dass John noch nicht wieder da ist. Aber wir können nicht warten.«

25

Die Namensliste war kürzer, als John gedacht hatte. Sigurd Marklund waren nur neun Personen eingefallen, die das Gemälde auf dem Foto vielleicht identifizieren könnten.

»Wenn Sie nicht die ganze Einwohnerliste von Luleå durchgehen wollen«, hatte er gesagt.

Nachdem er Marklunds Liste bekommen hatte, war John Rosén als Erstes zu einer Autovermietung am Kallax-Flugplatz hinausgefahren und hatte um ein anderes Auto gebeten. Er wollte ein größeres. Den Preisunterschied hatte er aus eigener Tasche bezahlt. Dann war er zurück zum Polizeirevier auf der Skeppsbrogatan gefahren. Dort hatte man ihm ein Büro zur Verfügung gestellt, von wo aus er telefonieren konnte.

Acht der neun Personen auf der Liste waren Männer. Es gelang ihm rasch, sieben von ihnen ausfindig zu machen. Da die meisten im Ruhestand waren, konnten sie ihn sofort empfangen. Mit seinem Mietwagen fuhr er in der Stadt herum und graste einen nach dem anderen ab. Aber keiner von ihnen konnte sich an ein Elchgemälde erinnern und wusste noch weniger etwas von seinem Besitzer.

Um fünf Minuten nach fünf bog er vom Bodenvägen nach Södra Sunderbyn ein. Er suchte sich den Weg zum

Sorteringsvägen und hielt Ausschau nach einem braunen, zweistöckigen Haus aus Holz mit einem Wohnwagen auf dem Grundstück. Auf fast allen Grundstücken standen Wohnwagen; es war also sinnlos, den Wohnwagen als Anhaltspunkt zu nehmen.

Dennoch fand er bald das braune Haus. Mit Wohnwagen, Anhänger und einem Schneescooter auf dem Grundstück.

»Kommen Sie herein, kommen Sie herein.«

Die Frau hatte rosige Wangen und trug eine Strickjacke.

»Ich bin Solveig, Sigurd hat Sie also zu mir geschickt?«

»Ja. Sie sind Norwegerin?«

»Bin den Akzent nie losgeworden. Will ich auch gar nicht. Obwohl ich schon fünfundvierzig Jahre beim süßen Bruder lebe.«

»Süßer Bruder?«

»Schweden. Wir haben die Schweden süße Brüder genannt.«

»Ich will Sie nicht lange stören. Ich möchte nur, dass Sie sich ein paar Fotos anschauen.«

»Nicht im Flur. Wir setzen uns in die Küche.«

Der Duft von frisch Gebackenem stieg Rosén in die Nase, der am Küchentisch Platz nahm.

»Sie möchten doch sicher mal probieren?«

»Ja, danke gern.«

Er wollte sich nach seiner Aktenmappe bücken, hielt jedoch in der Bewegung inne.

»Wieso wohnen Sie in Schweden?«

»Natürlich bin ich wegen eines Mannes gekommen. Dann hab ich einen guten Job gekriegt. Beim Pflegedienst. Kein Luxus, aber mir hat es gefallen. Und außerdem hatte ich die Politik. Ich sitze immer noch im Sozialausschuss.«

»Für die Sozialdemokraten, nehme ich an.«

»Ja.«

»Sind Sie immer Sozialdemokratin gewesen?«

»Ja oder eigentlich nein. Ich war es von Anfang an, sozusagen. Von Geburt an und aus Gewohnheit. Aber vorübergehend war ich bei den Kommunisten, Anfang der sechziger Jahre. Ich bin aber schnell wieder zurückgekehrt.«

»Ich weiß«, sagte John Rosén. »Sigurd hat es erwähnt. Es war nach dieser Debatte 1962.«

»Ich war radikal und fand, dass meine Partei den Schwanz einzog. Aber bei den Kommunisten hab ich es nicht lange ausgehalten. Zu sowjetfreundlich für meinen Geschmack.«

Sie stellte einen Teller mit dampfenden Zimtwecken auf den Tisch.

»Wo ist das Bild, das ich mir anschauen soll?«

Rosén öffnete die Aktenmappe und legte das Foto auf den Küchentisch.

»Das Gemälde«, sagte er, »erkennen Sie es?«

»Warten Sie mal«, sagte sie und verließ die Küche. Sie war schnell wieder zurück.

»Dafür brauche ich meine Brille.«

Sie nahm das Foto in beide Hände und führte es näher ans Gesicht.

»Ja«, sagte sie. »Das hab ich schon mal gesehen. Bei jemandem zu Hause. Ich erinnere mich, dass es mir gefiel.«

John Rosén legte die Arme auf den Küchentisch und beugte sich vor.

»Bei wem?«

»Schon schwieriger. Ich bin in meinem Leben bei so vielen Menschen zu Hause gewesen.«

Sie senkte den Kopf und sah Rosén über den Rand der Brille an.

»Pflegedienst, wie gesagt.«

»Das sind ein sozialdemokratischer Politiker und ein Unternehmensleiter. Ich bezweifle, dass Sie das Bild bei Ihrem Dienst gesehen haben.«

»Ach? Die beiden kenne ich nicht. Wann wurde das Foto gemacht?«

»Wir nehmen an, dass es im April oder Mai 1962 war. Jedenfalls irgendwann im Frühling.«

»Frühling 1962. Da hab ich mein kleines Gastspiel bei den Kommunisten gegeben. Ich bin fast ein Jahr geblieben. Bis nach der Kubakrise, falls Sie sich daran erinnern.«

»Kaum«, sagte John Rosén. »Aber ich habe davon gelesen.«

Sie tippte mit dem Finger auf das Gemälde.

»Das hängt bei keinem Sozialdemokraten, davon bin ich überzeugt. Sonst wäre es mir öfter begegnet. Auch würde ich mich genau daran erinnern. Ich hab ein gutes Gedächtnis. Es könnte also bei einem meiner vorübergehenden roten Genossen gehangen haben. Bei jemandem, den ich damals besucht habe.«

Plötzlich schlug sie leicht mit der Faust auf den Küchentisch.

»Ich glaube ... das Bild habe ich bei jemandem gesehen, bei dem wir ein Treffen hatten.«

»Bei einem der Kommunisten?«

»Na klar. Aber wie hat er geheißen? Ich war nicht sehr lange dabei, wie gesagt. Es war keiner aus der vordersten Reihe, denen bin ich erst später in der Politik begegnet. Irgendein gewöhnliches Mitglied, wenn ich mich so ausdrücken darf. Ich erinnere mich nicht an den Namen, tut mir Leid.»

»Versuchen Sie es.«

»Ich gebe mir ja Mühe. Es muss ein ganz gewöhnlicher Name sein, sonst würde er mir vermutlich einfallen.«

»Was für einer?«

»Pettersson, Johansson, Andersson, irgend so was. Ich glaube, ein Name mit ›son‹ am Ende. Aber ich bin nicht sicher. Können Sie nicht bei den Kommunisten nachfragen? Es gibt noch ziemlich viele Alte. Einer von denen erinnert sich vielleicht.«

John Rosén seufzte.

»Mag sein, aber es ist sehr zeitaufwendig. Doch mir bleibt wohl keine andere Wahl.«

Nach zwei Zimtwecken bedankte er sich. Es war Viertel nach sechs, als er das Haus verließ. Die Sonne stand immer noch hoch am Himmel. Rosén schaute hinauf.

»Land of the midnight sun«, sagte er leise.

Er setzte sich ins Auto und fuhr zurück zum Hotel. In seinem Zimmer schob er das Handy ins Ladegerät, das noch in der Steckdose steckte. Dann wählte er Elinas Handynummer.

»Ich bin zu Hause«, sagte sie. »Ruf mich bitte unter meiner Privatnummer an. Ich hab dir was zu erzählen.«

Rosén wählte die Nummer und Elina meldete sich sofort.

»Ich habe versucht dich zu erreichen«, sagte sie. »Aber bei dir meldete sich nur die Mailbox.«

»Die Batterie war leer. Jetzt bin ich im Hotel. Es scheint so, als müsste ich noch länger bleiben und nach Kommunisten suchen. Gerade habe ich eine Frau getroffen, die meint, das Gemälde könnte einem Kommunisten gehört haben; sie konnte sich aber nicht an seinen Namen erinnern. Nur, dass es vermutlich ein Name mit ›son‹ am Ende war. Das kann dauern.«

»Schade.«

Elina schwieg eine Weile.

»Ich überlege, ob du nicht besser zurückkommen solltest«, sagte sie dann. »Wir hier unten haben nämlich so etwas Ähnliches wie einen Durchbruch.«

Elina spürte, wie sehr sie die Neuigkeiten in Aufregung versetzten.

»Ich höre«, sagte Rosén.

»Ich hab dir doch erzählt, dass Erkki versuchen sollte, den Text auf der Rückseite des Fotos zu entschlüsseln.«

»Was stand da? Sag mir, dass meine Zeit in Luleå beendet ist.«

»Da stand ›Gruß 252‹.«

»252? Ist das alles?«

»Rätselhaft, nicht wahr? Aber ich hab noch zwei Dokumente im Stadtarchiv gefunden. Jetzt hör mal zu!«

Sie berichtete detailliert vom Inhalt des Dokuments und der technischen Untersuchung und dass Wiljam Åkesson vermutlich der Urheber der beiden Berichte war.

»Was stand denn nun unter dem Strich?«, fragte Rosén geduldig.

»Eine Ziffernkombination: 193.«

Rosén schwieg mehrere Sekunden.

»193? Also wie 252?«

»Genau. Kärnlund, Erkki und ich haben heute Nachmittag mehr als eine Stunde darüber diskutiert, wie das zu deuten ist. Soll ich dir erzählen, zu welchem Ergebnis wir gekommen sind, oder willst du erst selbst nachdenken, ohne dass ich dich beeinflusse?«

»Sag du es.«

»193 ist der Kode für eine Signatur, die Wiljam Åkesson in einem uns unbekannten Zusammenhang benutzte. Damit wollte er im Parteidistrikt nicht hausieren gehen, als er den Bericht über die FNL-Gruppe in Västerås ablieferte.«

»Warum hat er ihn überhaupt abgeliefert?«

»Vielleicht, weil er die Informationen aus parteipolitischen Gründen für interessant hielt. Es ging ja um lokale politische Verhältnisse. Und vielleicht hatte er keine Lust, die Berichte umzuschreiben. Stattdessen hat er einfach die Signatur durchgestrichen, in dem Glauben, das würde nie jemand lesen.«

»Das bedeutet, der Bericht war ursprünglich noch für jemand anderen bestimmt.«

»Kärnlund meinte, es gibt nur zwei Alternativen: der Geheimdienst oder der militärische Nachrichtendienst. Ich hab schon zwei formelle Anfragen zu Åkessons eventueller Zusammenarbeit mit den jeweiligen Organisationen gestellt. Kärnlund hat unterschrieben, mit seinem eigenen Namen, nicht mit einem Kode. Und außerdem haben wir nach Erland Bergenstrand gefragt. Vielleicht waren sie bei einer geheimen Tätigkeit Kollegen. Das würde den Vietnambesuch vielleicht in einem anderen Licht erscheinen lassen, oder?«

»193? Das klingt ja wie Agent 007!«

Elina lachte.

»Die Wirklichkeit übertrifft häufig die Fiktion.«

»Wenn Åkesson 193 war, dann müsste 252 eine andere Person bezeichnen.«

»Genau darauf sind wir auch gekommen«, sagte Elina eifrig. »Wenn es Bergenstrand ist, hilft es uns vermutlich nicht viel weiter. Außer dass wir natürlich entschieden mehr über die Beziehung der beiden erfahren.«

»Wenn 252 der Kode für den Mörder ist, müssten wir ihn bald haben. Vorausgesetzt wir finden jemanden, der den Kodeschlüssel besitzt.«

»252«, sagte Elina. »Der unsichtbare Mann im Bild. Vielleicht. Jetzt haben wir zwei Möglichkeiten. Du findest den Namen des Gemäldebesitzers. Und ich finde die Namen hinter den Ziffernkodes heraus.

26

Elina erwog, eine neue Verhörrunde mit den engsten Mitarbeitern Wiljam Åkessons zu starten. Besonders interessierte sie, was Sixten Eriksson zu sagen hatte, da sie das Gefühl nicht loswurde, dass er auf ihre Frage nach Åkessons Vietnamreise etwas zurückgehalten hatte. Aber sie beschloss, die Antworten von Geheimdienst und Nachrichtendienst abzuwarten. Kärnlund hatte betont, dass es eilig sei und außerdem die jeweiligen Chefs angerufen, um noch mehr Druck zu machen.

John Rosén hatte beschlossen, nur noch einen Tag in Luleå zu bleiben. Den wollte er nutzen, um die Suche nach jenen Kommunisten, die 1962 aktiv waren, zu organisieren. Es galt, jemanden zu finden, der ihm eine Mitgliedsliste besorgen konnte. Wenn ihm das gelang, hatte der Chef der Kripo von Luleå versprochen, einen Mann zur Verfügung zu stellen, der herumfuhr und das Foto vorlegte. Sobald man eine Fährte gefunden hätte, würde Rosén wieder nach Luleå fliegen und ein ordentliches Verhör mit dem Informanten führen. Und, wie er hoffte, mit dem möglicherweise identifizierten Gemäldebesitzer.

Elina kam der Vormittag sehr lang vor, denn sie hatte fast nichts zu tun. Sie aß mit Henrik Svalberg in der

Kantine. Svalberg fragte sie, wie weit sie mit Åkesson gekommen waren, und sie berichtete ihm, in welchem Stadium der Ermittlung sie und Rosén sich befanden. Aber sie merkte, dass er ihr kaum zuhörte; irgendetwas anderes nahm seine Gedanken in Anspruch.

Sie beendeten ihr Mahl schweigend.

»Also«, sagte Elina und sah ihn an. »Also?«

Henrik Svalberg legte das Besteck sorgfältig beiseite und schob das Tablett von sich.

»Erinnerst du dich an Minette? Minette aus Kopenhagen, die ich im letzten Sommer im Urlaub getroffen habe? Hab ich dir erzählt, dass wir im Frühjahr zusammengezogen sind?«

»Du hast es erwähnt, ja. Daran erinnere ich mich.«

Henrik Svalberg war plötzlich ganz aufgeregt.

»Wir bekommen ein Kind«, verkündete er glücklich.

Elina dachte schon, er würde aufstehen und einen Luftsprung machen.

»Wie schön«, sagte sie und suchte nach den richtigen Worten. »Wunderbar. Gratuliere.«

Ihr Magen zog sich zusammen.

Nach dem Essen war sie so ruhelos, dass sie beschloss, das Präsidium zu verlassen und einen Spaziergang zu machen. Sie ging die Storagatan hinunter und begegnete Wahlhelfern aller Parteien, die Flugblätter verteilten; je näher sie der Kreuzung mit der Vasagatan kam, umso mehr wurden es. Die Leute waren leicht bekleidet, es war warm, obwohl es schon Anfang September war. Elina trug einen roten Blazer und blaue Jeans. Sie betrachtete sich in einem Schaufenster. Ihr Spiegelbild wanderte genauso einsam dahin wie sie selbst.

Unbewusst griff sie nach ihrem Handy, erstickte aber rasch den Reflex, Martin anzurufen, kehrte um und ging die Storagatan zurück. Auf der anderen Seite sah sie ein Plakat, das nicht für die Wahl warb. »Chorabend im

Konzertsaal«, stand da. Sie ging hinüber, um den klein gedruckten Text zu lesen. Einer der Chöre, der auftreten würde, waren »Die Singvögel«. Diesmal erstickte sie den Impuls anzurufen nicht, sondern wählte die Nummer von Aros Kanzlei.

»Susanne«, sagte sie, als die Freundin sich meldete, »hast du Lust, mich heute zu einem Chorabend zu begleiten? Ich bin aus einem bestimmten Grund neugierig, und es wäre schön, wenn ich nicht allein wäre.«

»Kann nicht. Johan ist auf Reisen. Emelie, du weißt ja. Kannst du hinterher nicht bei mir vorbeikommen?«

»Gern, wenn es nicht zu spät wird. Und entschuldige, dass ich an Emelies Geburtstag einfach verschwunden bin.«

»Macht nichts. Übrigens Elina, sollte ich heute Nachmittag nicht dabei sein?«

»Danke, aber das ist nicht nötig. Ich werde nur Fragen beantworten. Wenn ich einen Anwalt mitbringe, wirkt das ja fast wie ein Schuldeingeständnis.«

»Wenn du heute Abend nicht kommen kannst, versprich mir, dass du mich anrufst und erzählst, wie es dir ergangen ist.«

»Ganz bestimmt, tschüs.«

Elina schaltete das Telefon aus und sah auf die Uhr. Es war Viertel vor zwei. In fünfzehn Minuten würde sie von einem internen Ermittler verhört werden.

Dem Polizisten auf der anderen Seite des Tisches war sie noch nie begegnet. Er hatte graues kurz geschnittenes Haar und blaue Augen.

Gute fünfzig, schätzte Elina. Sieht ziemlich nett aus.

Sie lächelte schwach, war jedoch etwas unsicher, ob sie eine besondere Taktik bei der Vernehmung verfolgen sollte. Sie hatte noch nie auf der anderen Seite des Tisches gesessen.

»Hallo«, sagte er und setzte sich wieder, nachdem er auf den Besucherstuhl gezeigt hatte. »Ich heiße Sören Blomqvist und bin Inspektor bei der Polizei in Uppsala. Bevor wir anfangen, werde ich Ihnen die Prozedur interner Ermittlungen erklären.«

»Danke, für mich ist es das erste Mal.«

»Ich weiß.« Sören Blomqvist lächelte.

Er hat mich also bereits überprüft, dachte Elina.

»Es ist nichts Besonderes«, sagte er. »Wie Sie vielleicht wissen, hat der Staatsanwalt eine Voruntersuchung beschlossen und deshalb bin ich hier. Ich werde die Ermittlung leiten und lasse dann den Staatsanwalt entscheiden, ob es zur Anklage kommt. Außerdem gehen meine Ermittlungsergebnisse an den Personalausschuss der Polizei, der entscheidet, ob eine Verurteilung Ihre Entlassung zur Folge haben wird. In solchen Fällen mildert das Amtsgericht das Strafmaß im Allgemeinen ab, damit Polizisten nicht doppelt bestraft werden. Ich sage Ihnen das natürlich, ohne eine genaue Vorstellung von Ihrem besonderen Fall zu haben.«

Elina spürte, dass ihr Magen dieser letzten Versicherung Inspektor Blomqvists nicht traute.

»Jetzt erzählen Sie bitte, was passiert ist, und zwar so genau wie möglich.«

Elina berichtete den ganzen Ereignisablauf von Anfang bis Ende, inklusive des Wortwechsels der Beteiligten, soweit sie sich daran erinnerte. Als sie fertig war, kam die Frage, vor der sie sich am meisten fürchtete.

»Wie haben Sie es empfunden, als er diese eine Geste machte?«

»Als eine Art, mir zu vermitteln, dass ich mich nicht in seine Angelegenheiten einmischen solle«, antwortete Elina rasch.

»Ja, das ist offensichtlich. Aber ich möchte wissen,

wie Sie seine Absicht interpretierten. Was glaubten Sie, würde er tun?«

Ich kann mich nicht drücken, dachte Elina und schwieg eine Weile.

»Ich hatte wohl keine Zeit nachzudenken«, antwortete sie schließlich leise.

»Eine instinktive Reaktion. Meinen Sie das?«

»Ja, durchdacht war sie nicht.«

»Und warum haben Sie so reagiert, wie Sie es getan haben?«

»Wie meinen Sie das?«

»Man kann sich ja auch andere Reaktionen vorstellen. Zum Beispiel, sich zurückzuziehen. Im Klartext ausgedrückt: Haben Sie Gewalt angewandt, um sich zu verteidigen, oder weil Ihnen das Verhalten ...«

Sören Blomqvist schaute in seine Papiere.

»... von Kurt Jörgen Hansson nicht gefiel?«

»Ich ... Darauf kann ich nicht eindeutig antworten. Wie gesagt, ich habe instinktiv reagiert, als er auf mich losging. Aber ich gebe zu, dass mich das Auftreten des Paares irritierte. Das kann mich schon beeinflusst haben.«

»Fühlten Sie sich bedroht?«

Elina schwieg lange.

»Ich kann mich nicht erinnern«, antwortete sie schließlich.

Die Vernehmung wurde noch weitere zwanzig Minuten fortgesetzt. Danach ging Elina in ihr Zimmer. Sie versuchte sich einzureden, dass sie ehrlich auf die Fragen geantwortet hatte.

Als sie zehn Minuten vor sieben zum Konzertsaal kam, war der Parkplatz voll. Elina musste umdrehen und parkte schließlich in einer Straße nahe beim Kristianborgsbad.

Sie bezahlte sechzig Kronen Eintritt und setzte sich so nah wie möglich an die Bühne. Die Leute um sie herum waren gut gekleidet, aber nicht herausgeputzt. Menschen jeden Alters. Plötzlich empfand sie eine Art Zärtlichkeit für diese Menschenmenge und wurde ganz sentimental.

Jeder Chor trat mit vier Liedern auf und alle hatten ihren eigenen Dirigenten. Elina staunte über die vielen Chorsänger, die es in Västerås gab. Und über ihr Können. Mehrere Male erwischte sie sich dabei, wie sie mitsummte.

Die »Singvögel« waren die Vorletzten und begannen mit einem Stück von Carl Orff. Der Eindruck war gewaltig. Der Chor bestand aus zehn Männern und vierzehn Frauen. Alle in den mittleren Jahren oder älter. Wiljam Åkesson hatte Bass gesungen. Elina verstand nicht genug vom Chorsingen, aber sie meinte, eine Bassstimme herauszuhören.

Niemand ist unersetzlich, dachte sie. Jeder kann ersetzt werden, wenn es die Umstände erfordern.

Sie sah in die Gesichter der Chormitglieder. Sie kannte kein Einziges und fragte sich, warum sie überhaupt gekommen war.

Um etwas über Åkessons Leben außerhalb der Politik zu erfahren, dachte sie und war zufrieden mit dieser Erklärung.

Nach den »Singvögeln« wurde das Konzert mit Gospelliedern vom Chor des Gymnasiums Carlforsska beendet. Das Publikum klatschte begeistert mit und jubelte, als der letzte Ton des Abends verklang. Nachdem der Applaus verebbt war, erhoben sich die Leute und schoben sich in einer Schlange auf den Ausgang zu. Elina ging langsam durch die Bankreihen. Draußen im Gang sah sie ihn. Er stand nur fünf Meter von ihr entfernt, dazwischen waren ungefähr ein Dutzend Menschen.

Elina überlegte, ob er sie gesehen hatte, glaubte es aber nicht.

Warum ist Olavi Andersson hier?, grübelte sie.

Sie versuchte zu erkennen, ob er in Begleitung war, doch das Gedränge war zu groß. Rasch entschied sie, Abstand zu halten, um möglichst nicht entdeckt zu werden. Olavi Andersson würde an diesem Abend einen Schatten haben, wenn er den Konzertsaal verließ, wohin ihn seine Füße auch trugen.

Als sie auf die Straße kamen, sah Elina aus fünfundzwanzig Metern Entfernung, dass er eine blonde Frau bei sich hatte, etwa um die fünfzig, vielleicht auch etwas jünger. Das Paar ging die Vallgatan hinauf. Es ist der Weg zu Olavi, dachte Elina. Und sie erinnerte sich an die schäbige Wohnung in der Emausgatan, die kaum für ein romantisches Rendezvous geeignet war.

Wie erwartet bogen sie links in die Skolgatan ein und dann nach rechts in die Mästargatan. Elina folgte ihnen in angemessenem Abstand und machte sich keine Sorgen, entdeckt zu werden, da Olavi Andersson ins Gespräch mit der Frau vertieft war. Aber statt nach links in die Kristiansborgsallén einzubiegen, die der kürzeste Weg zu Olavis Wohnung war, gingen sie auf der Mästargatan geradeaus weiter.

Elina folgte ihnen und versuchte aus ihren Gesten die Art ihrer Beziehung zu erraten. Wie verhielten sie sich zueinander? Plötzlich blieben sie stehen. Elina zog sich reflexartig unter einen Baum zurück, obwohl sich keiner von beiden zu ihr umdrehte. Dann stiegen sie die Treppe zu einem Haus hinauf. Das dritte Haus rechts nach der Kreuzung, dachte Elina. Sie suchte nach Stift und Papier, fand jedoch nichts zum Schreiben in ihrer Handtasche.

»Dunkelgrünes Holzhaus rechts«, sagte sie leise vor sich hin.

Sie drehte um und holte ihr Auto. Dann fuhr sie langsam an dem Haus vorbei und hielt nach der Nummer Ausschau. Die Lichter brannten, aber sie sah keine Bewegung hinter den Fenstern.

Ein energischer Druck auf das Handy und die Diensttuende in der Leitzentrale meldete sich. Elina bat sie herauszufinden, wer in dem Haus in der Mästargatan wohnte. Sie bekam rasch eine Antwort.

»Zwei Personen, na ja, eigentlich eine. Jan Milev wurde abgemeldet, entweder gestorben oder ins Ausland verzogen. Und dann Anna Mileva. Möchtest du die Personennummer haben?«

»Ja, bitte«, sagte Elina. »Warte, ich muss nur einen Stift im Handschuhfach suchen.«

»460501-9020.«

»Also sechsundfünfzig Jahre alt«, sagte Elina, bevor sie sich für die Hilfe bedankte und das Handy ausschaltete.

Sie fragte sich, wer die Frau war. »Der Schnaps war mein einziger Freund. Jetzt ist es leer um mich.« Das hatte er gesagt. Offenbar stimmte es nicht ganz.

Sie verfluchte sich erneut, dass sie das Gespräch mit Olavi Andersson nicht auf Band aufgenommen hatte. Und ärgerte sich, dass sie bei der Arbeit einen Kater gehabt hatte. Doch jetzt war es zu spät. Sie strengte sich an und versuchte die Erinnerung herbeizuzwingen. Es war, als würde man einen Muskel anspannen. Da war eine Formulierung gewesen, die wichtig war. Ein Widerspruch oder vielleicht eine verborgene Botschaft. Ein Wissen, das er nicht hätte haben können.

Oder hatte sie nur die Sache mit dem Singvogel verwirrt?

27

John Rosén kam um fünf nach acht zur Arbeit. Ein wenig spät für seine Verhältnisse, aber er entschuldigte sich damit, dass er am Vorabend erst sehr spät nach Hause gekommen war. Das Flugzeug aus Luleå hatte Verspätung gehabt und er hatte morgens noch einiges erledigen müssen.

»Du bist jetzt der Chef«, hatte sie geantwortet. »Von mir aus kannst du kommen und gehen, wann du willst.«

Die Morgenbesprechung des Dezernats um acht ließen sie ausfallen. Elina hatte bemerkt, dass Kärnlund ihre regelmäßige Abwesenheit bei den Besprechungen nicht gefiel, aber noch hatte er nichts gesagt. Sie ahnte, dass es nicht in seinem Sinn war, wenn sich die Sonderkommission vom Rest der Mannschaft absonderte, was zu Spannungen und Eifersucht führen konnte.

Aber an diesem Morgen hatten sie triftige Gründe, die sie an der Teilnahme hinderten. Rosén war mehrere Tage abwesend gewesen, viel war passiert, und sie mussten klären, was sie als Nächstes tun sollten.

Rosén trug einen Nadelstreifenanzug. Mit schwarzem Schlips.

»Immer gut gekleidet«, kommentierte Elina.

»Ergebensten Dank«, antwortete er. »Und du bist sehr schick.«

Jetzt saßen sie in seinem Zimmer. Elina schlug ein Bein über das andere. Der Rock erschien ihr ein wenig zu kurz, wenn sie ihn nicht ordentlich herunterzog.

»Hm, ja«, sagte sie.

»Genau«, sagte er.

»Womit fangen wir an?«

»Das meiste haben wir schon am Telefon besprochen. Die wichtigsten Ergebnisse müssen wir aber noch abwarten. Die Informationen vom Geheimdienst und vom Nachrichtendienst. Und was der Kollege in Luleå bei den alten Kommunisten über das Gemälde in Erfahrung bringt.«

»Ist es dir gelungen, eine Namensliste der kommunistischen Parteimitglieder zu bekommen?«

»Keine komplette. Aber ich habe einige gefunden, die damals aktiv waren und immer noch aktiv sind. Als Polizist habe ich mich mit meinen Fragen nach den Kommunisten natürlich nicht gerade beliebt gemacht, das ist ja klar. ›Wir sind gebrannte Kinder‹, wie einer es ausdrückte. Der Kalte Krieg sitzt ihnen immer noch wie eine eiserne Faust im Nacken. Und jemand kam auch auf die Ereignisse beim EU-Gipfel letztes Jahr in Göteborg zu sprechen. Behauptete, die Polizei fange wieder mit Meinungsregistrierung an. Aber von einigen Leuten habe ich dann doch die Namen bekommen. Anschließend bin ich ins Stadtarchiv von Luleå gegangen und habe die Wahlzettel der Kommunalwahl von 1962 herausgesucht. Auch bin ich die *Nordlichtflamme* vom Frühling desselben Jahres durchgegangen und habe die Namen einiger Leute notiert, die im Zusammenhang mit der Partei genannt werden. Der Kollege hat von mir eine komplette Zusammenstellung bekommen.«

»Waren ›son‹ Namen darunter?«

»Viele.«

»Ich überlege, ob ich mit jemandem von der anderen Seite sprechen sollte. Mit einem von den Vorsitzenden der FNL-Gruppe, über die Åkesson, wenn er es denn war, 1972 berichtet hat.«

»Was sollte das bringen?«

»Bestenfalls Informationen über Åkesson. Er hat sie kontrolliert und sie haben vielleicht ihn kontrolliert. Vielleicht wissen die was von ihm, was seine Parteigenossen nicht wissen. Auf jeden Fall könnte es mir helfen, die Verhältnisse besser zu verstehen und mir ein Bild von der damaligen Zeit zu machen.«

Sie legte eine Kopie des Berichts über die FNL-Gruppe von Västerås auf den Tisch.

»Er war ja so nett, uns mit einigen Namen zu versorgen. Ich habe sie heute Morgen in den Computer eingegeben. Und nun will ich dir was verraten.«

»Was?«

Elina zeigte auf einen Namen.

»Agnes Eriksson, Mitglied im Vorsitz. Was glaubst du, wer das ist?«

»Ich weiß es nicht, aber ich bin sicher, dass du mich gleich aufklären wirst.«

»Agnes Khaled. Wiljam Åkessons Nachbarin. Svalberg hat sie verhört. Die Journalistin, die meinte, den Zeitpunkt des Mordes zu kennen.«

»Die Welt ist klein«, philosophierte Rosén.

Elina sah die Frau erstaunt an, die ihr am Empfang der *Länstidningen* in der Slottsgatan entgegenkam. Agnes Khaled hob die Augenbrauen. Elina wusste, dass sie sich fragte, ob irgendetwas nicht stimmte.

»Entschuldigung«, sagte sie, »ich war nur etwas verblüfft, als ich Sie sah.«

»Warum?«

»Ich hatte eine Frau in den Fünfzigern erwartet. Aber Sie scheinen nicht älter als fünfunddreißig zu sein. Höchstens vierzig.«

Agnes Khaled lachte.

»Gute Verhörtechnik«, sagte sie. »Eins zu Null für Sie. Aber ich bin tatsächlich neunundvierzig. Und das Aussehen? *Mashallah.*«

»Jetzt hab ich Sie nicht ganz verstanden.«

»Zum Glück. Ein muslimisches Sprichwort. Es bedeutet, dass man sich nichts einbilden soll. Wollen wir raufgehen?«

Obwohl schon so manches über Elina in dieser Zeitung gestanden hatte, war sie noch nie in dem Verlagsgebäude gewesen. Agnes Khaled führte sie in eine weitläufige Bürolandschaft mit dunklem Holzboden. Alles wirkte sehr geschmackvoll und Elina wunderte sich über die gedämpfte Geräuschkulisse. Jeder arbeitete für sich und die meisten starrten stumm auf ihren Bildschirm.

»Wir können uns in eins der Besprechungszimmer setzen«, sagte Agnes Khaled.

Sie gingen in einen kleineren Raum mit Stahlrohrstühlen. Agnes Khaled zündete sich eine Zigarette an.

»Hier darf man eigentlich nicht rauchen«, sagte sie. »Aber ich tu's trotzdem. Ist das okay? Kein Asthma? Was wollten Sie mich fragen?«

»Schauen Sie sich bitte mal das hier an«, bat Elina und schob ihr den Bericht über den Tisch.

Agnes Khaled setzte sich eine Brille auf und las schweigend.

»Interessant«, sagte sie dann. »Aber nicht verwunderlich. Wo haben Sie den gefunden?«

»Im Archiv des sozialdemokratischen Polizeidistrikts hier in Västerås. Ich habe nach Spuren einer Reise gesucht, die Wiljam Åkesson nach Vietnam unternommen hat.«

»Und ich werde auch erwähnt. Und dann wurde ich Åkessons Nachbarin. Was für ein Zufall. Möchte wissen, ob er wusste, dass ich es war. Dass es sich um ein und dieselbe Person handelte.«

»Was meinen Sie?«

»Vermutlich. Er hat mich vermutlich wieder erkannt. Er scheint ja alles unter Kontrolle gehabt zu haben, nicht wahr? Aber der Bericht ist nicht unterzeichnet.«

»Wir glauben, dass Åkesson ihn geschrieben hat. Ich möchte wissen, warum. In wessen Auftrag und weshalb es so wichtig war. Ich möchte, dass Sie mir von dieser Zeit erzählen.«

»Der Wunsch nach Überwachung war der Grund. Die Sozialdemokraten wollten die Politik unter Kontrolle haben, alles, was die Arbeiterbewegung tangierte: die Vereine in den Bürgerhäusern, die Mietervereine, Konsumvereine, Gewerkschaftsorganisationen und was weiß ich. Besonders die Gewerkschaft. Man durfte ruhig abweichende Meinungen haben, aber gehörte man einer Organisation an, die die Sozis nicht unter Kontrolle hatten, dann wurde überall gebremst. Wo immer sie konnten, verhinderten sie, dass man einen Vertrauensposten bekam. Wenn man nicht Sozi war, durfte man nicht mal einen Abendkurs leiten.«

Sie zeigte auf das Blatt Papier.

»Gehörte man der kommunistischen Partei an wie ich oder irgendeiner anderen linken Organisation, dann war man für die ein Paria. Ein Ausgestoßener. Sie hielten uns unter Kontrolle. Niemand sollte sich unbemerkt einschleichen können.«

»Ist ihnen das gelungen?«

»Meistens, ja. Die Sozis hatten das Talent, Leute zusammenzutrommeln, wenn etwas auf dem Spiel stand.

Und ich muss ehrlich zugeben, dass es uns oft schwer fiel, das Vertrauen der Menschen zu gewinnen. Viele, vor allem auch Gewerkschaftsmitglieder, fanden uns sicher gut und engagiert, aber den Kommunismus wollten sie nicht. Wir schafften es nicht, unsere Überzeugungen rüberzubringen.«

»Sie wollten die Diktatur des Proletariats, oder?«

Agnes Khaled zündete sich eine weitere Zigarette an.

»Ja und nein. Ja, weil es im Parteiprogramm stand. Das war das Ziel der sozialistischen Revolution. Aber ich behaupte, dass wir überzeugte Demokraten waren. Steinewerfer wie die in Göteborg waren wir nicht und auch keine Terroristen. Die wären bei uns auf der Stelle ausgeschlossen worden. Zu bewaffnetem Widerstand wollte man erst übergehen, wenn die Mehrheit des Volkes daran gehindert würde, den Kapitalismus abzuschaffen.«

Sie lächelte Elina an.

»Aber aus dieser Art Sozialismus ist nun nichts geworden. Die Frage stellte sich also gar nicht.«

»Entschuldigen Sie meine Unwissenheit, aber was hat die FNL-Gruppe mit all dem zu tun?«

»Viele von ihnen waren ja Kommunisten. Jetzt im Nachhinein kann man sich wirklich fragen, warum.«

»Ja, warum?«

»Das hatte mit 1968 zu tun, mit der studentischen Linken. Die Leute wurden radikalisiert. Aber eigentlich ging es um eine größere Frage. Die Studenten glaubten, sie führten eine weltumfassende Bewegung an, wurden aber eigentlich nur in einem historischen Geschehen mitgerissen. Haben Sie etwas gegen einen kleinen Vortrag?«

»Nein, reden Sie. Es interessiert mich. Darum bin ich ja hier.«

»Es handelte sich um den Übergang in eine neue historische Epoche. Fast fünfhundert Jahre kolonialer Herrschaft wurden innerhalb weniger Jahrzehnte zerstört. Zwischen 1946 und 1975, wenn man genau sein will. Die gesamte Dritte Welt befreite sich von der direkten Herrschaft der westlichen Länder. Fast jedenfalls. Übrig blieben nur kleine koloniale Reste wie Hong Kong zum Beispiel. Unter den wirklich wichtigen fehlten noch Südafrika und Palästina. Damals. Inzwischen ist Südafrika ja auch frei.«

Agnes Khaled sah Elina an.

»Das ist Ihnen alles neu, oder?«

»Ich habe eine ganz gute Allgemeinbildung«, sagte Elina. »Aber über Weltpolitik habe ich nicht viel nachgedacht.«

»Wie Sie vielleicht wissen, bin ich mit einem Palästinenser verheiratet. Ich bin ihm da unten in meiner politisch bewegten Jugend begegnet. Das Engagement steckt also sozusagen in meinem Ringfinger. Aber egal, damals ging es ja um die Frage, wodurch das koloniale System ersetzt werden sollte. Imperialismus, wenn die USA das Sagen bekämen. Wirtschaftliche Kontrolle mit Unterstützung von Waffengewalt also. Oder es würde den Kolonien gelingen eine eigene Wirtschaft aufzubauen. Die USA waren imperialistisch und standen für den Superkapitalismus; es war daher kein Wunder, dass die Dritte Welt eine Alternative zum Kapitalismus suchte. Und die einzige bekannte Alternative waren der Sozialismus und der Kommunismus. Als die studentische Linke kommunistisch wurde, war es folglich ein Schritt in dieselbe Richtung. Speerspitze wurde die Vietnambewegung, denn dort ging es um Sieg oder Niederlage des Imperialismus. Über die Linke kann man sagen, was man will, Tatsache ist, dass wir den Imperialismus tatsächlich zerschlagen haben. Nach Vietnam war es vorbei mit den Eroberungskriegen. Heute werden sie mit anderen Mitteln geführt.«

Elina wusste nicht, was sie sagen sollte. Sie fühlte sich unwissend und hatte nicht einmal Gegenargumente, weil ihr eine eigene Meinung über diese Zeit fehlte.

»Um zu meinem Problem zurückzukehren – der Bericht über Sie und Ihre Freunde in der FNL-Gruppe war ein Teil dieses Kampfes?«

»Ja, ein wenig. Wir haben die Sozialdemokraten Lakaien der USA genannt. Aber das war ungerecht. Olof Palme hat für den antikolonialen Kampf mehr ausgerichtet, als wir jemals begriffen. Er war anders als Göran Persson. Bei der Bestandsaufnahme über uns ging es mehr um den Versuch, den Einfluss unserer Kritik an der Kriegsführung der USA zu kontrollieren, die viel militanter war als ihre eigene. Und auf lange Sicht ging es um die Macht der Sozialdemokratie über die schwedische Innenpolitik. Darum, wer von den jungen Leuten politischen Einfluss bekommen sollte.«

»Und Åkesson? Wo stand er?«

Agnes Khaled nahm den Bericht und schaute lange darauf.

»Er war der stramme Soldat im Dienst der Partei. Weiter vorn in den Schützengräben, als ich dachte.«

Ehe Elina wieder im Polizeipräsidium ankam, klingelte ihr Handy. Sie sah an der Nummer, dass es Rosén war.

»Wir haben Antwort vom Geheimdienst und vom Nachrichtendienst. Wo bist du?«

»Auf dem Weg. Bin in wenigen Minuten da. Was sagen sie?«

»Darüber reden wir gleich.«

John Rosén hatte zwei Blätter in der rechten Hand, die er Elina vor die Nasenspitze hielt, als sie sein Zimmer betrat.

»Lies selbst.«

Elina beugte sich vor. Nach wenigen Sekunden zog sie

das obere Blatt weg und las das untere. Sie vermochte kaum ihrer Empörung Ausdruck zu verleihen.

»Was sagt man dazu?«

»Das ist skandalös! Wie zum Teufel kann jemand die Stirn haben, so in einer Mordermittlung zu reagieren?«

»Sonst pflegst du nicht zu fluchen, John. Ich auch nicht. Aber das sind wirklich verdammte Idioten.«

Elina nahm sich erneut das erste Blatt vor.

»›Die von Ihnen angefragten Berichte sind bei der Behörde nicht zugänglich. Angaben über die beiden von Ihnen genannten Personen können mit Rücksicht auf die Sicherheit des Landes nicht gemacht werden. Es gibt auch keine Informationen über die von Ihnen genannten Zifferkombinationen.‹«

Sie warf das Blatt auf den Schreibtisch.

»Das war der Geheimdienst. Und jetzt der Nachrichtendienst: ›Die Berichte, nach denen Sie fragen, können mit Rücksicht auf die Beziehungen des Landes zu anderen Staaten nicht freigegeben werden. Auch die Informationen über ev. Kodenummern können nicht zugänglich gemacht werden.‹«

»Man kann schon wegen weniger die Krise kriegen«, sagte Rosén.

»Das bedeutet, dass beide Stellen Informationen haben, sie aber nicht rausrücken wollen.«

»Dem Nachrichtendienst liegen die Berichte vor. Und möglicherweise auch die Namen, die sich hinter 193 und 252 verbergen. Der Geheimdienst weiß etwas über Åkesson und Bergenstrand. Das kann man diesen Antworten eindeutig entnehmen.«

»Wie hat Kärnlund reagiert?«

»Nicht für die Ohren von Frauen und Kindern geeignet.«

Elina atmete tief aus.

»Was machen wir jetzt?«

»Wir setzen unsere persönlichen Kontakte ein und benutzen die Hintertür. Irgendjemand ist uns sicher noch einen Gefallen schuldig. Hilft das nichts, treten wir ein paar Türen ein. Oder lassen deinen weiblichen Charme spielen. Wenn auch das nicht hilft, lassen wir etwas bei den Medien durchsickern. Die sollen sich nicht einbilden, dass sie uns entkommen.«

»Ich habe zwar keine Gegendienste einzufordern, aber wir können den Spieß ja auch umdrehen. Tun wir doch mal so, als wären wir jemandem was schuldig. Wenn es um weiblichen Charme geht ...«

»Das war nur ein Scherz.«

»Ach?«

»Nicht, dass du keinen Charme hättest ... Also versteh mich jetzt nicht falsch, aber ich finde, es wäre wirklich eine gute Idee, wenn du hinfahren und dich direkt mit dem Geheimdienst und dem Nachrichtendienst in Verbindung setzen würdest.«

»Jetzt interessiert mich aber sehr, warum du findest, dass ausgerechnet ich fahren soll und nicht du oder Kärnlund.«

»Du wirst vermutlich den sprödesten Vertretern der schwedischen Inlandsverwaltung begegnen. Das kann man schon an diesen Antworten erkennen. Nicht mal ein ergrauter Bürodirektor, der dreißig Jahre Erfahrung damit hat, Papierberge bei der Baubehörde wegzuschaufeln, würde auf die Idee kommen, so sinnlos und nichts sagend zu antworten wie die. Nicht ich, sondern nur du könntest sie dazu bringen, es sich ein wenig anders zu überlegen.«

Elina brach in Gelächter aus.

»Du meinst also, ich soll, wenn ich einen Mann vom Geheimdienst treffe, so was sagen wie ... ›Was hast du nur für eine große Pistole‹?«

Sie legte den Kopf schräg und rollte mit den Augen.

Rosén schaute sie mit einem Blick an, der um Gnade flehte.

»Mal sehen, welche Taktik die beste ist«, sagte sie. »Ich fahre Montag. Und platze da unvorangemeldet rein. Sonst kommen die nur wieder mit ihren schwammigen Antworten. Die sollen nicht die Chance kriegen, nein zu sagen, bevor sie Miss Polizei 2002 getroffen haben.«

28

Zum ersten Mal in ihrem Leben wünschte sie, sie hätte ein richtig großes Auto. Wie Johns BMW. Warum, wusste sie nicht. Vielleicht um den Anforderungen dieses Tages selbstsicherer begegnen zu können.

Sie fuhr in Höhe von Bålsta auf der E 18 und versuchte sich eine Taktik zurechtzulegen. Doch ihr Gehirn war wie aus Teflon. Nichts schien hängen zu bleiben. Sie redete mit sich selbst und versuchte sich in Rollenspielen. Stellte sich die Gegenargumente vor. Und was sie darauf antworten würde. Aber ihr war klar, dass nichts von dem, was sie sich ausmalte, der Wirklichkeit entsprechen würde. Improvisation war besser.

Sie beschloss, als Erstes zum Geheimdienst zu fahren, ohne überhaupt eine Ahnung zu haben, wie sie hineingelangen oder den richtigen Gesprächspartner treffen sollte. Sie hatte nur den Namen des Polizeidirektors, der die Antwort unterzeichnet hatte.

In der Vorhalle ging sie direkt zur Anmeldung, die mit einer Frau besetzt war, die eher an eine Primadonna im Theater erinnerte als an eine Sicherheitswache. Wallende, lange blonde Haare und ein Glitzern in den Augen, das so manchen Polizeichef vom Land wahrscheinlich wünschen ließ, er wohne in Stockholm.

»Womit kann ich Ihnen dienen?«, fragte die Frau lächelnd.

Elina konnte nicht anders, sie lächelte zurück.

»Ist der Polizeidirektor im Haus? Lennart Karlsson?«

»Haben Sie einen Termin?«

»Nein, aber ich möchte ihn auf jeden Fall sprechen. Mein Name ist Elina Wiik, ich bin Inspektorin bei der Polizei in Västerås. Es geht …«

»Das wird schwierig. Er gehört zur Geheimpolizei.« Die Frau legte den Zeigefinger an die Lippen und blinzelte Elina an. »Aber ich krieg das schon hin«, versicherte sie und wählte eine Nummer.

»Hallo, Lelle. Hier ist Eva vom Empfang. Bei mir ist Besuch für dich. Wer? Eine Polizistin. Eine mit Grips. Es wird dir Leid tun, wenn du nicht sofort kommst.«

Sie legte auf.

»Er kommt«, verkündete sie und nickte Elina zu.

Elina ging einige Schritte rückwärts, den Blick auf das Drehkreuz gerichtet. Nach wenigen Minuten erschien ein kleiner, dünner Mann in dunkelblauem Anzug.

»Lennart Karlsson«, sagte er und reichte ihr über das Drehkreuz die Hand.

»Elina Wiik. Es geht um diese Sache.«

Sie hielt ihm die Antwort des Geheimdienstes auf Oskar Kärnlunds Anfrage vor die Nase.

»Ja …? Da steht alles, was wichtig ist.«

»Können wir uns kurz unterhalten?«

»Ich wüsste nicht, warum, außerdem bin ich ein viel beschäftigter Mann. Aber Sie sind den ganzen Weg von …«

»Västerås …«

»… gekommen, so werde ich also ein paar Minuten opfern.«

Von deiner wertvollen Zeit, dachte Elina. Wie großmütig.

Sie hatte bereits eine Aversion gegen den Mann entwickelt, der jetzt voranging und ihr nicht einmal die Tür aufhielt, als sie das Innere des Polizeipräsidiums betraten. Er ging mit Elina im Schlepptau einen Korridor entlang, ohne sich umzudrehen, und betrat schließlich ein Büro. Ob es seins war oder das eines anderen, war Elina nicht klar.

»Wie gesagt, ich bin ein viel beschäftigter Mann«, wiederholte Lennart Karlsson

»Und ich eine viel beschäftigte Frau. Ich muss nämlich einen Mordfall lösen. Diese Arbeit könnten Sie und der Geheimdienst mir erleichtern, wenn wir Zugang zu den Dokumenten bekämen, um die wir gebeten haben.«

»Von welchen Dokumenten reden Sie?«

»Auf die Sie in Ihrem Schreiben anspielen. ›Angaben über die beiden von Ihnen genannten Personen können mit Rücksicht auf die Landessicherheit nicht gemacht werden.‹ Ich zitiere aus dem Gedächtnis.«

»Das bedeutet nicht, dass wir Dokumente besitzen.«

»Okay. Haben Sie Angaben über Wiljam Åkesson und Erland Bergenstrand oder nicht?«

»Wenn das der Fall wäre, was ich nicht behaupte, so geht aus der Antwort klar hervor, dass sie mit Rücksicht auf die Sicherheit des Landes nicht enthüllt ... werden können.«

»Åkesson und Bergenstrand sind tot. Ermordet. Inwiefern kann die Sicherheit des Landes bedroht sein, wenn Sie mir, hier und jetzt, sagen, ob der Geheimdienst überhaupt Informationen über die beiden besitzt?«

»Darauf kann ich nicht antworten. Das ist implizit in der Antwort enthalten.«

»Implizit?«

Elina sah Lennart Karlsson an. Die Idee, weiblichen Charme zu nutzen, um ihren Willen durchzusetzen, war vollkommen abwegig. Verunsicherungstaktik schien hier eher angebracht zu sein.

»Sie haben eine Warze auf der Stirn. Wissen Sie das?«

Er starrte sie mit offenem Mund an wie ein Fisch.

»Sind Sie Polizist?«, fuhr sie fort, ehe er etwas sagen konnte.

»Ich bin Polizeidirektor.«

»Und haben Sie schon mal eine Leiche gesehen? Einen ermordeten Menschen?«

»Ich bin Jurist. Und ich finde, Ihre Fragen grenzen an Beleidigung. Ich bin der Meinung, wir sollten das Gespräch beenden.«

»Welches Gespräch? Sie haben nicht ein einziges Wort gesagt, das die Bezeichnung ›Gespräch‹ rechtfertigt. Soll der Geheimdienst nicht politische Verbrechen verhindern, und sie, falls sie dennoch vorkommen, aufklären und den oder die Täter möglichst vor Gericht stellen?«

»Kriminalinspektorin Wiik, mit oder ohne Warze auf der Stirn, Sie haben sich offenbar gut vorbereitet.«

»Wir haben den Verdacht, dass Åkessons und Bergenstrands Reisen nach Vietnam mit den Morden zusammenhängen, und wir wissen, dass zumindest Åkessons Reise einen politischen Hintergrund hatte. Jetzt haben Sie die Chance, einen Fall zu lösen, dem möglicherweise ein politisch motiviertes Verbrechen zugrunde liegt.«

»Sie setzen voraus, dass wir im Besitz von Informationen sind, die auf den Fall hinweisen. Selbst wenn es so wäre, was ich hiermit nicht ausgedrückt haben möchte, gibt es andere Erwägungen zu berücksichtigen.«

»Und die wären?«

»Die Sicherheit des Landes. Das steht schon in unserer Antwort an Sie.«

»Dreißig Jahre alte Informationen über Åkesson sind also wichtiger für die Sicherheit des Landes, als die Lösung eines Mordfalls, dem vielleicht politische Motive zugrunde liegen? *Give me a break!*«

»Wir haben Ihre Anfrage sorgfältig geprüft, und wenn es Informationen über diese beiden Personen gibt, was ich hiermit nicht ausgedrückt haben möchte, muss Ihr Interesse an der Sache vor einem größeren Interesse zurückstehen – der Sicherheit des Landes.«

»Wir bekommen also keine Informationen von Ihnen?«

»Nein.«

Elina blieb sitzen, obwohl Lennart Karlssons Körperhaltung erkennen ließ, dass er den Raum verlassen wollte.

»Wie schade«, sagte sie, »dass die Polizei nicht bereit ist, der Polizei zu helfen. Dann müssen wir wohl andere Wege suchen, um an die Informationen zu kommen, die wir brauchen.«

Sie betonte jedes Wort des letzten Satzes.

»Wie meinen Sie das?«

»Polizisten müssen sich doch immer an die Wahrheit halten, nicht wahr?«

»Selbstverständlich.«

»Na, dann sind wir uns wenigstens in diesem Punkt einig. Die Medien fragen mich oft, warum es uns nicht gelingt, den Mord an Åkesson aufzuklären. Nächstes Mal muss ich ihnen sagen, woran es liegt. Dass es Informationen gibt, die für uns von Interesse wären, die uns aber vorenthalten werden. Dass ein Polizeidirektor in Stockholm der Meinung ist, es würde die Sicherheit des Landes gefährden, wenn die Polizei in Västerås Dokumente zu lesen bekäme, die seit Jahrzehnten im Keller des Geheimdienstes vor sich hin schimmeln.«

Elina lächelte verbindlich.

»Wollen Sie mir drohen?«, fragte der Polizeidirektor mit starrem Gesicht.

Sie erhob sich und ging, drehte sich an der Tür jedoch noch einmal um.

»Das möchte ich damit nicht ausgedrückt haben«, sagte sie.

Gut gemacht, Elina, dachte sie, als sie zu ihrem Auto kam, das auf der Bergsgatan stand. Susanne hat wahrscheinlich Recht, wenn sie dir Hitzköpfigkeit vorwirft. Du hast es nicht nur nicht geschafft, die Information zu bekommen, sondern dir außerdem noch einen weiteren Feind bei der Polizei gemacht.

Sie öffnete die Autotür, schloss sie aber gleich darauf wieder. Es war Viertel nach elf. Sie musste etwas essen. Und es war sinnlos, den Nachrichtendienst vor ein Uhr aufzusuchen. Auch die mussten schließlich mal Mittagspause machen. Sie sah sich um, versuchte sich zu orientieren und entschied sich für einen kleinen Spaziergang. Bestimmt würde sie unterwegs irgendein Restaurant oder einen Imbiss finden.

Sie ging in Richtung Hantverkargatan und dann zur St. Eriksgatan. Von hier aus sah sie linker Hand das Wasser glitzern. Sie ging zum Ufer hinunter und entdeckte das »Café Julia«, vor dem ein paar Stühle und Tische standen. Sie setzte sich und bestellte ein Stück Kuchen und einen Cappuccino.

Die Sonne wärmte und Elina versuchte an etwas anderes zu denken als an das missglückte Gespräch mit Lennart Karlsson.

Heute Nachmittag werde ich meine Taktik ändern, dachte sie. Vielleicht komme ich damit weiter.

Am Tisch vor ihr saßen ein Mann und eine Frau. Der Mann kehrte ihr den Rücken zu. Sie sah nur sein schwarzes Jackett. Die Frau hatte kurz geschnittene Haare und weit auseinander liegende Augen. Sie rauchten und lachten. Plötzlich fühlte Elina sich einsam. Der Kuchen war gut, hob jedoch nicht ihre Laune. Alle Kampfeslust hatte sie verlassen.

»Elina?«

Sie drehte den Kopf nach links und schaute auf. Vor ihr stand ein hoch gewachsener Mann mit hellen Haaren, ungefähr in ihrem Alter. Er lächelte, nahm die Sonnenbrille ab und streckte die Hand aus.

»Hallo. Ich bin Anton.«

»Hallo«, sagte Elina unsicher.

»Wir haben uns getroffen, als du in Sundbyberg gewohnt hast. Ich war ein Freund von Marcus.«

Elina erinnerte sich. Marcus war einer ihrer früheren Freunde und eigentlich schon seit langem aus ihrem Bewusstsein verschwunden.

Der junge Mann setzte sich ihr gegenüber an den Tisch.

»Wohnst du noch in der Stadt?«

»Nein«, erwiderte Elina, »ich bin nach Västerås gezogen. Ich arbeite bei der Polizei.«

»Na klar, das weiß ich doch. Ich hab was über dich gelesen. Du bist an den Ermittlungen im Mord an dem Gemeinderat beteiligt.«

»Ja. Aus dem Grund bin ich in Stockholm. Um mit Gespenstern zu fechten.«

»Gespenstern?«

»Den Geheimdiensten. Wenn man mit denen redet, ist es, als wandere man durch grauen Nebel. Und was machst du?«

»Ich filme. Dokumentarfilme. Versuche es jedenfalls. Der Markt ist ziemlich hart umkämpft.«

»Interessant.«

»Vielleicht sollte ich deine Ermittlungen dokumentieren?«

Elina lachte.

»Nur, wenn ich den Mörder fasse. Sonst nicht.«

Er erhob sich.

»Ich muss gehen. Bin in Eile. Leider. Nett, dich getroffen zu haben.«

»Ja«, sagte Elina.

Er machte ein paar Schritte, drehte sich jedoch noch einmal um.

»Weißt du, ich war immer eifersüchtig auf Marcus.«

Er lachte. Elina war verlegen. Sie wusste nicht, ob er es ernst meinte.

»Könnten wir uns nicht mal sehen?«, fragte er.

Sie beugte sich vor, nahm eine Visitenkarte aus ihrer Handtasche und reichte sie ihm.

»Gib mir deine Telefonnummer«, sagte sie.

Sie notierte die Nummer auf dem Notizblock, den sie für die Ermittlungen benutzte.

»So«, sagte sie, »jetzt bist du unter den Verdächtigen gelandet.«

Er winkte und ging. Elina sah ihm nach. Sein Rücken gefiel ihr.

Ihre Begegnung mit Oberstleutnant Gert Åkerlund schien zunächst eine Wiederholung ihres Treffens mit Polizeidirektor Lennart Karlsson zu sein. Dasselbe Gerede über Viel-beschäftigt-sein, über die eventuelle Existenz gewisser Dokumente und über die Sicherheit des Landes. Aber im Gegensatz zu Lennart Karlsson war Gert Åkerlund verständnisvoll, fast bekümmert.

»Eigentlich geht es nicht um die Sicherheit des Landes«, sagte er, »sondern um das Verhältnis zu einem anderen Staat.«

»Mal ehrlich«, sagte Elina, »das ist doch nur ein diplomatischer Terminus für ein und dieselbe Sache?«

Er lächelte schwach.

»Damit haben Sie natürlich Recht. Über gewisse Dinge, die sich zwischen zwei Staaten abspielen, spricht man einfach nicht, ganz gleich, ob es um große oder kleine Dinge geht. In diesem Fall habe nicht ich die Entscheidung getroffen, sondern mein Chef.«

»Sie können mir also wirklich nicht helfen? Erlauben Sie mir wenigstens, Ihnen zu erklären, wie wichtig diese Informationen für uns sind?«

»Leider nützt das nichts. Aber auf eine Frage will ich etwas genauer antworten. Die Namen hinter den Kodes sind nicht erhalten. Sie sind zerstört worden. Warum, weiß ich nicht.«

Er nahm zwei Mappen, die vor ihm auf dem Schreibtisch lagen.

»Diese Berichte haben wir nur aus einem einzigen Grund im Archiv gefunden. Ihr Chef hat uns das Datum von Åkessons und Bergenstrands Vietnambesuch genannt. Andere Berichte über Vietnam aus dieser Zeit haben wir nicht.«

»Åkesson und Bergenstrand haben ihre Vietnamberichte also an Sie geschickt. Das wollen Sie damit sagen.«

»Diese Schlussfolgerung konnte man mit etwas Fantasie schon unserer Antwort entnehmen. Aber bestätigen kann ich es Ihnen nicht. Die Beziehung zu einem fremden Staat, Sie verstehen.«

Er legte die Mappen wieder auf den Schreibtisch und schob sie gleichzeitig einige Zentimeter näher zu Elina.

»Ich bezweifle, dass diese alten Akten Sie in Ihren Mordermittlungen voranbringen werden. Aber andererseits bin ich ja kein Polizist. Es ist nicht mein Spezialgebiet. Entschuldigen Sie bitte, ich muss zur Toilette. Es wird genau fünf Minuten dauern.«

Er sah auf die Uhr, erhob sich und verließ den Raum. Hinter Elina schloss sich die Tür. Sie sah auf ihre Uhr und öffnete die oberste Mappe, die nur ein einziges Blatt enthielt, das sie rasch überflog. Der Verfasser war zwischen dem 10. und 23. April 1972 in Nordvietnam gewesen.

Åkesson, dachte Elina.

Fabrikbesuche, Besuche bei Wohnungskommitees und Milizverbänden. Kurze Berichte über das, was er gesehen hatte. Und eine Zusammenfassung der Eindrücke. »Der Wille zum Widerstand scheint stark zu sein«, lautete die Schlussfolgerung.

Der Bericht war mit »193« signiert.

Sie schob die Mappe beiseite und öffnete die nächste, die fünf DIN-A4-Blätter enthielt. Das erste war auf den 4. November 1972 datiert. Sie versuchte schnell zu lesen, ohne den Faden zu verlieren. Detaillierte Berichte über Produktionen in verschiedenen Fabriken: wie modern der Maschinenpark war, wie viele Milizleute es in jeder Fabrik gab, was für Waffen sie besaßen. Beschreibungen von Schutzanordnungen. Die Skizze eines Hafens.

Sie warf einen Blick auf die Uhr und übersprang das vorletzte Blatt. Ganz unten auf der letzten Seite gab es eine Signatur: »141«.

»141«, versuchte Elina sich einzuprägen.

Sie schlug die Mappe zu und legte sie wieder ungefähr so hin, wie sie gelegen hatte. Im selben Moment kam Gert Åkerlund zurück ins Zimmer.

»Entschuldigen Sie bitte, dass ich Sie allein lassen musste«, sagte er. »Aber wie gesagt, wir können Ihnen nicht helfen. Sie könnten gegen unseren Beschluss Einspruch einlegen, aber nur wenigen gelingt es, die Regierung zu Stellungnahmen zu zwingen.«

»Danke, das ist wohl nicht nötig«, lächelte Elina.

29

Kurz nach drei Uhr war Elina wieder in Västerås. Sie ging zu Johns Tür, aber die war verschlossen. Auf ihr Klopfen bekam sie keine Antwort. Henrik Svalberg musste sie gehört haben, denn er kam hinaus auf den Korridor.

»John hat sich heute Nachmittag freigenommen und mich gebeten, es dir auszurichten. Geht es voran?«

»Ja, ich glaube schon. Wir haben es geschafft, einige Wissenslücken über eine Person, die der Mörder sein könnte, zu schließen. Aber wir kennen seinen Namen nicht und vielleicht befinden wir uns auch in einer Sackgasse. Das klingt nicht sehr Erfolg versprechend, oder?«

»Kaum.«

»Und ihr?«

»Es scheint ziemlich hoffnungslos. Keine Ahnung, wer Kent Kralls Mörder ist. Der Fall entwickelt sich nicht gerade zu einem Erfolgsstart für die Sonderkommission. Zwei Fahndungsmorde und keiner nähert sich auch nur annähernd einer Lösung.«

Elina sah ihn schweigend an.

»Und das bekümmert dich?«, fragte sie.

»Ja, dich nicht?«

»Noch nicht.«

»Aber mich. Ich habe das Gefühl, man hat großes Vertrauen in uns gesetzt. Nicht, dass uns die anderen wünschen, dass wir scheitern, aber es gibt bestimmt viele, die gern unsere Plätze einnehmen würden.«

»Wir können nicht mehr als unser Bestes tun.«

»Mal sehen, ob's reicht«, sagte Svalberg und kehrte in sein Zimmer zurück.

Elina ging in ihr Büro und fasste zusammen, was sie im Lauf des Tages erfahren hatte. Noch vor ihrem Aufbruch aus Stockholm hatte sie in groben Zügen den Inhalt der Berichte festgehalten, die sie gelesen hatte. Jetzt versuchte sie etwas detaillierter zu werden.

Als sie fertig war, rollte sie mit ihrem Stuhl zurück und schaute auf den Bildschirm.

Zu welchen neuen Fragen führt das?, fragte sie sich.

Sie rollte wieder an den Schreibtisch heran und hämmerte rasch auf die Tastatur.

»Waren Åkesson und Bergenstrand Spione?«

»Warum hat sich der schwedische Nachrichtendienst für eine Skizze vom Hafen interessiert?«

»Was bedeuten 193, 141 und 252?«

»Wer ist in dem Fall 252?«

Ihr wurde klar, dass sie auf die ersten beiden Fragen nicht selbst antworten konnte. Ihr Wissen reichte dazu nicht aus. Sie würde die Sache zuerst mit John diskutieren, dann würden sie nach einem Experten suchen müssen, der die richtigen Schlussfolgerungen aus den beiden Berichten ziehen konnte.

Doch die Zahlen ließen ihr keine Ruhe.

Entweder sind sie willkürlich gewählt oder sie sind nach einem System zusammengesetzt, dachte sie. Wenn Ersteres der Fall ist, bringt es uns nicht weiter. Wenn Letzteres zutrifft, dann enthalten sie Informationen, die uns helfen könnten, 252 zu finden.

Sie starrte auf die Zahlen, als wollte sie sie auffordern, mit ihr zu sprechen.

Vielleicht ist es nur eine Art Anstellungsnummer? Spion 141 wurde vor 193 geworben, der vor 252 angefangen hat. Oder gehörten sie einer gemeinsamen Gruppe an? Aber die Ziffern hatten keinen logischen Zusammenhang.

Nachdem sie sich zwanzig Minuten lang das Hirn zermartert hatte, schaltete sie den Computer aus.

Jemand muss sich die Sache mit unbefangenem Blick ansehen, dachte sie. Jemand, der nicht in den Details des Falles steckt.

Sie hob den Telefonhörer ab und rief Kjell Stensson an. Er war so etwas wie ihr Mentor gewesen, als sie vor fünf Jahren zur Ermittlerin bei der Kripo aufrückte. Im letzten Jahr hatte er versucht, sie für das Rauschgiftdezernat abzuwerben, das er leitete. Das war, kurz bevor man ihr den ersten Mordfall übertrug. Sie hatte abgelehnt, sich jedoch über sein Interesse gefreut. Für sie war es eine Art Vertrauensbeweis gewesen.

»Kjell, hier ist Elina. Könntest du dir mal was ansehen? Etwas, woraus ich nicht schlau werde.«

»Komm nur.«

Sie musste sich durch eine Reihe Kodeschlösser drücken, ehe sie in seinen Korridor und in sein Büro gelangte. Es war überhaupt nicht verwunderlich, dass er gerade aufstand, als sie hereinkam. Er schien immer irgendwohin unterwegs zu sein.

»Inspektor Wiik«, sagte er grinsend, »hab ich dir überhaupt schon richtig gratuliert? Jetzt hast du den gleichen Rang wie ich.«

»Warum bist du nie Kommissar geworden?«, fragte sie.

»Die Frage habe ich mir auch schon gestellt. Aber ich habe keine Antwort darauf. Vielleicht wissen es die da oben. Ich bin ja nicht gerade beliebt. Du brauchst meine Hilfe?«

»Gib mir mal was zu schreiben!«

Stensson wühlte in seiner Schreibtischschublade und gab ihr einen blauen Kugelschreiber, mit dem sie die drei Zahlenkombinationen auf ein Stück Papier schrieb.

»Das sind Kodes für drei verschiedene Agenten beim militärischen Nachrichtendienst. 193 steht für Wiljam Åkesson ...«

»Wie bitte, was hast du gesagt?«

»193 ist Åkesson.«

»Der soll Agent gewesen sein?«

»Er hat dem Nachrichtendienst 1972 über Vietnam berichtet.«

»›Man muss sich eine Menge anhören, ehe einem die Ohren abfallen‹, wie Vincent van Gogh zu sagen pflegte.«

»Lass mich mal weiterreden. 141 ist Erland Bergenstrand, der in Göteborg ermordet wurde. Er hat ebenfalls als schwedischer Spion in Vietnam agiert. 252 ist ein Unbekannter ... uns allen unbekannt. Das Einzige, was wir wissen, ist, dass er die anderen beiden vor vierzig Jahren in Luleå gekannt hat. Erkennst du ein Muster in den Ziffern? Etwas, das uns helfen könnte, 252 zu identifizieren?«

Kjell Stensson nahm das Blatt in die Hand und starrte schweigend darauf.

»193 ist also Åkesson? Und 141 ist Bergenstrand aus Göteborg. Und 252 war in Luleå. Und alle miteinander sind bei irgendeinem Nachrichtendienst gewesen?«

»Genau.«

»Das ist doch kinderleicht.«

»Das finde ich überhaupt nicht! Sonst wäre ich ja nicht hier. Aber was meinst du?«

Elina fiel es schwer, ihre Ungeduld zu verbergen.

»Was kriege ich, wenn ich es sage?«

»Du kriegst ein blaues Auge, wenn du es nicht sagst.«

Kjell Stensson wendete das Blatt Papier demonstrativ hin und her.

»Hmmmm«, machte er.

»Bald kriegst du wirklich ein blaues Auge. Und das tut weh. Ich habe den schwarzen Gürtel, wie du weißt. Also raus mit deiner Theorie.«

»Die beiden ersten Ziffern der Kodes lassen einen Zusammenhang erkennen. 19, 14 und 25. Åkesson ist 19. Er stammt aus Västerås. 19 ist der Landeskode von Västmanland. Bergenstrand stammt aus Göteborg. Landeskode 14. Und der Unbekannte soll in Luleå mit den beiden bekannt gewesen sein. Dann es ist ja denkbar, dass er dort wohnt, nicht wahr? Der Landeskode von Norrbotten ist 25.«

Elina riss das Blatt an sich und starrte darauf.

»Ja, Mensch«, sagte sie, »das kann ja kaum Zufall sein. »Und die letzte Zahl? Eine Art Agentennummer?«

»Vielleicht. Wenn Åkesson 193 ist, gibt es oder gab es in Västmanland vielleicht noch eine 191 und eine 192. Und eine 194 und vielleicht noch mehr, was weiß ich?«

»252 müsste demnach also ein Berichterstatter des militärischen Nachrichtendienstes sein, der aus Norrbotten kommt.«

»Frag sie, wer es ist.«

»Das hab ich heute getan. Sie wissen es nicht. Und ich habe Grund zu glauben, dass sie die Wahrheit sagen.«

»Dann musst du wohl woanders suchen.«

»Hast du einen Vorschlag?«

»Beim Geheimdienst.«

»Das habe ich auch schon getan. Die haben Informationen, weigern sich aber, sie herauszugeben.«

»Die hören nie auf, mich in Staunen zu versetzen. Dann bleiben nur noch pensionierte Chefs, die es wissen könnten. Und Geheimarchive.«

»Welche Archive?«

»Die des Nachrichtendienstes natürlich. Aber von denen hast du ja schon die Information bekommen, dass sie nicht wissen, wer 252 ist. Das Kriegsarchiv wäre eine Alternative. Ich fürchte allerdings, das wird schwierig. Wer sich hinter Decknamen verbirgt, wissen nur wenige. Das ist ja der Sinn des Ganzen.«

»Warum sollte es auch einfach sein? Vielen Dank für deine Hilfe, Kjell. Auch wenn du nicht Recht haben solltest, erscheint deine Theorie jedenfalls logisch.«

»Keine Ursache.«

Elina sah auf die Uhr.

Ich ruf John zu Hause an, dachte sie. Er wird es sicher wissen wollen.

»Tschüs, Kjell, und nochmals danke.«

Er lächelte ihr zu.

John Rosén meldete sich nach dem zweiten Klingelzeichen.

»Ich hatte einen Arzttermin«, sagte er. »Bin gerade zur Tür hereingekommen.«

»Hoffentlich nichts Ernstes?«

»Nein.«

Die knappe Antwort veranlasste Elina, keine weiteren Fragen zu stellen. Stattdessen erzählte sie von ihrer Stockholmreise. Sie stellte sich vor, wie er den Kopf schüttelte, als sie berichtete, was der Polizeidirektor des Geheimdienstes gesagt hatte.

»Kjell Stensson hat eine interessante Theorie, wie sich die Zifferkombinationen auflösen lassen«, sagte sie. »Geradezu genial.«

»Vielleicht sollten wir uns gleich treffen«, unterbrach

er sie, »und weiterdiskutieren. Wenn du Lust hast, komm mich doch in einer Stunde besuchen.«

Elina war erstaunt, ohne recht zu wissen, warum. Vielleicht, weil sie John Rosén immer für einen Menschen gehalten hatte, der zwischen Arbeit und Privatleben scharf trennte. Genau wie sie selber. Sie hatte noch nie einen Kollegen gebeten, sie zu Hause aufzusuchen, um über die Arbeit zu sprechen.

»Ja, warum nicht«, antwortete sie und merkte, wie zögerlich ihre Stimme klang. »Doch, gern.«

»Ich wohne in Herrgärdet, Mimergatan 3. Kannst du um fünf hier sein?«

»Klar.«

Nach dem Gespräch versuchte Elina sich John Roséns Wohnung vorzustellen. Sie vermutete, dass er ziemlich teure Möbel besaß, und fragte sich, ob er allein lebte. Sie musste sich eingestehen, dass sie neugierig war.

Das Telefon riss sie aus ihren Gedanken.

»Wiik, kannst du mal in mein Büro kommen.«

Das war keine Frage, sondern ein Befehl. Oskar Kärnlund klang kurz angebunden. Und er sah finster aus, als sie sein Büro betrat.

»Ich habe eben Polizeidirektor Karlsson vom Geheimdienst in der Leitung gehabt. Und er war nicht zum Spaßen aufgelegt. Seiner Aussage zufolge warst du nicht nur unverschämt, sondern hast ihn auch bedroht. Also?«

Ich wusste es, dachte Elina. Dieser Schlappschwanz würde natürlich anrufen und sie verpetzen, statt es wie ein Mann zu tragen.

»Ich kann nichts anderes sagen, als dass der Polizeidirektor in beiden Punkten Recht hat. Ich habe ihn darauf hingewiesen, dass er eine Warze auf der Stirn hat, und das war nicht gerade nett, auch wenn es stimmt. Außerdem war es eine besonders große, hässliche Warze. Aber das hab ich ihm nicht gesagt. Ein bisschen Anstand besitze ich also doch noch.«

Kärnlund sah sie blinzelnd an.

»Und dann hab ich ihn davon in Kenntnis gesetzt, dass ich erwäge, den Medien zu erzählen, dass er sich weigert, Informationen herauszugeben, die wir brauchen, um einen Mordfall zu lösen. Wenn er das als Drohung aufgefasst hat, dann soll es mir recht sein. Das war nämlich beabsichtigt, um ihn ein bisschen unter Druck zu setzen.«

»Und warum, wenn ich fragen darf, trittst du so unkollegial auf?«

»Weil er ein Arschloch ist, das Manieren lernen sollte.«

Kärnlund trommelte mit den Fingern auf den Tisch. Dann brach er in Gelächter aus.

»Das ist ja ein Ding, so was hab ich noch nie gehört«, prustete er. »Gut gemacht. Besser, als den Leuten die Finger zu brechen.«

Elinas Miene verdüsterte sich bei dieser Anspielung, aber Kärnlunds Laune besserte sich.

»Ich habe ja die Antwort des Polizeidirektors auf mein Schreiben gelesen«, sagte er. »Da hatte ich selber Lust, ihn in seinen ... Arsch zu treten. Aber das ist jetzt nicht mehr nötig.«

Elina verzog den Mund.

»Ich habe trotzdem einiges herausbekommen«, erklärte sie. »Möchtest du es hören?«

»Schreib lieber einen Bericht darüber. Ich muss in einer Minute weg.«

Elina stand auf und ging zur Tür.

»Wiik«, sagte Kärnlund, »deine Situation erfordert etwas Zurückhaltung. Dir ist ja wohl klar, dass dieses Benehmen nicht gerade empfehlenswert ist?«

»Werde mich in Zukunft bessern«, versprach sie und zeigte auf einen Punkt an ihrer Stirn.

»Da hat die Warze gesessen.«

Das Haus, in dem John Rosén wohnte, war 1917 erbaut worden und ursprünglich für die Arbeiter des Minenwerks von Asea bestimmt gewesen. Jetzt aber lebten dort gut situierte Stadtbewohner. Entworfen hatte es Erik Hahr, dessen Bauwerke die wachsende Proletarierstadt prägten. Zwei Stockwerke plus Dachwohnung. Stilechte Fenster, architektisch verputzte Fassaden. Ein großer Hof, auf dem man sich in den Pausen erholen konnte. Doch das Haus wurde von dem gigantischen Schatten der Werkhalle verdunkelt. Keiner, der hier wohnte, würde jemals vergessen können, wo die Macht über die Menschen ihren Sitz hatte.

»Komm rein«, sagte Rosén.

Er führte sie in den Flur und half ihr aus der Jacke.

»Behalt deine Schuhe an.«

Sie betrat das Wohnzimmer, in dem jedes Ding am rechten Platz zu stehen schien. Eine Seite wurde von einem alten Schrank mit bemalten Türen beherrscht. Die Sofas waren mit einem hübsch gemusterten Stoff in gedeckten Farben bezogen. Der Couchtisch war vermutlich neu, jedoch älteren Designs. An den Wänden hingen Gemälde von einsamem Landschaften.

Elina fiel auf, wie sauber es war. Hier würde man vergeblich nach einem Staubkörnchen suchen.

»Wie schön du es hast«, sagte sie, das Einzige, was ihr einfiel.

»Es ist eine Dreizimmerwohnung. Eigentlich müssten mir zwei Zimmer reichen, aber ich hab es gern, wenn ich mich richtig bewegen kann.«

»Du wohnst hier also allein?«, fragte Elina geradeheraus.

»Ja. Ich bin geschieden. Ich habe zwei fast erwachsene Söhne. Sie leben bei ihrer Mutter und deren neuem Mann in Norrköping.«

»Hast du Kontakt zu ihnen? Zu den Söhnen?«

»Ja, schon.«

Elina wusste nicht, ob sie weiter nach seinem Privatleben fragen konnte.

»Darf ich mich ein bisschen umgucken?«, fragte sie stattdessen.

»Bitte sehr!«

Sie spähte ins Schlafzimmer, wo ein Doppelbett mit einer erdfarbenen Patchworkdecke stand. Die Küche sah gemütlich aus.

»Ist es bei dir immer so ordentlich?«

»Ja, das ist bei uns so üblich.«

Heißt das, bei seiner Exfrau und ihm?, fragte sich Elina.

»Ich meine bei uns Reisenden.«

»Erzähl mir mehr davon, John, falls wir Zeit haben.«

Sie kehrten ins Wohnzimmer zurück und setzten sich auf die Couch.

»Die Reisenden, das waren ehemalige Söldner, Strafgefangene und Menschen, die niedere Arbeiten verrichteten. Sie waren von der bäuerlichen Gesellschaft ausgestoßen und lebten am Rande der Dörfer oder auf den Landstraßen.

Wir wurden gezwungen, uns unseren Lebensunterhalt als Handelsvertreter oder Reisende zu verdienen. Wir waren Kastenlose, die keinem der vier Stände, weder dem Adel noch der Geistlichkeit, weder dem Bürgertum noch der Landbevölkerung angehörten. Es war genau wie in Indien. Vier Hauptkasten und dann die Verachteten, die Kastenlosen. Schweden ist da gar nicht so viel anders.«

»Kastenlose? Stell dir vor, mein Vater hat von Kasten gesprochen, als er erzählte, dass gewisse Sozialdemokraten für feiner gehalten wurden als andere.«

John Rosén schwieg eine Weile.

»Dein Vater«, sagte er dann, »Botwid, ja?«

Elina sah ihn mit gerunzelter Stirn an.

»Woher kennst du seinen Vornamen?«

»Lass mich weitererzählen«, bat John. »Stell dir vor, in den vierziger Jahren hat die sozialdemokratische Führung sämtliche Nichtsesshaften des Landes registriert! Mit Unterstützung der Polizei. Mitten im Zweiten Weltkrieg. Wenn die Nazis hierher gekommen wären, hätten sie uns verfolgt. Mit Hilfe des schwedischen Staates. Meine Eltern standen auch auf der Liste.«

Er holte tief Luft.

»Polizist zu werden, war für mich ein großer Schritt. Niemand von uns ist das je gewesen, soweit ich weiß. Viele in meiner Familie halten es für Verrat. Aber ich möchte nicht an den alten Vorurteilen festhalten.«

»Registriert? Das ist ja unfassbar.«

»Und doch ist es geschehen. Wir passten nicht in den neuen sozialdemokratischen Musterstaat, in das so genannte Volksheim Schweden, und wurden aussortiert. Manchmal sogar zwangssterilisiert wie mein Onkel und viele andere. So, jetzt verstehst du vielleicht, warum ich Polizist geworden bin. Und du? Warum bist du Polizistin geworden?«

Elina wusste nicht, was sie antworten sollte. John hatte so offen erzählt, dass sie dahinter kaum zurückstehen konnte. Sie öffnete den Mund, aber es kam kein Ton heraus.

»Lass uns das Thema wechseln«, sagte John, als er ihre Verlegenheit bemerkte. »Lass uns über die Ermittlungen reden. Was hast du herausgefunden?«

Elina schluckte, bevor sie leise zu berichten begann.

»193 war Åkessons Deckname beim militärischen Nachrichtendienst. Jedenfalls 1972, als er in Vietnam war. Erland Bergenstrand war ebenfalls Spion ... So muss man es wohl nennen. Sein Kodename war 141. Ein Oberstleutnant hat mich ihre Berichte lesen lassen.«

Sie holte die Zusammenfassung der Berichte hervor, die sie niedergeschrieben hatte, und zeigte sie Rosén. Er las schweigend.

»Seltsam«, sagte er dann. »Besonders Bergenstrands Bericht. Der abgefeimte Bericht eines Spions über die militärischen Verhältnisse in einem Land, das wir während des Krieges unterstützten.«

»Mich hat am meisten die Skizze des Hafens stutzig gemacht«, sagte Elina. »Warum war das schwedische Militär an so was interessiert? Ich finde, darüber sollten wir mit einem Experten sprechen.«

»Aber eigentlich ist das gar nicht so verwunderlich. Das Militär hat nach dem Zweiten Weltkrieg mit amerikanischen Nachrichtendiensten zusammengearbeitet. Man hat Informationen gegen Waffen getauscht.«

»Hätte das nicht im Vietnamkrieg aufhören sollen? Schweden war doch gegen den Krieg der USA.«

Sie dachte daran, was Agnes Khaled über Olof Palme gesagt hatte.

»Sollte man meinen«, sagte John. »Aber die Politik war eine Sache. Im Geheimen ging das *business as usual* weiter. Das ist jedenfalls mein Eindruck von dem Ganzen. Es ist ja viel darüber geschrieben worden. Aber ich kenne mich da nicht so gut aus.«

»Ich auch nicht. Aber ...«

»Das bedeutet, dass 252 auch Berichterstatter für das Militär war«, unterbrach sie John Rosén.

»Ja, das ist wohl die einzige vernünftige Schlussfolgerung.«

»Spione, so werden sie von der Gegenseite genannt.

Wenn es sich um unsere eigenen Leute handelt, werden sie als Nachrichtenagenten bezeichnet. Vietnam war also die gemeinsame Verbindung. Hatte der Nachrichtendienst auch einen Bericht von 252?«

»Nein, aber das liegt vielleicht daran, dass sie nicht nach Kodenamen suchen können. Die Berichte von Åkesson und Bergenstrand haben sie nur deshalb im Archiv gefunden, weil wir wussten, wann sie im Land waren. Was 252 angeht, haben wir ja keine Ahnung. Und der Mann vom Nachrichtendienst wusste nicht, was die Ziffern bedeuten oder wer sich dahinter verbirgt.«

»Und was hat Kjell Stensson herausgefunden?«

»Dass die ersten beiden Ziffern Landeskodes sind. 19 ist Västmanland, 14 Göteborg und 25 Norrbotten.«

John Rosén verzog den Mund.

»Genial. Wirklich großartig. Ich werde mich persönlich bei ihm bedanken. Er mag dich, nicht wahr?«

»Ich glaube ja. Als Kollegin.«

»Na, dann sind wir ja schon zwei.«

Elina schaute auf den Tisch und fingerte an den Papieren herum. Sie wurde immer verlegen, wenn sich jemand lobend über sie äußerte, und wusste nicht, was sie darauf sagen sollte.

»Und die letzte Ziffer?«, fragte John, um das Schweigen zu brechen. »Warte, lass mich selbst nachdenken. Vielleicht die Rangordnung. Die Eins am Ende von 141 bedeutet den Rang eines Chefs. Die Zwei in 252 bedeutet den Rang darunter und so weiter.«

»So habe ich nicht gedacht«, sagte Elina. »Ich denke, dass es in Västmanland mehrere Personen gab, deren Deckname mit 19 anfing. Einen Agenten 191, 192, 193 und so weiter.«

»So könnte es natürlich auch sein. Aber vielleicht spielt das gar keine große Rolle.«

Er verstummte wieder, lehnte sich auf der Couch zurück. Und dachte nach.

»Vielleicht können wir das Problem lösen, indem wir uns informieren, welche Leute aus Norrbotten zu dieser Zeit Vietnam besuchten«, sagte er schließlich. »Wir müssen die Visa überprüfen. Vielleicht gibt es nur einen. Dann ist es 252. Aber warum sollte ein alter Spion die anderen beiden umbringen?«

»Keine Ahnung. Ich kann mir kein Motiv vorstellen.«

Rosén schwieg wieder. Er wirkte äußerst konzentriert.

»Vielleicht denken wir in die falsche Richtung. Diese drei haben sich schon 1962 gekannt, als das Foto aufgenommen wurde. Die Tatsache, dass zwei von ihnen zehn Jahre später nach Vietnam gefahren sind, hat vielleicht gar nicht so viel mit der Sache zu tun. Ihre Gemeinsamkeit besteht darin, dass sie Verbindungen zum militärischen Nachrichtendienst hatten.«

Er erhob sich und begann im Zimmer auf und ab zu gehen.

»Das Bild auf dem Foto ... Solveig, die ich in Luleå befragte, sagte, dass es bei einem Kommunisten gehangen hat. Der Fotograf des Bildes ist die uns unbekannte Nummer 252. Das lässt sich aus dem Text auf der Rückseite des Fotos schließen. Er hat seine Kollegen vom Nachrichtendienst fotografiert. Wenn man alles zusammenfügt, müsste 252 also ein Kommunist aus Norrbotten sein, der mit dem militärischen Nachrichtendienst zusammengearbeitet hat. Damals hieß es IB, jedenfalls ist es jetzt als IB bekannt, das Informationsbüro des Nachrichtendienstes.«

»Und?«

»Das IB beschäftigte sich damit, Kommunisten aufzuspüren. Norrbotten war eine Bastion der Kommunisten. Es braucht sich gar nicht um Auslandsspionage gehandelt zu haben, sondern um die Registrierung von Kommunisten.«

»Und 252 war ein Infiltrant der kommunistischen Partei. Das ist die Schlussfolgerung, oder?«

»Ein Infiltrant oder vielleicht auch ein freiwilliger Denunziant, der sich hat anwerben lassen, nachdem er in die Partei eingetreten war.«

»Gab es solche Leute?«

»Warum nicht? Jemand, der den Glauben verloren hatte. In Luleå habe ich Leute getroffen, die waren in der Partei und sind ausgetreten, weil ihnen die Kriecherei vor der Sowjetunion zum Hals raushing. Also es ist immer noch die Frage offen, warum diese Person ihre beiden Kameraden vierzig Jahre später ermordete. Selbst wenn es nicht mit Vietnam zu tun haben sollte.«

Elina schaute John an, der nach wie vor im Zimmer herumwanderte.

»Könnte es nicht noch etwas ganz anderes sein?«, fragte sie.

»Selbstverständlich. Aber wie viele Leute wussten von der Verbindung zwischen Bergenstrand und Åkesson? Vermutlich nur einige wenige oder ein paar ihrer Chefs beim IB. Sollte ein ehemaliger Chef sie jetzt umgebracht haben? Das ist noch unvorstellbarer. Ich glaube, 252 ist der Mörder. Lass uns bei dieser Hypothese bleiben.«

»Aber wir haben doch noch das Gemälde. Und dass er wahrscheinlich einen gewöhnlichen Namen hatte, der auf »son« endete. Wir müssen unbedingt jemanden finden, der das Bild erkennt und sich außerdem an den Namen des Besitzers erinnert.«

»Elina«, sagte John, »es gibt jemanden, mit dem du vielleicht sprechen solltest. Jemanden, den Åkesson in Luleå kannte.«

»Wen meinst du?«

Sie fühlte ein Unbehagen, ohne zu wissen, warum. Johns Art, ihren Namen auszusprechen, klang wie eine Vorwarnung.

»Ich habe erfahren, dass Botwid Wiik 1962 mit ihm verkehrt hat. Das ist doch dein Vater?«

Elinas Herz gefror.

»Ja?«, sagte sie so ungerührt wie möglich. »Das wusste ich nicht.«

»Vielleicht kann er dir was erzählen. Darauf hoffe ich jedenfalls.«

»Was sollte das denn sein?«

»Keine Ahnung. Aber wir sollten mit allen sprechen, die Kontakt zu Åkesson hatten. Vielleicht bringt es etwas.«

Sie merkte, dass er sich um einen neutralen Ton bemühte. Was er wirklich dachte, wusste sie nicht.

»Ich werde ihn bei nächster Gelegenheit fragen.«

Dann stand sie ziemlich abrupt auf und ging in den Flur.

»Ich muss jetzt nach Hause«, sagte sie und versuchte zu lächeln. »Morgen ist auch noch ein Tag.«

30

Papa!«

Elina war gerade gestolpert und hatte sich das rechte Knie aufgeschürft. Sie sah, dass es blutete, aber es tat nicht weh. Botwid Wiik hob seine Tochter auf. Er warf sie in die Luft, als sei sie federleicht, und lachte. Dann trug er sie über eine Wiese und sie schmiegte sich in seine Arme. Sie gingen zu einem Graben, dort legte er sie ins Gras.

»Ich bin gleich wieder da.«

Sie sah ihn davongehen und versuchte aufzustehen, doch es gelang ihr nicht. Sie rief nach ihm, aber er war schon weit entfernt. Über ihr flog ein Flugzeug. Sie wusste, dass es nach Luleå flog, und sie hätte dabei sein sollen. Doch es war zu spät.

Sie setzte sich auf. Verwirrt streckte sie sich nach ihrer Armbanduhr und versuchte zu erkennen, wie spät es war. Aber ihre Augen waren zu müde.

Papa, dachte sie.

Sie legte sich wieder hin und schaute zur Decke.

Ich fahre nach Märsta, dachte sie. Sonst kann ich mich auf nichts anderes mehr konzentrieren. Am besten, ich bringe es hinter mich. Was immer er mir zu sagen hat.

Am Vorabend hatte sie eigentlich beschlossen, ihn nur anzurufen. Die Gedanken an das, was John Rosén gesagt hatte, ließen sie nicht mehr los. Fast war es ihr gelungen, sich selbst davon zu überzeugen, er habe einfach vergessen, dass er Wiljam Åkesson in Luleå begegnet war. Doch im tiefsten Innern wusste sie, dass es nicht stimmte. Sie hatte keine Ahnung, was dahinter steckte und im Grunde wollte sie es auch gar nicht wissen. Doch jetzt hatte sie keine andere Wahl mehr.

Es regnete, als sie das Haus verließ. Sie schaute zum grauen Himmel hinauf, der ihre eigene Stimmung widerspiegelte. Noch bevor sie die Wagentür öffnete, entschied sie, sich ein anderes Auto anzuschaffen. Ein größeres und neueres.

Das ist Rosén, dachte sie. Er hat mich dazu gebracht, über Autos nachzudenken. Ich werde ihn um Rat fragen.

Botwid Wiik sah erstaunt aus, als er die Tür des Reihenhauses in Märsta öffnete.

»Elina«, sagte er, »komm herein. Hast du zufällig in der Nähe zu tun?«

Sie zog im Flur ihre Schuhe aus.

»Der Sommer ist endgültig vorbei«, konstatierte sie. »Es hat auf dem ganzen Weg hierher in Strömen gegossen.«

»Dann kommst du also direkt aus Västerås?«

»Ja. Ich muss dich etwas fragen.«

»Setz dich erst mal. Maria ist in der Stadt. Vielleicht kannst du bleiben, bis sie zurückkommt?«

»Ich muss wieder zurück zur Arbeit. Aber diese Sache ist wichtig.«

»Das klingt ernst«, sagte Botwid Wiik und lächelte. »Aber so schlimm wird es hoffentlich nicht sein?«

Sie setzte sich auf einen Küchenstuhl. Ihr Vater stellte Kaffeetassen auf den Tisch.

»Lass hören.«

Elina wusste nicht, wie sie anfangen sollte, obwohl sie die ganze Fahrt über in Gedanken mit ihm gesprochen hatte. Sie zögerte. Doch schließlich entschied sie sich für den direkten Weg.

»Es geht um Wiljam Åkesson. Mein Chef war in Luleå und hat sich mit jemandem unterhalten, der ihn kannte. Er hatte eine Kusine namens Anna-Stina. Er sagt, ihr wart damals zusammen, du und sie.«

»Das war, bevor ich deine Mutter kennen lernte.«

»Ja, ich weiß. Es war sieben Jahre vor meiner Geburt. Aber darum geht es nicht, sondern um etwas anderes.«

»Darum, dass ich Åkesson dort getroffen habe, nicht wahr? Danach willst du fragen. Ich habe selbst schon daran gedacht.«

Er stand auf und verließ die Küche. Elina blieb sitzen und wusste nicht, wie sie sich verhalten sollte. Da er nicht zurückkam, ging sie ihm nach. Sie fand ihren Vater auf dem Sofa im Wohnzimmer sitzend. Als sie sich neben ihm niederließ, sprang er auf.

»Warum wühlst du in meinem Leben herum!«, brüllte er.

Elina war völlig irritiert.

»Bitte, Papa«, flüsterte sie.

Er sank in einen Sessel. Elina streckte ihre Hände nach ihm aus.

»Bitte ... ich frage nichts mehr«, stammelte sie.

Er hob langsam den Kopf und sah sie an.

»Ich werde es dir erzählen«, versprach er. »Ich werde es tun, aber lass mir ein wenig Zeit.«

»Du musst es nicht!«

Er schluckte und schlang seine großen Hände ineinander.

»Elina«, sagte er schließlich, »jeder Mensch hat Geheimnisse, über die er nicht sprechen will, nicht einmal mit denen, die ihm am nächsten stehen. Hier geht es um Dinge, auf die ich wahrlich nicht stolz bin.«

Sie ging zu dem Sessel, setzte sich daneben und legte ihre Hand auf seine.

»Ich habe dasselbe wie Åkesson getan«, erklärte er nach langem Schweigen. »Nicht so lange wie er. Aber ich habe es getan.«

»Was?«, fragte Elina verwirrt.

»Ich habe meine Arbeitskollegen ausspioniert. Erst im Hafen, dann im Wald. Ich habe alles weitergegeben: ihre politische Einstellung, ihr Verhalten am Arbeitsplatz, alles, was ich von ihrem Privatleben wusste.«

Sie zog ihre Hand ruckartig zurück.

»Du! Wie konntest du?«

»Es wurde von mir erwartet. Aus Stockholm kamen Leute von der Partei und fragten mich, wer Kommunist sei und auf wen man sich verlassen könne. Sie fragten, was meine Kollegen machten, erkundigten sich nach ihren Familienverhältnissen, wollten wissen ob sie tranken oder andere Probleme hatten und mit wem sie verkehrten. Später wurde mir klar, dass sie ein Register angelegt hatten, aber nicht bei der Parteiführung, sondern beim IB. Weißt du, was das IB war?«

»Das Informationsbüro des militärischen Nachrichtendienstes. Inzwischen weiß ich, wie es funktioniert. Was ist mit denen passiert, über die du ... Bericht erstattet hast?«

»In den meisten Fällen gar nichts. Doch einige bekamen Probleme, wenn sie die Arbeitsstelle wechseln wollten. Ob das mit den Informationen zusammenhing oder mit etwas anderem, weiß ich nicht. Mir kam es hauptsächlich darauf an, den Gewerkschaftsvorstand von Kommunisten freizuhalten.«

»Selbst wenn sie gut waren?«

»Wir hielten sie für Befürworter der Diktatur. Aber heute schäme ich mich dafür. Es waren ja Arbeitskollegen.«

Elina atmete tief durch.

»Es waren viele, die sich daran beteiligten, für einen guten Zweck, wie wir meinten«, sagte Botwid Wiik. »Auch der beste Mensch kann in etwas Schändliches hineingezogen werden. Dann siegt der Idealismus und man vergisst die Moral.«

»Und kümmert sich einen Dreck darum, was dem Einzelnen zustößt. In einer anderen Gesellschaftsform wärst vielleicht du das Opfer gewesen.«

Ihre Ton war jetzt bedeutend schärfer.

»Du hast Recht, Elina. Aber urteile nicht zu hart über mich. Außerdem ist es lange her. Wer ist ohne Schuld? Der werfe den ersten Stein.«

»Du hättest mir das erzählen sollen. Es hätte mir vielleicht bei meinen Ermittlungen weitergeholfen.«

»Ja, aber die Scham ist wie ein dunkler Fleck auf meinem Herzen.«

Eine Weile saß er schweigend da, seine großen Hände lagen jetzt regungslos auf dem Tisch. Elina sah, dass er Tränen in den Augen hatte. Sie konnte sich nicht erinnern, ihren Vater je weinen gesehen zu haben, und beugte sich vor, um seine Wange zu streicheln.

»Ich wusste gar nicht, dass du ein Poet bist«, sagte sie lächelnd.

Sie stand auf, ging in die Küche und stellte die Kaffeetassen zurück in den Schrank, um ihm die Möglichkeit zu geben, sich zu fassen. Dann setzte sie sich wieder zu ihm und sah ihm direkt in die Augen.

»Jetzt hast du die Chance mir zu erzählen, was du wirklich über Åkesson weißt.«

»Nicht viel, Elina, nicht viel. Er hat auch Informationen weitergegeben. Ich weiß es, denn er hat mich nach einem Namen gefragt. Und dabei angedeutet, dass sich andere dafür interessierten. Ich habe ihm nicht gesagt, dass ich wusste, von wem er sprach.«

Elina saß sehr gerade auf dem Sofa, als müsste sie sich für eine entscheidende Frage wappnen.

»Papa«, sagte sie, »Åkesson hatte einen Decknamen beim IB. Hattest du auch einen?«

»Was? Nein, nicht das ich wüsste.«

Sie atmete ruhig.

»Warum hatte er einen Decknamen, du aber nicht?«

»Keine Ahnung. Von so was hab ich noch nie etwas gehört. Hin und wieder kam ein Funktionär nach Luleå und unterhielt sich mit mir. Mehr war es nicht.«

»Und du hast keine schriftlichen Berichte abgeliefert?«

»Niemals.«

»Aber Åkesson hatte einen Decknamen. Wie ist das zu erklären?«

Elinas Vater stützte das Kinn in die Hand.

»Kannte er seinen Namen oder wurde er nur in den Papieren so genannt?«

»Lass mich mal nachdenken. Doch, natürlich kannte er seinen Decknamen. Er hat selbst ein Papier damit unterschrieben. Mit einem Kode.«

»Ich vermute, dass er enger mit dem IB zusammengearbeitet hat als ich. Mir stellte man nur Fragen und bekam Antworten.«

»Er war Agent und du warst Informant. Meinst du das so?«

»Ungefähr so.«

»Okay. Auch der, den wir jetzt suchen, hatte einen Decknamen. Vielleicht hast du ja eine Vorstellung, wer es sein könnte, wenn ich dir erzähle, wie er vom Militär genannt wurde?«

»Von Decknamen habe ich, wie gesagt, noch nie etwas gehört. Aber vielleicht weißt du noch was anderes über ihn – oder sie.«

»Eine Frau? Irgendwie hab ich mir die Person immer als Mann vorgestellt. Und alles, was wir bis jetzt wissen, deutet auch darauf hin. Aber wahrscheinlich könnte es auch eine Frau sein. Auf alle Fälle ist es ein Kommunist mit einem Familiennamen, der auf ›son‹ endet, und an seiner Wohnzimmerwand hing ein Elchgemälde.«

»Ein Kommunist? Ich hab noch nie gehört, dass ein Kommunist aus unserer Partei heraus Informationen weitergegeben hat. Aber vermutlich hätten wir das auch nie erfahren. Und die Namensendung und das Gemälde passen zu vielen Menschen.«

»Fällt dir jemand ein, der wissen könnte, wer welchen Decknamen hatte?«

»Ja, aber der ist tot. Birger Elmér, der Chef vom IB. Sonst fällt mir niemand ein. Vielleicht weiß es jemand, der zu jener Zeit dort angestellt war. Aber ich kenne keine Namen. Ich weiß nicht, wie es funktionierte. Es ist anzunehmen, dass nur sehr wenige die Namen hinter den Decknamen kannten.«

»Genau das hat mein Kollege John Rosén auch gesagt.«

Elina ließ das Thema fallen, um ihren Vater nicht noch mehr zu quälen. Die letzte halbe Stunde, ehe sie sich erhob, um aufzubrechen, unterhielten sie sich über andere Dinge.

»Ich muss zurück zur Arbeit. Ist das okay?«

»Ich komme zurecht.«

»Papa, weiß Mama etwas davon?«

»Nein. Und ich möchte auch nicht, dass du es ihr erzählst. Warum sie beunruhigen?«

Elina umarmte ihn und ging.

Es regnete immer noch. Die Scheibenwischer kamen kaum gegen die Wassermassen an und auf der Autobahn musste sie langsamer fahren. Ihre Gefühle schwankten zwischen Zorn und Wehmut. Zorn darüber, dass es so schwer war, die Menschen dazu zu bringen, von dem Geheimnis in Wiljam Åkessons Leben zu erzählen. Sie war davon überzeugt, dass noch mehr davon wussten und nichts sagten. Wehmut, weil ihr Vater einer von denen gewesen war und sie ihn verletzt hatte, als sie ihn zwang, davon zu erzählen. In ihr reifte ein Entschluss. An einem dieser Menschen würde sie ihre Wut auslassen. Sie griff nach dem Handy und wählte eine Nummer. Es wurde ein kurzes Gespräch. Sie wusste, wo sie den Mann finden würde.

In Västerås fuhr sie direkt zur Munkgatan und parkte das Auto. Sie suchte in ihrem Portemonnaie nach Münzen für den Automaten, fand aber nur eine Krone.

Ich lasse es drauf ankommen, dachte sie. Wenn ich Bußgeld zahlen muss, kann ich mich rausreden.

Sie betrat das Rathaus durch den Haupteingang und fragte nach der Zimmernummer, die sie am Telefon erfahren hatte.

»Wen darf ich melden?«, fragte der junge Mann in der Anmeldung.

Elina holte ihren Polizeiausweis hervor.

»Niemanden«, sagte sie. »Ich bin dienstlich hier.«

»Ich muss Sie aber trotzdem anmelden.«

»Das müssen Sie keineswegs. Ich geh da jetzt rauf. Und Sie rufen nicht an, um zu sagen, dass ich unterwegs bin. Wo ist es?«

Der Mann hatte plötzlich etwas Unterwürfiges im Blick.

»Die Treppe hinauf, geradeaus, erst nach rechts und dann die dritte Tür links.«

Noch einer, der die Aufnahmeprüfung zur Polizeihochschule nicht geschafft hat, dachte Elina und ging die Treppe hoch.

Sie hielt sich an die Wegbeschreibung und trat ein, ohne anzuklopfen. Fünf Personen wandten sich mit fragenden Gesichtern zu ihr um.

»Ich will mit Ihnen reden«, sagte sie und sah einen Mann mit einem vogelähnlichen Kopf an, der am Tischende saß, wie es dem Vorsitzenden einer Besprechung gebührte.

»Wir haben gerade eine Konferenz«, sagte Sixten Eriksson.

»Die Sache kann nicht warten. Ich muss jetzt mit Ihnen sprechen.«

»Dies hier kann auch nicht warten. Sie haben den Arbeitsausschuss der Gemeindeverwaltung vor sich. Das höchste leitende Organ der Kommune Västerås.«

Die anderen starrten Elina stumm an. Sixten Erikssons Lächeln wirkte aufgesetzt und sein Blick war verächtlich. Elina nahm einen Block und einen Stift aus ihrer Handtasche und begann zu schreiben.

»Dann muss ich Sie zu einem formellen Verhör aufs Polizeipräsidium vorladen, heute um vierzehn Uhr. Es geht um zurückgehaltene Auskünfte im Mordfall Wiljam Åkesson.«

Vier Köpfe wandten sich langsam Sixten Eriksson zu. Das Lächeln war verschwunden. Elina ging zu ihm und legte den Zettel auf die Papiere vor ihm auf dem Tisch.

»Da steht die Zimmernummer. Melden Sie sich am Empfang, dann führt Sie jemand zu mir hinauf. Wenn Sie einen Anwalt mitbringen wollen, ist das in Ordnung.«

Sie wandte sich von Sixten Eriksson ab, dessen Gesichtsfarbe jetzt auffallend dem weißen Zettel glich, auf den er starrte. Als Elina die Tür erreichte, wurde sie von seiner Stimme aufgehalten.

»Warten Sie, wir machen es gleich.«

»Sehr klug von Ihnen«, sagte Elina.

Er führte sie mit steifen Schritten zu einer Tür, an der auf einem kleinen Schild sein Name stand.

»Wie können Sie es wagen?«, brüllte er los, ehe sie sich gesetzt hatte. »Das lasse ich mir nicht gefallen! Wer ist Ihr Chef?«

Noch eine kleine Memme, dachte Elina und setzte sich auf den Besucherstuhl. Wo sind bloß all die echten Männer geblieben?

»Oskar Kärnlund ist mein Chef. Geben Sie mir den Zettel, dann schreibe ich Ihnen seine Durchwahl auf. Und nun schlage ich vor, dass Sie Ihren Ton etwas mäßigen. Wenn Sie bisher vorzogen zu schweigen, dann sollten Sie sich jetzt gut überlegen, was Sie sagen.«

»Ich weiß nicht, wovon Sie reden.«

Er stand immer noch, die Hände zu Fäusten geballt. Elina sah ihn stumm an.

»Und ob Sie das wissen«, sagte sie nach einer Weile. »Setzen Sie sich! Versuchen Sie sich wie ein erwachsener Mann zu benehmen. Hier geht es um eine Mordermittlung und nicht um Machtspiele.«

Sixten Eriksson sah aus, als wüsste er nicht, was er machen sollte. Schließlich ließ er sich hinter seinem Schreibtisch nieder.

»Vietnam«, sagte Elina. »Sie wussten, dass er dem Militär Bericht erstattete.«

Sie sah ihm an, dass er überlegte, was und wie er ihr antworten sollte.

»Woher wollen Sie das wissen?«

Sie schwieg. Sie konnte ihm unmöglich sagen, dass sie das Gefühl hatte, er verberge etwas, als sie ihn verhört hatte. Er würde es von sich weisen. Es war besser, ihn in dem Glauben zu lassen, sie wisse es wirklich.

»Was soll das denn mit dem Mord zu tun haben?«, fragte er, als sie nicht reagierte.

Seine Stimme hatte inzwischen einen verzweifelten Unterton.

»Erzählen Sie, was Sie wissen. Ohne Umschweife.«

»Das könnte Wiljam Åkessons Ruf schaden.«

»Åkesson ist tot«, entgegnete sie. »Es könnte höchstens seinem Nachruf schaden. Aber es kann uns auch helfen, den Mörder zu finden, und das ist im Augenblick wichtiger. Also?«

Sixten Eriksson seufzte resigniert.

»Wiljam hat einige Berichte über Vietnam für das Militär geschrieben. Was ist schon dabei?«

»Wie viele?«

»Von jeder Reise. Aber das wissen Sie wahrscheinlich schon.«

Nein, dachte Elina, das wusste ich nicht.

»Und?«

»Und was?«

»Wie lange hatte er Verbindung zum militärischen Nachrichtendienst?«

Sixten Eriksson schien Mut zu fassen. Elina hob warnend einen Finger.

»Seit 1961. Bevor er nach Luleå zog.«

»Woher wissen Sie das so genau?«

»Weil ich es war, der ihn angeworben hat.«

Elina schnappte nach Luft.

»Bedeutet das, dass Sie …«

»Es bedeutet, dass auch ich Verbindung zum IB hatte«, unterbrach er sie. »Ich wäre Ihnen dankbar, wenn Sie diese Information … in den Ermittlungen diskret behandeln würden.«

»Seit wann?«, fragte sie, ohne auf seine Bitte einzugehen.

»1960 habe ich meinen Militärdienst beim Nachrichtendienst abgeleistet. Ich war im Inlandsdienst.«

»Inlandsdienst? Sie meinen …«

»Die Registrierung von Kommunisten, ja. Wir brauchten ein eigenes Register. Die Partei sorgte dafür, indem sie mit dem Militär zusammenarbeitete. Für den Kampf in der Gewerkschaft konnte man die polizeilichen Register nicht benutzen. Und wir mussten dafür sorgen, dass die Anhänger der Diktatur keinen Einfluss innerhalb der Interessenorganisationen bekamen. Oder in unserer eigenen Partei. Wir mussten also unsere Mitglieder unter Kontrolle halten, die zu enge Kontakte zu den Kommunisten oder zum Ostblock pflegten. Aber das ist ja schon bekannt.«

»Die Motive lassen wir jetzt einmal außen vor«, sagte Elina. »Warum haben Sie Åkesson angeworben?«

»Ich kannte ihn. Ich wusste, wo er stand. Er war ein wahrhafter Demokrat.«

»Demokrat? Einer, der heimlich Denunziation betrieb? Entschuldigung, das klingt etwas merkwürdig in meinen Ohren.«

»Zum Schutz der Demokratie sind manchmal etwas unorthodoxe Methoden nötig. Nach dem Militärdienst bin ich nach Västerås zurückgekehrt. Ich erfuhr, dass das IB jemanden in Luleå brauchte, der eine bestimmte Person im Auge behielt, der wir nicht vertrauten. Als in Luleå ein Stellvertreter für einen Ombudsmann der Jusos gesucht wurde, hab ich Wiljam gefragt. Und dann haben wir uns dafür eingesetzt, dass er den Job bekam.«

»Er ist also nur aus diesem Grund nach Luleå gezogen?«

»Ja.«

»Wie haben Sie es denn geschafft, dass er den Job bekam? Die Umstände können doch nicht vielen bekannt gewesen sein.«

»Ich habe mit jemandem von der Führung der Jusos gesprochen.«

»Und mit wem?«

»Was hat das mit der Sache zu tun?«

»In einer Mordermittlung sind alle Details wichtig. Was sollte sonst wichtig sein? Jetzt sagen Sie schon, wer es war.«

»Ingvar Carlsson.«

Elina verschlug es die Sprache. Die Puzzleteile schienen sich nicht mehr zusammenzufügen.

»Wer war es in Luleå, dem Sie nicht vertrauten?«, fragte sie, nachdem sie versucht hatte, ihre Gedanken zu ordnen.

»Ein Partei-Ombudsmann. Einer aus unseren Reihen. Wiljam kam von außen und war perfekt für die Aufgabe. Den Namen möchte ich lieber nicht nennen. Denn inzwischen weiß ich, dass es ein unberechtigter Verdacht war.«

»Wusste er von Ihrem Verdacht?«

»Nein, weder damals noch heute. Darum möchte ich ihn ja auch nicht nennen. Aber als er noch in der Partei aktiv war, wurden ihm mehrere Posten verwehrt.«

»Sind Sie sicher, dass er nichts von Ihrem Verdacht weiß?«

»Ja.«

»Ich brauche den Namen. Sie verstehen sicher, warum.«

Sixten Eriksson nahm einen Stift und schrieb einen Namen auf den Zettel, den er von Elina bekommen hatte.

»Wenn Sie glauben, er habe sich wegen alter Ungerechtigkeiten gerächt, dann täuschen Sie sich«, sagte er.

»Wir werden ja sehen«, erwiderte Elina. »Hatten Sie einen Decknamen beim IB?«

Sie sah, dass Sixten Eriksson zögerte.

»Åkesson hatte einen«, sagte sie, um ihm die Antwort zu erleichtern. »Jetzt haben Sie ohnehin schon mehr verraten, als Sie wollten. Es wäre keine gute Idee, wieder etwas zu vertuschen.«

»Ich wurde in unseren Dokumenten 192 genannt«, bekannte er.

»Was bedeuten die Ziffern?«

»19 war der Landesteil, die 2 bedeutete, dass ich der Zweite war, der hier geworben wurde.«

»Wer war 191?«

»Ein Reichstagsmann.«

»Geben Sie mir den Namen.«

Er schrieb ihn auf einen neuen Zettel und reichte ihn Elina. Sie meinte ihn schon mal gehört zu haben.

»Ich glaube, wir müssen Sie genauer über alles verhören, was mit dieser Tätigkeit zusammenhing. Ich möchte, dass John Rosén, der die Ermittlungen leitet, dabei ist. Und das Verhör muss im Polizeipräsidium stattfinden.«

»Aber Sie sagten doch …«

»Wir müssen das Verhör auf Band aufnehmen.«

»Sie haben gesagt …«

»Dass es sich um eine Mordermittlung handelt. Ich habe noch drei Fragen, auf die ich jetzt eine Antwort haben möchte.«

Sixten Eriksson nickte resigniert.

»Was hat Wiljam Åkesson noch getan, außer Ihren Partei-Ombudsmann auszuspionieren und aus Vietnam zu berichten? Es liegt ja immerhin ein ganzes Jahrzehnt zwischen diesen beiden Ereignissen.«

»Dasselbe wie wir anderen. Er sammelte Informationen über Kommunisten und gab sie weiter an die Angestellten des IB.«

»Das hat er also auch in Luleå getan?«

»Ja.«

»Dann möchte ich wissen, ob Sie wissen, wer 252 war? Also 252 wie Agent 252, genauso, wie Sie 192 waren.«

»Keine Ahnung, wirklich nicht. Es muss eine Person aus Norrbotten sein. 25 ist ja der Kode für das Land. Aber wir draußen wussten nicht, wer sich hinter den Kodes verbarg. Ich kenne nur die Namen hinter 191, 192 und 193. Und noch ein paar, die ich während meiner Tätigkeit getroffen und mit denen ich auf gutem Fuß gestanden habe.«

»Gibt es jemanden, der es weiß?«

»Nur Birger Elmér. Aber er ist vor einigen Jahren gestorben. Als er Mitte der siebziger Jahre aufgehört hat, verschwand das System mit den kodierten Decknamen. Er hat mich jedenfalls aufgefordert, 192 nicht mehr in meinen Berichten zu benutzen. Ich glaube, das geschah schon 1973, als das IB enttarnt wurde.«

»Dann habe ich nur noch eine Frage. Hatten Sie bei der kommunistischen Partei Agenten oder Denunzianten?«

»Ja. Ich kenne zwei. Einen in Malmfälten und einen in Gävle. Aber ich glaube, es gab noch mehr.«

»Wissen Sie die Namen der beiden?«

»Ja, natürlich. Aber sie sind schon seit Jahrzehnten tot. Ich werde nicht sagen, wer es war.«

»Nein, natürlich nicht. Das ist Ehrensache. Wenn das herauskäme, würde es ja ihrem Nachruf ... sehr viel mehr schaden als einem Sozialdemokraten.«

Elina lehnte sich zurück und dachte nach. Wenn sie schon lange tot waren, konnten sie nichts mit dem Mord zu tun haben. Sie beschloss, dass Sixten Eriksson sein Wissen für sich behalten durfte. John Rosén konnte ihn unter Druck setzen, wenn er wollte.

»Sie können jetzt also zurückkehren und sich um die Geschäfte der Kommune kümmern. Ich werde mich mit einem Termin für das nächste Verhör melden. Vielen Dank und auf Wiedersehen.«

Draußen auf der Straße blieb sie vor ihrem Auto stehen und versuchte Bilanz zu ziehen. Hatte sie eigentlich etwas erfahren, das sie auch nur minimal der Lösung des Mordfalles näher brachte? Wie sie die neuen Informationen auch drehte und wendete, sie fand nichts von wirklicher Bedeutung. Zwar hatte sich Kjell Stenssons Theorie über die Decknamen bestätigt, sie hatte erfahren, dass es Menschen gab, die aus der kommunistischen Partei heraus Bericht erstattet hatten, und das Bild von Åkesson und seinen Tätigkeiten war etwas klarer geworden. Ingvar Carlssons Agieren im Jahr 1988 hatte vielleicht eine Erklärung bekommen. Åkessons Hintergrund konnte zu einer Belastung für den Ministerpräsidenten werden, wenn er publik wurde. Aber dem unbekannten 252 war sie keinen Millimeter näher gekommen.

Sie streckte die Hand aus und nahm den Strafzettel weg, der hinter dem Scheibenwischer klemmte.

31

Am Dienstagvormittag um elf tätigte Olavi Andersson zum ersten Mal wieder einen großen Einkauf, seit er vor langer, langer Zeit mit dem Alkohol angefangen hatte. Er kaufte ein neues Bett, einen Tisch und einen Sessel bei Ikea. Das Geld stammte aus dem Erbe seiner Mutter. Das Bett war hundertzwanzig Zentimeter breit und hatte ein niedriges Kopfteil. Die ersten Nachmittagsstunden verbrachte er damit, es zusammenzubauen. Dann putzte er sorgfältig die Wohnung.

Abends um sieben klingelte Anna Mileva an der Tür.

»So sieht es also aus«, sagte Olavi und wies mit einer einladenden Handbewegung auf das einzige Zimmer. »Es ist nicht viel.«

Sie ging einmal herum, ohne etwas zu sagen. Olavi war nervös. Er konnte sich nicht erinnern, wann er das letzte Mal in nüchternem Zustand eine Frau in seiner Wohnung empfangen hatte.

Anna Mileva stellte sich ans Fenster und sah hinaus.

»Hier ist es schön«, sagte sie. »Ich werde dir helfen Vorhänge zu nähen. Wenn du es willst.«

»Das wäre sehr nett.«

Er zog sich die Schuhe und seine Jacke an.

»Ich wollte unten im Lokal Pizza holen. Hoffentlich

magst du *Quattro stagioni*. Oder möchtest du eine andere?«

»Nein, nein, das klingt gut. Dann decke ich schon mal den Tisch.«

Auf dem Weg zur Pizzeria Arpa sah er zwei seiner früheren Kumpel auf einer Bank sitzen. Sie waren laut und reichten sich gegenseitig eine Halbliter-Flasche mit eindeutigem Inhalt. Olavi hatte plötzlich das Bedürfnis, sich zu ihnen zu setzen und mit ihnen zu reden. Die Schnapsflasche sah verlockend aus und er hatte ein komisches Gefühl im Magen. Die Begegnung mit Anna in der Wohnung hatte ihn nicht beruhigt.

Mach jetzt keine Dummheiten, dachte er. Das Schlimmste ist in fünf Minuten vorbei.

Er ging weiter zur Pizzeria. Nach seinem letzten Besuch hatte Antonio, der Besitzer, ihn rausgeschmissen, da er im Rausch Teller und Gläser zu Boden gerissen hatte. Er hoffte, Antonio würde ihn nicht wieder erkennen.

Aber das tat er.

»Sie dürfen nur bestellen«, sagte er, »sich aber nicht setzen.«

»Dann nehme ich zwei Quattro stagioni und zwei Dosen Cola.«

Antonio begann den Teig vorzubereiten. Olavi stand still wartend da.

»Sie wirken so anders«, sagte Antonio. »Etwas ist passiert.«

»Ich hab mit dem Trinken aufgehört«, erklärte Olavi.

»Aha, dann können Sie sich gern setzen.«

»Nein danke. Zu Hause wartet Besuch auf mich. Eine Frau.«

»Dann ist wirklich was passiert. Es war an der Zeit, oder? Das macht hundertvierzehn Kronen.«

Anna Mileva hatte den Tisch gedeckt, so gut es mit den Sachen ging, die sie in Olavis Wohnung finden konnte. Sie aßen schweigend. Olavi fühlte sich plump und bedrückt. Er wusste nicht, was er sagen sollte.

»Der Fernseher ist kaputt«, sagte er, als sie mit Essen fertig waren. »Wir können uns also nichts anschauen.«

»Das macht nichts. Vielleicht könnten wir ein Spiel spielen. Hast du Karten? Oder wir unterhalten uns ein bisschen.«

»Ein Kartenspiel wär vielleicht gut. Wenn du auch Lust dazu hast.«

Sie stand vom Tisch auf und setzte sich aufs Bett.

»Das scheint neu zu sein?«

»Ich hab's heute gekauft. Das alte hab ich weggeworfen.«

»Schön.«

Am nächsten Morgen um sieben wachten sie nebeneinander auf.

»Entschuldige«, murmelte er. »Ich war zu nervös.«

»Das macht nichts. Aber ich muss jetzt gehen. Ich muss um neun bei der Arbeit sein und vorher sollte ich noch nach Hause.«

Sie zog sich an und ging zur Tür.

»Soll ich dir Vorhänge nähen? Ich mach das gern.«

»Wenn du es wirklich willst.«

»Dann muss ich Maß nehmen. Hast du ein Maßband?«

»Nein, ich glaub nicht. Aber ich geb dir meinen zweiten Schlüssel, dann kannst du kommen, wann du willst. Ich hab einiges zu erledigen und werde in den nächsten Tagen oft weg sein.«

Er griff nach der Hose, die über dem neuen Sessel hing, und holte den Schlüssel aus der Tasche.

»Hier.«

Sie nahm ihn entgegen, küsste Olavi auf die Stirn und ging.

32

Zum dritten Mal innerhalb weniger Tage saß Elina im Auto und fuhr auf der E 18 in Richtung Stockholm. Diesmal würde sie angemeldet erscheinen.

Obwohl sie schon neun Jahre in Västerås wohnte, fand sie sich in der Hauptstadt mit dem Auto noch gut zurecht. Ihre ersten vierundzwanzig Jahre hatte sie in Stockholm und Umgebung verbracht. Die Familie war häufig umgezogen und hatte in Hägersten, Solna und Vallentuna gewohnt. Während ihres Studiums an der Polizeihochschule hatte sie in einer Einzimmerwohnung in Sundbyberg gelebt. Es gab noch einige weibliche Bekannte in der Stadt, doch die meiste Zeit hatte sie Männern gewidmet, die sie dann später wieder verlassen hatte oder von denen sie verlassen worden war, was häufiger vorkam. Mit keinem von ihnen hatte sie mehr Kontakt. In Västerås war Susanne ihre einzige richtige Freundin. Fast alle anderen Leute, die sie kannte, waren Kollegen.

Vielleicht könnte Nadia auch eine Freundin werden, dachte sie, und ihre Laune besserte sich schlagartig. Sie wunderte sich, wie offen sie ihr gegenüber gewesen war, offener sogar als gegenüber Susanne. Und das obwohl sie sich gerade erst kennen gelernt hatten. Nadia war es gelungen, ihre Abwehrmechanismen auszuschalten, ohne dass Elina wusste, wie.

Als sie an Jakobsberg vorbeikam, musste sie an Martin denken. Das passierte jedes Mal, wenn sie dort vorbeifuhr. Er wohnte in einem gelb gestrichenen Haus mit seiner Frau und seinen zwei Kindern. Ein bewegtes, aber undramatisches Leben, das jäh unterbrochen wurde, als er sie vor vier Jahren auf einer Messe für Sportartikel in Älvsjö getroffen hatte.

Sie hatte ihn am Stand eines großen Schuhherstellers kennen gelernt und erinnerte sich noch genau an ihre erste Begegnung. Er war fast einen Kopf größer als sie und war nach dem Ende seiner Sportlerkarriere aus Liebe zu der Frau in dem gelben Haus in Stockholm geblieben.

Er hatte Elina mit der sanftesten Stimme angesprochen, die sie jemals bei einem Mann gehört hatte. Schon eine Sekunde später wusste sie, dass sie in der Falle saß. Die Trennung von ihm hatte ihr sehr wehgetan. Sie fühlte sich nicht nur seiner Person beraubt, sondern auch der Kinder, die sie von ihm bekommen würde. In ihrer Vorstellung waren sie so wirklich, dass sie sie vor sich sah, wenn sie ihre Gedanken in diese Richtung wandern ließ. Mit goldener Haut, die perfekte Mischung zwischen ihrer Blässe und seinem dunklen Teint.

Sie fuhr über die Tranebergsbrücke und den Fridhemsplan und dann weiter ins Zentrum. Eigentlich war das ein Umweg, aber dieser Weg gefiel ihr besser als der über Norrtull und Roslagstull. Dann bog sie auf den Valhallavägen ein und parkte kurz darauf vor einem großen Gebäude auf dem höchsten Punkt der Banérgatan. Sie war noch nie im Kriegsarchiv gewesen und folgte der Anweisung, die sie am Telefon bekommen hatte. Sie klopfte an eine Tür mit dem Schild ›Archivrat‹. »Herein«, sagte eine klare Stimme. Elina betrat einen luftigen Raum.

»Inga-Lisa Lindmark.«

Die Frau hatte dichte schwarze Haare und zeigte ein breites Lächeln mit vielen Zähnen. Ohne zu wissen warum, gefiel sie Elina sofort. Vielleicht weil sie die innere Ruhe ausstrahlte, die sie in sich selber vergeblich suchte.

»Elina Wiik. Wir haben miteinander telefoniert, Sie wissen also, warum ich hier bin. Vielen Dank, dass Sie sich Zeit für mich nehmen wollen.«

»Setzen Sie sich. Das ist ja wirklich eine aufregende Anfrage. So was veranlasst uns Archivfüchse, unseren Spürsinn einzusetzen. Leider muss ich Ihnen sagen, dass ich nichts gefunden habe, was für Sie von Interesse sein könnte. In dem uns vorliegenden IB-Material gibt es keine Hinweise, wer sich hinter den Decknamen verbirgt. Und manche unserer Unterlagen sind geheim, was nicht automatisch bedeutet, dass Sie keinen Einblick bekommen. Aber jedes einzelne Dokument muss überprüft werden.«

»Was machen wir nun?«

»Ich habe im Forschungssaal im nächsten Stockwerk einige Akten bereitgelegt, die Sie sofort einsehen können. Schauen Sie sie durch und prüfen Sie das Archivverzeichnis der geheimen Akten. Dann teilen Sie mir mit, an welchen Sie interessiert sind.«

»Das klingt prima. Aber glauben Sie, dass ich etwas finde? Sie haben ja schon alles durchgeschaut.«

»Ich weiß nicht, was für Sie von Wert ist. Meine Erfahrung ist, dass ein schlichter Nebensatz der Schlüssel zu dem sein kann, was man sucht, wenn man nur weiß, was es ist. Aber wenn ich Sie wäre, würde ich mir keine allzu großen Hoffnungen machen. Sie wissen wahrscheinlich, dass viele Unterlagen über die Tätigkeiten des IB vernichtet worden sind. Es wurde nicht viel übrig gelassen.«

»Wenn ich hier nichts finde, haben Sie dann einen Tipp, wie ich weiter vorgehen könnte?«

»Dann müssen Sie über den Charakter der Informationen nachdenken.«

»Wie meinen Sie das?«

»Was ist eine Information? Es ist eine Auskunft, die von einer Person an eine andere übermittelt worden ist. Vom Absender zum Empfänger. Wenn Sie keine Angaben in der Quelle finden, die in Ihrem Fall das IB ist, finden Sie vielleicht etwas beim Empfänger. Der Person oder Behörde, die informiert wurde. Angaben gibt es fast immer an zwei verschiedenen Stellen.«

»Was bedeutet das in diesem Fall?«

»Das IB kommunizierte mit anderen, mit den Sozialdemokraten, mit dem Geheimdienst, mit den Nachrichtendiensten anderer Länder. Suchen Sie in deren Archiven. Aber ich glaube, Sie werden dort nichts über Kodenamen finden. Geheime Angaben über Personen wurden in der Regel nicht weitergegeben. Ich beschreibe nur, wie man vorgehen könnte.«

Noch eine Lektion, dachte Elina. Ich weiß wirklich viel zu wenig. Was haben wir eigentlich in der Schule gelernt?

»Fragen Sie oben im Forschungssaal nach dem IB-Material«, sagte Inga-Lisa Lindmark. »Und kommen Sie ruhig zu mir, falls Sie Fragen haben.«

»Nochmals vielen Dank.«

Elina ging eine Treppe hinauf und trug sich in die Besucherliste ein. Sie erklärte ihr Anliegen und erfuhr, dass das Material schon auf einem Wagen bereitlag. Sie brauchte nur einen Bestellzettel zu unterschreiben, eine Quittung, dass sie die Dokumente bekommen hatte.

Ein älterer Mann mit brauner Weste rollte den Wagen an ihren Tisch in dem großen Saal voller Bücherregale. An den anderen Tischen saßen ebenfalls Menschen, schweigend in vergilbte Urkunden vergangener Zeiten vertieft.

Das Material bestand aus vier Kartons und einem Ordner. Zwei Stunden später hatte Elina alle Papiere in den Kartons gesichtet. Es waren überwiegend Kopien von Zeitschriftenartikeln und Berichten, die namentlich unterzeichnet waren. Sie fand nichts, das sie weiterbringen würde.

Der Ordner mit dem Archivverzeichnis war genauso nichts sagend. Aber sie würde Inga-Lisa Lindmark fragen, was die verschiedenen Überschriften im Verzeichnis genau bedeuteten. Vielleicht gab es dort etwas Wichtiges. Obwohl sie es bezweifelte.

Sie ordnete das Material und stellte es in derselben Reihenfolge zurück auf den Wagen, wie sie es bekommen hatte. Als sie nach dem letzten Karton griff, entdeckte sie hinter dem rosa Ausleihzettel, der daran heftete, einen weiteren rosa Zettel.

Das muss die Person sein, die das Material vor mir durchgesehen hat, dachte Elina. Außer mir interessieren sich also noch andere für die Sache. Sie musterte ihre Fingernägel und entschied sich, einen von ihnen zu opfern, um die Heftklammer aufzubiegen. Dann versuchte sie den Namen zu entziffern. Es war ein krakeliger Schriftzug – ›Karl Andersson‹, wenn sie es richtig deutete.

Sie stand auf und ging zu dem Mann mit der braunen Weste.

»Entschuldigung, offenbar hat sich jemand die Kartons schon vor mir angeschaut.«

Sie reichte ihm die rosa Kopie. Er warf einen Blick darauf.

Die Weste passt zur Augenfarbe, dachte Elina.

»Erinnern Sie sich an die Person? Karl Andersson, wenn ich es richtig gelesen habe.«

»Nein. Ich erinnere mich nur, wenn ein Engel vorbeischwebt.«

»Ein Engel?«

»Eine schöne Frau. Sonst kommen nur Ältere. Und der eine oder andere Journalist. An Sie werde ich mich erinnern.«

»Versuchen Sie trotzdem sich an Karl Andersson zu erinnern. Und vielen Dank für das Kompliment.«

Er starrte auf den Namen, als könnten sich die wackligen Linien zu einem Gesicht formen.

»Tut mir Leid.«

Elina nahm den Zettel und ging damit eine Treppe tiefer. Vorsichtig klopfte sie an Inga-Lisa Lindmarks Tür und trat ein.

»Wissen Sie, wer sich das Material vor mir angeschaut hat?«

Inga-Lisa Lindmark lächelte sie an.

»Sehr viele, überwiegend Journalisten und Forscher. Das IB-Material war ja ziemlich heiß. Ich habe diese Dokumente vor einigen Jahren studiert und überprüft, inwieweit sie geheim gehalten werden müssen. Ich denke die meisten, die sie gelesen haben, waren enttäuscht.«

»Dieser Zettel war hinter meinem eigenen an einen der Kartons geheftet.«

Elina reichte ihr die rosa Kopie.

»Karl Andersson? Der Name sagt mir nichts. Er ist vermutlich ein Vertreter der interessierten Allgemeinheit.«

»Hat sich dieser Mann genau wie ich zuerst an Sie gewandt?«

»Nein, er brauchte nur oben im Forschungssaal um das Material bitten. Es ist für alle zugänglich.«

»Kann ich die Kopie behalten?«

»Klar, so was bewahren wir nicht auf.«

»Wissen Sie, ob in den letzten Monaten noch mehr Leute das Material einsehen wollten?«

»Der große Run darauf hat vor einem Jahr stattgefunden. Aber ich werde mal nachfragen.«

Inga-Lisa Lindmark hob den Telefonhörer ab und wählte eine kurze Nummer. Elina vermutete, dass sie den Mitarbeiter anrief, der sich an Engel erinnerte.

»Edvin hat nachgeschaut. Seit dem Jahreswechsel sind Sie die Einzige. Und dieser Mann, Karl Andersson.«

»Wie ist es mit dem Archivverzeichnis? Ich finde mich nicht darin zurecht und weiß nicht, was sich hinter den Überschriften verbirgt.«

»Bitten Sie um das Material, dann werde ich erneut überprüfen, ob etwas darunter ist, das der Geheimhaltung unterliegt. Aber vermutlich dürfen Sie alles lesen. Ehrlich gesagt bezweifle ich, dass etwas dabei ist, was Sie weiterbringt. Aber ich werde es rasch prüfen. In einigen Tagen.«

»Danke, und auf Wiedersehen.«

Elina ging zu ihrem Auto und entdeckte, dass sie vergessen hatte, Geld in den Automaten zu stecken, und einen neuen Strafzettel bekommen hatte.

Die erste Gehaltserhöhung löst sich in Luft auf, dachte sie und zog eine Grimasse, als sie die Summe sah. Falls ich überhaupt eine bekomme.

Ins Polizeipräsidium zurückgekehrt, ging sie direkt hinauf zu John Rosén und klopfte an seine Tür. Wie üblich erhob er sich vom Schreibtisch und öffnete ihr.

»Ich habe gerade einen Anruf vom Kollegen in Luleå erhalten«, sagte er. »Er hat alle Kommunisten verhört, die aufzutreiben waren. Keiner von ihnen kannte das Bild. Oder besser gesagt, niemand wusste, bei wem es an der Wand gehangen haben könnte. Viele glaubten es schon einmal gesehen zu haben. Aber der Kollege meint, das kommt daher, dass Gemälde von Elchen genauso häufig vorkommen wie Elche im Wald. Wie ist es dir ergangen?«

»Es hat nicht viel gebracht. Keines der Dokumente, die ich gelesen habe, enthielt etwas Interessantes. Es gibt noch mehr Material und ich habe beantragt es einsehen zu dürfen. Es dauert einige Tage, sie müssen erst prüfen, inwieweit es geheim ist. Aber die verantwortliche Person hat mir nicht viel Hoffnung gemacht, dass es was bringt ...«

Sie griff in ihre Handtasche und fischte den rosa Zettel heraus.

»An einen der Kartons war das hier geheftet«, sagte sie, »die Kopie einer Bestellung. Man muss immer erst unterschreiben, ehe einem das Material ausgehändigt wird. Das Original befindet sich im Kriegsarchiv. Dies ist die einzige Person, die sich in diesem Jahr für die IB-Dokumente interessiert hat. Außer uns.«

John nahm ihr den Zettel aus der Hand und las den Namen.

»Vielleicht ist das wichtig«, sagte Elina. »Ein gewöhnlicher Name, der auf ›son‹ endet – Andersson.«

»Der Gemäldebesitzer?«

»Vermutlich nicht. Aber trotzdem.«

John Rosén öffnete eine Mappe, die auf seinem Schreibtisch lag, und blätterte, bis er zu zwei zusammengehefteten DIN-A4-Blättern kam.

»Das ist die Liste mit den Namen der Kommunisten, die der Kollege in Luleå bekommen hat. Ungefähr ein Drittel davon hat er gefunden. Viele sind verstorben oder nicht mehr aufzufinden.«

Er setzte sich die Brille auf und fuhr mit dem rechten Zeigefinger an der Namensliste entlang.

»Bertil Andersson ... Hugo Andersson ...«

Er drehte das erste Blatt um und suchte weiter.

»Karl Andersson!«

Elina spürte, wie ein Ruck durch ihren Körper ging.

John Rosén hob den Telefonhörer ab und wählte eine Nummer mit der Vorwahl 0920. Er stellte sich mit seinem Namen und als Inspektor vor. Das folgende Gespräch war kurz.

»Karl Andersson war eine der Personen, die nicht mehr auffindbar waren«, verkündete er, nachdem er aufgelegt hatte. »Der Kollege hat auch keine Informationen über ihn. Ob er tot ist oder lebendig und wo er wohnt, wenn Letzteres zutrifft.«

»Wir müssen ihn bitten, die Befragten noch einmal aufzusuchen. Und sich bei ihnen nach Karl Andersson zu erkundigen.«

»Nichts besagt, dass dein Karl Andersson ...«

Er wedelte mit der rosa Kopie.

»... identisch ist mit diesem Karl Andersson. Das ist vermutlich der häufigste schwedische Name. Aber wir werden es natürlich versuchen.«

»Lass uns mal nachdenken«, sagte Elina und faltete die Hände wie zu einem stillen Gebet. »Nehmen wir an, dass Karl Andersson der Gemäldebesitzer ist. Nehmen wir an, er war auch IB-Agent, genau wie Åkesson und Bergenstrand. Nummer 252. Nehmen wir an, er ist der Mörder. Warum sollte er sich dann für das IB-Material interessieren? Fast zwei Wochen, nachdem er Bergenstrand erschossen hat? Und vier Wochen, nachdem er Åkesson erschossen hat?«

Auch John Rosén faltete die Hände hinter seinem Schreibtisch. Schweigend saßen sie da und schauten sich an.

»Mir fällt eigentlich nur ein einziger Grund ein«, erklärte Rosén schließlich.

»Mir auch. Du zuerst.«

»Aus demselben Grund wie wir.«

»Genau.«

»Er wollte wissen, ob sein Name in dem Material auftaucht. Ob da etwas ist, das ihn mit Åkesson und Bergenstrand in Zusammenhang bringt.«

»Genau das hab ich auch gedacht. Er ist nervös geworden. Er rechnet damit, dass wir die Verbindung zwischen Åkesson und Bergenstrand herausgefunden haben. Und er ist der dritte Mann.«

John Rosén blätterte in den Papieren.

»Hier«, sagte er, »wenn wir Glück haben, machen wir sofort einen Fang.«

Er hob den Telefonhörer wieder ab und drückte eine weitere Nummer mit der Vorwahl 0920. Dann schaltete er die Mithöranlage ein.

Nach einer Weile meldete sich eine Frauenstimme.

»John Rosén von der Polizei in Västerås. Ich habe vor einigen Tagen Ihre leckeren Hefewecken gegessen.«

»Natürlich erinnere ich mich an Sie. Sie haben aber Glück, dass Sie mich erwischen. Ich muss gleich los zur Nachmittagsschicht.«

»Haben Sie noch ein paar Minuten Zeit?«

»Na klar.«

»Bei mir im Zimmer ist meine Kollegin Elina Wiik. Sie kann mithören, was Sie sagen.«

»Huch.«

John Rosén lachte.

»Sie haben gesagt, der Besitzer des Gemäldes hatte einen gewöhnlichen Namen. Erinnern Sie sich, dass Sie das gesagt haben?«

»Noch bin ich nicht ganz senil.«

»Könnte es Karl Andersson gewesen sein?«

»Karl Andersson?«

Einige Sekunden war es still.

»Ich weiß es nicht. Vielleicht. Aber wenn ich ehrlich sein soll, muss ich zugeben, dass ich mich nicht erinnere.«

»Erinnern Sie sich vielleicht an jemanden, der so hieß? Mit oder ohne Gemälde?«

Wieder war es einige Sekunden still.

»Nein, Herr Rosén. Es könnte jemanden mit dem Namen gegeben haben. Aber ich weiß es nicht. Es ist schon so lange her. Und so einen Namen merkt man sich ja auch nicht unbedingt. Rosén prägt sich leichter ein.«

»Bitte, denken Sie nach. Melden Sie sich, wenn Ihnen etwas einfällt.«

»Das werde ich tun.«

Rosén drückte auf die Gabel und wählte eine neue Nummer.

»Du hast es gehört«, sagte er zu Elina. »Jetzt werde ich eine andere Person testen.«

Schon nach dem ersten Klingelzeichen meldete sich jemand.

»Curt Waldemarsson.«

John Rosén erklärte sein Anliegen.

»Natürlich erinnere ich mich an einen Kommunisten mit Namen Karl Andersson«, sagte die Stimme. »Ich erinnere mich daran, weil es ein ziemlich trauriger Fall für die Personalabteilung war.«

Elina saß kerzengerade da und starrte auf das Telefon.

»Erzählen Sie«, sagte Rosén.

»Der genaue Hintergrund ist mir nicht bekannt. Aber ich hatte mit dem Fall zu tun. Es war Anfang oder Mitte der sechziger Jahre. Nichts Ungewöhnliches, aber es ging schlecht aus.«

»Was ist passiert?«, fragte Elina laut.

»Wer war das?«, erkundigte sich Curt Waldemarsson.

»Meine Kollegin Elina Wiik. Wir sitzen in meinem Büro und sie kann über Lautsprecher mithören.«

»Aha. Jedenfalls, dieser Karl Andersson fing an zu saufen. Er kam angetrunken zur Arbeit, trotz mehrerer Verwarnungen. Die ersten Male hab ich ihn nach Hause geschickt. Als das nichts half, sperrte ich ihn aus. Man konnte ja keine Betrunkenen herumstolpern lassen, das Werk ist ein gefährlicher Arbeitsplatz. Er hätte sich oder anderen Schaden zufügen können. Als das auch nichts half, mussten wir ihn entlassen.«

»War Bergenstrand damit einverstanden?«, fragte Rosén.

»Selbstverständlich. Er hat die endgültige Entscheidung getroffen.«

»Wissen Sie, was aus Karl Andersson geworden ist?«

»Nein, aber ich weiß, dass ich ihn irgendwann später mal in der Stadt gesehen habe. Betrunken und vermutlich arbeitslos. Aber das war nicht sehr lange danach.«

»Wissen Sie, ob es einen besonderen Grund gab, dass er mit dem Trinken angefangen hat?«

»Nein ... aber ich erinnere mich dunkel, dass Gerüchte über ihn im Umlauf waren. Die Leute redeten schlecht über ihn.«

»Warum?«

»Daran erinnere ich mich nicht. Aus irgendeinem Grund war er nicht gut angesehen. Anfangs schon, aber später nicht mehr. Davon hab ich was gehört, aber den genauen Grund kenne ich nicht.«

Elina hob einen Finger und beugte sich zu John vor, um anzuzeigen, dass sie eine Frage stellen wollte.

»Hier ist Elina Wiik«, begann sie. »Sind in der Personalabteilung noch Unterlagen über den Mann vorhanden?«

»Über das Einstellungsgespräch und Abrechnungen?«

»Ja, zum Beispiel mit dem Geburtsdatum.«

»So was wird nur zehn Jahre aufbewahrt. Wie es vom Finanzamt vorgeschrieben ist. Die Unterlagen sind also längst weg.«

»Kennen Sie jemanden, der Karl Andersson gekannt hat und der vielleicht weiß, wo er wohnte?«

»Nicht aus dem Stegreif. Aber es muss ja jemanden geben. Andere Parteimitglieder zum Beispiel. Irgendjemand muss sich doch an ihn erinnern.«

»Melden Sie sich bitte, wenn Ihnen noch etwas einfällt«, sagte Rosén. »Und vielen Dank für Ihre Hilfe.«

»Wenn wir eine Adresse hätten, wäre es leicht ihn aufzuspüren«, meinte Elina, als John aufgelegt hatte. »Man bräuchte ihn nur über das Einwohnermeldeamt zu verfolgen.«

»Ich weiß«, antwortete Rosén mit einem Lächeln. »Das hab ich schon auf der Polizeihochschule gelernt.«

»Entschuldige«, sagte Elina. »Aber das ist doch gar nicht so schlecht. Da klingt ja fast schon ein Motiv an. Karl Andersson kriegt plötzlich einen schlechten Ruf. Vielleicht wird darüber geredet, dass er andere denunziert. Er fängt an zu saufen. Und dann schmeißt Bergenstrand ihn raus. Sein geheimer Freund hilft ihm nicht.«

»Und was ist mit Åkesson?«

»Vielleicht bittet er Åkesson um Hilfe, als er entlassen wird. Aber alle kehren ihm den Rücken zu. Was weiß ich? Ganz unwahrscheinlich klingt es jedenfalls nicht.«

»Aber warum hat er dann vierzig Jahre mit der Rache gewartet?«

»*Your guess is as good as mine*. Irgendwas hat ihn an alte Ungerechtigkeiten erinnert.«

John Rosén rieb sich das Kinn.

»Åkesson ist an dem Tag ermordet worden, als er pensioniert wurde. Über ihn hat viel in der *Länstidningen* gestanden. Er hatte eine erfolgreiche Karriere hinter sich. Während Karl Anderssons Leben wahrscheinlich zerstört war, verraten von seinen Freunden. So könnte es zusammenhängen. Wir müssen uns beeilen, Karl Andersson zu finden.«

33

Anna Mileva drückte zuerst auf den Klingelknopf. Als niemand öffnete, steckte sie Olavis Schlüssel ins Schloss. Sie trat ein und zog sich im Flur die Schuhe aus. Mit einem Maßband maß sie die Fenster aus und schrieb die Zahlen auf einen Zettel.

Dann ging sie in die Küche.

Dort wusch sie das Geschirr vom Vortag ab und wischte die Spüle aus. Als sie fertig war, musterte sie den Fußboden. Der wirkte ziemlich sauber, aber sie ging trotzdem zum Flurschrank und holte den Staubsauger heraus.

Nach dem Staubsaugen ging sie in die Toilette und füllte einen blauen Eimer mit warmem Wasser. In einer Ecke stand ein Schrubber. Aber es gab keinen Wischlappen. Sie kehrte noch einmal zum Flurschrank zurück und nahm ein altes abgenutztes Handtuch aus dem obersten Fach. Als sie es auseinander faltete, fiel ihr etwas Schwarzes vor die Füße. Sie bückte sich. Es war eine Brieftasche.

Sie ging wieder zurück ins Bad und ließ das verschlissene Handtuch in den Eimer fallen. Dann setzte sie sich auf das neue Ikea-Bett, öffnete die Brieftasche und schaute hinein. Über eine halbe Stunde blieb sie still auf dem Bett sitzen.

»Ich bin heute der Diensthabende«, sagte der Polizist. »Bitte, setzen Sie sich. Worüber möchten Sie mit uns sprechen?«

Anna Mileva reichte ihm die Brieftasche.

»Über diesen Mann.«

Der Polizist öffnete die Brieftasche und sah für einen kurzen Moment hinein. Dann stand er auf.

»Kommen Sie bitte mit«, sagte er.

Schweigend gingen sie in den zweiten Stock des Polizeipräsidiums hinauf. In einem der Korridore klopfte der Polizist an eine Tür und öffnete sie, bevor jemand ›Herein‹ sagte. Henrik Svalberg schaute von seinem Schreibtisch zu den beiden Besuchern auf.

»Die Frau möchte mit dir sprechen«, sagte der Polizist. »Sie hat dies hier mitgebracht.«

Er reichte Svalberg, der aufgestanden war, um Anna Mileva die Hand zu geben, die Brieftasche. Svalberg öffnete sie und bedeutete Anna Mileva sich zu setzen. Dann wählte er eine Kurznummer.

»Erik, kannst du bitte sofort zu mir kommen?«

Kaum eine Minute später kam Erik Enquist herein. Er blieb an der Tür stehen und lehnte sich gegen die Wand. Svalberg gab ihm die Brieftasche.

»Kent Kralls Brieftasche«, sagte Enquist. »Wo haben Sie die gefunden?«

Er wandte sich zu der Frau auf dem Besucherstuhl um. Anna Mileva schaute zu ihm auf.

»Zu Hause bei einem Bekannten. Einem Mann, den ich kenne oder den ich zu kennen glaubte.«

»Erzählen Sie von Anfang an«, forderte Henrik Svalberg sie auf.

»Ich hatte den Schlüssel. Er war nicht zu Hause, also bin ich hineingegangen. Dann hab ich das da gefunden. Ich habe über diesen Mann in der *Länstidningen* gelesen. Ich weiß, dass er … ermordet wurde. Und dann die

Brieftasche. Da kann etwas nicht stimmen. Deshalb bin ich hergekommen.«

Sie sah Henrik Svalberg bittend an.

»Ich war gezwungen, hierher zu kommen.«

»Gezwungen?«

»Ja. Gezwungen. Was sollte ich anderes tun?«

»Sie haben richtig gehandelt. Dafür sind wir Ihnen dankbar. Möchten Sie vielleicht eine Tasse Kaffee?«

Anna Mileva schüttelte den Kopf.

»Bei wem haben Sie die Brieftasche gefunden?«, fragte Enquist mit sanfter Stimme.

»Bei Olavi.«

Erik Enquist sah Henrik Svalberg an. Dann wandten sie sich beide Anna Mileva zu. Keiner von beiden sagte etwas.

»Olavi Andersson«, fuhr Anna Mileva fort. »Sie lag in seinem Flurschrank.«

»Das ist ja der, der …«

»Genau«, unterbrach Enquist. »Aber darüber reden wir später. Wissen Sie, wo Olavi Andersson im Augenblick ist?«

»Nein. Er hat gesagt, dass er in diesen Tagen ziemlich häufig unterwegs sein würde. Deswegen habe ich seinen Schlüssel bekommen. Ich weiß nicht, wo er ist.«

»Würden Sie bitte einen Augenblick warten?«, bat Enquist. »Svalberg, lass uns mal eben in mein Büro gehen.«

In seinem Zimmer leerte Enquist den Inhalt der Brieftasche auf seinem Schreibtisch aus. Abgesehen von einem Ausweis gab es nur die Plastikkarte der Krankenversicherung mit Kent Kralls Namen. Kein Geld.

»Wir müssen sofort eine Hausdurchsuchung bei Olavi Andersson durchführen. Wenn wir ihn nicht fassen, müssen wir die Wohnung überwachen.«

»Was machen wir mit der Frau?«

»Sie soll bleiben, bis wir wiederkommen. Wenn wir

ihn nicht sofort schnappen, besorgen wir ihr ein Hotelzimmer. Mit Bewachung. Lieber auf Nummer Sicher gehen. Ich rufe den Staatsanwalt an und hole mir die Genehmigung zur Hausdurchsuchung.«

Im selben Augenblick betrat Olavi Andersson seine Wohnung. Er zog seine Schuhe aus und ging zur Toilette. Als er seine Hände wusch, entdeckte er den blauen mit Wasser gefüllten Eimer auf dem Fußboden.

Das grün karierte Handtuch, dachte er.

Er ging sofort in den Flur und öffnete den Schrank, zog die Handtücher heraus und schüttelte sie. Er lief in die Küche und riss eine Schublade auf. Unter einem Besteckkasten aus Plastik lag ein Bündel Scheine, das er in die Hosentasche steckte. Dann ging er ins Zimmer und holte eine Tasche, die fertig gepackt an der Wand stand. Er zog seine Schuhe an, ging ins Treppenhaus, schloss die Tür ab und lief rasch die Treppe hinunter.

Draußen auf der Straße blieb er einen Moment stehen. Er wusste nicht, in welche Richtung er gehen sollte. Er winkte einem Taxi, das auf der Emausgatan gefahren kam.

»Zum Bahnhof, bitte.«

Auf der Kristiansborgsallén kam dem Taxi ein grauer Saab entgegen. Er hielt auf der Emausgatan und Henrik Svalberg und Erik Enquist stiegen aus. Beide schauten zu einem Fenster in dem roten Klinkerhaus auf. Das Fenster hatte keine Vorhänge.

Henrik Svalberg öffnete die Haustür mit dem Schlüssel, den er von Anna Mileva bekommen hatte. Er und Enquist brauchten nicht mehr als fünf Sekunden, um festzustellen, dass kein Mensch in der Wohnung war. Enquist nahm sein Handy und wählte eine Nummer.

»Niemand in der Wohnung«, sagte er und hörte eine Weile zu, bevor er auflegte.

»Kärnlund kümmert sich um die Bewachung«, sagte er und drehte sich zu Svalberg um. »Erkki kommt her, sobald er kann. Wir sollten uns mal umsehen, finde ich. Aber überlass ihm die Schubladen und Schränke.«

Drei Stunden später klingelte Elina Wiiks Handy.

»Elina, hier ist Henrik. Wo bist du?«

»In der Stadt, ich hab privat etwas zu erledigen.«

»Kannst du herkommen? In Kärnlunds Büro, so schnell wie möglich. John ist schon unterwegs. Die Sonderkommission hat eine Besprechung.«

»Was ist passiert?«

»Viel. Viel. Komm schnell!«

Elina war etwas außer Atem, als sie Kärnlunds Büro betrat. Svalberg saß Kärnlund gegenüber, der mit den Fingern auf die Schreibtischplatte trommelte. Erik Enquist stand, gegen einen Archivschrank gelehnt. Sie konnte die Tür nicht hinter sich schließen, weil Rosén eben an der Klinke zog. Er trat wortlos ein.

»Macht die Tür zu«, sagte Kärnlund. »Und hört zu, was Henrik und Erik zu berichten haben. Die Sonderkommission ist dabei, ihren ersten Fall zu lösen.«

»Heute Vormittag erschien eine Frau mit Henrik Kralls Brieftasche«, berichtete Enquist ohne Erregung in der Stimme. »Es gibt keinen Zweifel, denn sein Ausweis befand sich noch darin. Und wir haben keine Brieftasche am Tatort gefunden.«

»Sie hat sie in der Wohnung bei einem von Kralls Kunden entdeckt«, warf Svalberg ein. »Mit dem sie zusammen ist. Ein Mann, den wir schon mal verhört haben, du auch, Elina.«

»Ich?«

»Erinnerst du dich an Olavi Andersson?«, fragte Enquist. »Ich hab auf ihn aufmerksam gemacht, weil er Elisabeth Åkesson kannte.«

»Olavi Andersson! Der? Natürlich erinnere ich mich.

Und jetzt weiß ich auch, wer die Frau ist. Anna Mileva.«

»Woher weißt du das?«, fragte Kärnlund und sah zu Elina, die mitten im Raum stand.

»Weil ich Olavi Andersson an einem Abend beschattet habe. Da habe ich sie mit ihm zusammen gesehen. Ich bin ihnen bis zu einem Haus in der Mästargatan gefolgt. Dann habe ich mich informiert, wer dort wohnt. Anna Mileva.«

»Warum hast du ihn beschattet?«, fragte Kärnlund noch erstaunter. »Sag jetzt nicht, du hattest das Gefühl, dass mit ihm was nicht stimmt.«

»Doch, deswegen. Da war irgendetwas, das er beim Verhör über Elisabeth Åkesson gesagt hat. Ich hatte das Gefühl, er wusste etwas. Jedenfalls mehr, als er zugeben wollte.«

»Du und deine Intuition«, sagte Svalberg mit unfreiwilliger Bewunderung in der Stimme. »Aber du scheinst Recht gehabt zu haben, auch wenn es uns in dem Moment nicht geholfen hat.«

»Olavi Andersson hat also Kent Krall ermordet«, sagte Rosén. »Und seine Brieftasche gestohlen. Ein Raubmord. Das ist die Schlussfolgerung. Wenn er nicht eine verdammt gute Erklärung dafür hat, warum sich die Brieftasche in seiner Wohnung befand. Ist er schon gefasst?«

»Nein«, erwiderte Enquist. »Wir wissen nicht, wo er ist. Die Fahndung nach ihm läuft und seine Wohnung wird überwacht.«

»Gratuliere zu dem Erfolg«, sagte Elina. »Ihn zu schnappen kann jetzt ja nur noch eine Frage der Zeit sein. Aber warum habt ihr John und mich gerufen?«

»Nun schließlich sind wir eine Mannschaft«, sagte Kärnlund. »Da unsere Ermittlungen so weit gediehen sind, müssen wir einander helfen weiterzukommen.

Außerdem hast du ihn verhört. Ist dir abgesehen von deinem Gefühl sonst noch etwas an Olavi Andersson aufgefallen? Etwas, das jetzt von Wert sein könnte?«

Elina schwieg eine Weile und rieb sich das Kinn.

»Im Augenblick fällt mir nichts ein.«

Oskar Kärnlund wandte sich John Rosén zu.

»Bevor wir in der Sache weitermachen, könntest du uns vielleicht eine kurze Zusammenfassung geben, wie weit du und Elina in euren Ermittlungen gekommen seid?«

»Im Augenblick versuchen wir einen Mann zu finden, von dem wir nur den Namen kennen. Wir glauben, es könnte der Mörder sein. Er heißt Karl Andersson und ist ...«

»Was sagst du da?«, unterbrach Enquist ihn heftig.

»Wir suchen nach einem Mann, der Karl Andersson heißt.«

Enquist starrte Rosén an und dann Elina.

»Olavi Andersson heißt Karl. Er heißt Karl Olavi Andersson.«

Rosén starrte zurück.

»Was?«

»Wir suchen nach zwei mutmaßlichen Mördern, die beide Karl Andersson heißen«, konstatierte Enquist. »Unglaublich! Was für ein Zufall!«

»Wirklich, ein Zufall«, sagte Svalberg verblüfft.

Elina nickte, erstarrte jedoch in der Bewegung.

»Oder vielleicht ...«

»Vielleicht was?«, hakte Kärnlund nach.

Sie antwortete nicht. Ihr Blick schien einen unbestimmten Punkt an der Decke zu fixieren.

»Vielleicht was?«, wiederholte Kärnlund sanft.

»Vielleicht ist es mehr als ein Zufall. Vielleicht eine Konspiration. Jetzt ist mir eingefallen, was Olavi Andersson gesagt hat. Zuerst nannte er Åkesson einen

›Singvogel‹. Mir kam es seltsam vor, dass er wusste, dass Åkesson in einem Chor sang, der ›Die Singvögel‹ heißt. Jedenfalls seltsam, dass er eine Assoziation dazu hatte. Vermutlich hat das meine Sinne geschärft. Kurz darauf fragte er, ob ich wüsste, wer den ›Chemiker‹ und Åkesson ermordet hat.«

»Ja?«, sagte Kärnlund. »Und?«

»Er fragte nicht nach mehreren Personen, als ob er wüsste, dass es nur einen Mörder gibt.«

»Das ist natürlich sehr feinsinnig«, sagte Kärnlund. »Aber sollte euer Karl Andersson identisch mit Karl Olavi Andersson sein? Ist es das, was du meinst?«

Elina sah fragend John an, der die Schultern hochzog und die Hände ausbreitete.

»Warum?«, fragte Rosén. »Es geht doch um zwei ganz verschiedene Fälle. Ein Raubmord an einem Dealer und die Morde an zwei ehemaligen Denunzianten. Den Gedanken, dass die Morde an Åkesson und Bergenstrand mit ihren alkoholabhängigen Kindern zu tun haben könnten, haben wir längst fallen gelassen. Und Karl Anderssons Namen haben wir im Kriegsarchiv gefunden. Das weist doch wohl darauf hin, dass das Motiv mit dem Nachrichtendienst zusammenhängt. Falls er der Mörder ist. Oder?«

»Das hängt nicht zusammen«, sagte Elina. »Der Karl Andersson, den wir suchen, ist vermutlich jemand, der Anfang der sechziger Jahre aus Norrbottens Jernverk rausgeschmissen wurde, weil er gesoffen hat. Olavi Andersson ist zwar Alkoholiker, aber unser Karl Andersson muss jetzt ja mindestens fünfundsechzig Jahre alt sein. Olavi Andersson ist noch keine fünfundsechzig. Verlebt, aber keine fünfundsechzig.«

»Olavi wurde 1954 geboren«, resümierte Enquist. »Achtundvierzig Jahre alt, also. Ist seit fünfzehn Jahren Frührentner.«

Kärnlund fuchtelte in der Luft herum, um sich Gehör zu verschaffen.

»John, du hast gesagt, ihr habt Karl Anderssons Namen im Kriegsarchiv gefunden. Wie?«

»Er hat um Einblick ins Archivmaterial des Nachrichtendienstes gebeten. Außerdem stellte sich heraus, dass es einen Karl Andersson gegeben hat, den Erland Bergenstrand aus Norrbottens Jernverk rausgeschmissen hat.«

John Rosén drehte sich fragend zu Elina um.

»Vermutlich handelt es sich um dieselbe Person«, sagte Elina. »Jedenfalls haben wir auf dem Bestellzettel des Archivs seine Unterschrift.«

Oskar Kärnlund hob den Hörer ab und wählte eine Handynummer.

»Erkki, hier ist Kärnlund. Eine kurze Frage: Hast du in Olavi Anderssons Wohnung etwas mit seiner Unterschrift gefunden?«

Er wartete schweigend mehrere Minuten.

»Erkki überprüft es«, sagte er und schaute zu den anderen auf.

Nach weiteren fünf Minuten begann er mit den Fingern auf die Tischplatte zu trommeln. Aber dann drückte er den Hörer wieder gegen das Ohr.

»Nichts, aha. Ruf mich sofort an, falls du noch etwas finden solltest.«

Er legte auf.

»Olavi Andersson muss Klient beim Sozialamt sein. Oder heißt das heutzutage Kunde? Egal, es muss so gewesen sein, wenn man seinen Hintergrund bedenkt. Morgen früh werden wir die vom Sozialamt bitten, seine Akte rauszusuchen. Irgendwo muss er ja unterschrieben haben. Dann brauchen wir nur noch Karl Anderssons Schrift mit Olavis zu vergleichen. Aber jetzt konzentrieren wir uns darauf, ihn zu fassen. Gibt es denn gar keine Vermutung, wo er sein könnte?«

34

Der Schaffner knipste die Fahrkarte und reichte sie wortlos zurück.

»In welche Richtung ist der Speisewagen?«, fragte Olavi.

»Zwei Wagen weiter«, antwortete der Schaffner und zeigte nach rechts. »Angenehme Reise.«

»Danke.«

Olavi Andersson sah auf die Fahrkarte und verglich die Reservierung mit den Nummern an den Bettkanten. Er warf seine Tasche auf das obere Bett. Dann verließ er das Abteil. Im Speisewagen nahm er sich ein in Plastikfolie eingewickeltes Butterbrot und einen Plastikbecher, den er mit Kaffee füllte. Er setzte sich an einen Tisch und zog eine Zigarette aus der Schachtel, worauf der Kellner an der Kasse drohend den Zeigefinger erhob. Olavi steckte die Zigarette zurück in die Schachtel.

Nachtzug, dachte er und versuchte sich zu erinnern, wann er zuletzt eine solche Reise unternommen hatte. Ihm fiel keine einzige ein, obwohl er wusste, dass er schon mal in einem Schlafwagenbett gelegen hatte. Doch er erinnerte sich nicht mehr, wann es gewesen war.

Vermutlich war ich voll, dachte er und schaute zu den Bierdosen, die an der Kasse aufgereiht waren.

Er zwang sich, woanders hinzusehen und fixierte die weiße Tischplatte.

Wie konnte sie nur?, dachte er. Ich hätte ihr nicht den Schlüssel geben sollen. Es ist wie ein Fluch. Sogar sie.

»Entschuldigung, ist hier noch frei?«

Olavi Andersson hob den Kopf. Vor ihm stand ein Mann in seinem Alter. Er hatte ein grob geschnittenes Gesicht und dünne Haare.

»Ja.«

Der Mann ließ sich Olavi gegenüber nieder und öffnete eine Bierdose. Olavi holte tief Luft.

»Ich will nach Luleå«, sagte der Mann. »Lange Reise, aber der Nachtzug hat was Besonderes. Man wird so schön in den Schlaf geschaukelt. Ich hab ein wenig Flugangst. Und Sie?»

»Ich will auch dahin«, antwortete Olavi, ohne nachzudenken.

»Ich will meine Eltern besuchen. Meine Mutter ist krank. Bin vor zehn Jahren nach Süden gezogen, als es da oben keine Arbeit mehr gab. Ich hatte keine andere Wahl. Jetzt wollen die Kinder nicht zurück. Stammen Sie auch von dort?«

»Nein.«

»Aus Stockholm?«

»Nein ... aus Västerås.«

Scheiße, dachte Olavi, aber jetzt ist ohnehin schon alles egal.

»Was haben Sie denn so hoch im Norden zu tun?«

»Geschäfte, ich hab da was zu regeln.«

»Aha. Möchten Sie ein Bier? Ich gebe eins aus. Übrigens, ich heiße Pekka.«

»Olavi. Nein, danke, ich hab aufgehört. Falls Sie verstehen.«

»Aha, dann will ich nicht drängen.«

»Was fehlt Ihrer Mutter?«

»Krebs. Mein Vater hat es schwer. Er will es einfach nicht wahrhaben. Leben Ihre Eltern noch?«

»Nein, beide tot.«

»Viel kann ich ja nicht tun, aber man muss versuchen zu helfen, so gut man kann. Schließlich hat man nur diese einen Eltern. Sie waren es, die mir den Hintern abgewischt haben. Jetzt bin ich an der Reihe, mich zu revanchieren. Ich finde, die Pflicht hat man.«

»Ja, die hat man.«

Der Mann, der Pekka hieß, trank sein Bier aus und erhob sich.

»Und jetzt muss ich pennen. Vielleicht sehen wir uns ja noch.«

»Vielleicht.«

Vielleicht auch nicht, dachte Olavi. Dein Ziel ist nicht meins.

35

Henrik Svalberg hatte beschlossen, das Sozialamt direkt aufzusuchen, sobald es öffnete. Vielleicht würde man Olavi Anderssons Akte gleich raussuchen und ihm eine Kopie seiner Unterschrift geben. In der Anmeldung stellte er sich als Polizist vor und erklärte kurz sein Anliegen. Eine Minute später kam Karin Nilsson durch eine Tür.

»Hallo. Würden Sie bitte mit in mein Büro kommen?«

Svalberg folgte ihr und wurde gebeten, auf dem Besucherstuhl Platz zu nehmen.

»Es geht um einen gewissen Olavi Andersson«, erklärte Svalberg. »Hier ist seine Personennummer.«

Er beugte sich vor und legte einen Zettel auf Karin Nilssons Schreibtisch.

»Im Rahmen einer Ermittlung brauchen wir eine eigenhändige Unterschrift von ihm. Hier gibt es doch sicher eine Akte über ihn? Wir kennen seine Situation. Ein Kopie der Unterschrift würde reichen.«

»Eine Ermittlung? Wird er verdächtigt?«

»Darauf möchte ich nicht antworten.«

»Wie Sie wissen, unterliegen persönliche Akten der Geheimhaltung.«

»Das weiß ich, aber es ist leider furchtbar eilig. Ich hoffe, Sie können mir sofort helfen.«

»Es bedarf eines offiziellen Beschlusses, um die Geheimhaltung aufzuheben.«

Henrik Svalberg beugte sich zu Karin Nilsson vor.

»Nach dem Mann wird gefahndet. Wegen Mordes. Wir haben keine Zeit zu verlieren.«

»Mord?«

Karin Nilsson drückte sich heftig gegen die Stuhllehne.

»Olavi Andersson? Ich habe ihm Geld für neue Kleidung gegeben. Er wollte ein neues Leben anfangen. Er wirkte überzeugend.«

»Es scheint auch so, als hätte er ein neues Leben angefangen, allerdings nicht so, wie Sie vielleicht denken.«

Karin Nilsson drehte sich um und nahm eine Mappe aus einem Schrank. Sie schlug die Mappe auf, nahm das oberste Blatt heraus und hielt es Svalberg hin.

»Ich mache Ihnen eine Kopie. Aber ich hoffe, Sie täuschen sich.«

Oskar Kärnlund legte die Kopie aus dem Reichsarchiv auf die Kopie des Sozialamtes, und zwar so, dass sich die beiden Schriftzüge möglichst deckten.

»›Andersson‹ sieht fast identisch aus«, stellte er fest. »Und das ›l‹ in Karl und Olavi sieht ebenfalls gleich aus. Wie ein länglicher Ballon.«

»Auch die ›a's‹ sind gleich«, sagte Elina und tippte mit dem Finger darauf.

Henrik Svalberg und John Rosén beugten sich ebenfalls vor und studierten die krakeligen Unterschriften.

»Vielleicht sollten wir einen Experten um Stellungnahme bitten«, meinte Svalberg.

»Was sollte der sehen, was wir nicht sehen«, knurrte Kärnlund gereizt.

»Unterschiede. Nicht nur Ähnlichkeiten.«

»Okay, aber wir gehen doch davon aus, dass es dieselbe Person ist. Darüber sind wir uns wohl einig, oder?«

Die anderen drei nickten.

»Karl Olavi Andersson hat vermutlich den ›Chemiker‹ ermordet«, sagte Elina. »Und er hat sich für Material im Reichsarchiv interessiert, das zufällig auch für die Ermittlung der Morde an Åkesson und Bergenstrand interessant ist. Trotzdem haben wir es mit zwei verschiedenen Personen zu tun. Olavi kann ja nicht der Karl Andersson sein, der in den sechziger Jahren aus dem NJA rausgeschmissen wurde.«

»Vielleicht ist es sein Vater«, spekulierte Rosén.

»Bald wissen wir mehr«, sagte Kärnlund. »Enquist ist gerade dabei, Olavis Stammbaum auszugraben.«

Kärnlund griff nach dem Telefonhörer, hielt aber in der Bewegung inne, als jemand an die Tür klopfte. Nach einem ›Herein‹ betrat Enquist den Raum. Er begann sofort zu reden.

»Olavis Vater hieß Karl Andersson. Zweitname Olof. Er und seine Frau Amanda wohnten mit ihrem Sohn Olavi bis 1965 in Luleå. Dann sind sie nach Västerås gezogen.«

»So weit ist das also klar«, sagte Rosén und rieb sich die Hände.

»Er *hieß*?«, fragte Elina.

»Er ist tot«, antwortete Enquist. »Er ist schon 1968 verstorben. Selbstmord. Durch ein einziges Telefonat bin ich an den Totenschein herangekommen. Und jetzt hört weiter zu!«

Erik Enquist wedelte mit einem DIN-A4-Blatt.

»Er hat sich mit einem 7,65er Colt in den Kopf geschossen!«

»Gibt es die Kugel noch?«, fragte Kärnlund.

»Nein, anscheinend nicht. Aber trotzdem! Dieselbe Waffe wie bei Åkesson und Bergenstrand.«

Elina setzte sich.

»Das muss bedeuten, dass Olavi seinen toten Vater gerächt hat. Außerdem hat er den Chemiker Kent Krall umgebracht. Wir suchen also einen Dreifach-Mörder.«

»Wir wissen allerdings nicht, welche Rolle Åkesson gespielt hat, als Karl der Ältere die Kündigung erhielt.«

»Nein. Und was hat der Chemiker mit den anderen beiden zu tun?«, fragte Elina.

Erik Enquist zuckte mit den Schultern.

»Es muss nicht unbedingt etwas miteinander zu tun haben. Vielleicht hat Olavi Andersson beschlossen, mit seinen Feinden abzurechnen. Wir müssen ihn wohl selbst fragen, wenn wir ihn haben.«

»Ist es nicht etwas übertrieben, zwei Leute zu töten, nur weil der Vater vor vierzig Jahren seinen Job verloren hat?«, gab Svalberg zu bedenken.

»Auch das müssen wir ihn fragen, wenn wir ihn geschnappt haben«, sagte Enquist.

»Der Vater hat sich erschossen«, bemerkte Elina leise. »Er hat wohl nicht nur seinen Job verloren.«

»Okay«, sagte Kärnlund. »Wollen wir zusammenfassen, was wir wissen?«

»Ich glaube, es hängt folgendermaßen zusammen«, begann Rosén. »Karl Olof Andersson, Olavis Vater, war zusammen mit Åkesson und Bergenstrand IB-Agent. Intern hatte er den Decknamen 252. Karl Olof war Mitglied der kommunistischen Partei und hat seine Genossen ausspioniert. Dann ist etwas schief gegangen. Gerüchte über Karl Olof Andersson verbreiteten sich. Er fing an zu trinken und wurde entlassen. Seine geheimen Genossen Åkesson und Bergenstrand haben ihm nicht geholfen. Bergenstrand gab ihm dann noch den Rest. Karl Andersson zog nach Västerås, verkam aber vollständig und beging Selbstmord. Und jetzt, aus Gründen, die wir nicht kennen, hat sich sein Sohn in eine Mordmaschine verwandelt, die Rache nimmt.«

»Klingt plausibel«, sagte Enquist. »Aber wo ist Olavi Andersson geblieben?«

»Vielleicht weiß er, dass wir ihm auf der Spur sind«, meinte Svalberg.

»Wie das?«, fragte Kärnlund.

»Ich weiß es nicht. Aber er hat Anna Mileva nicht angerufen, seit sie zu uns gekommen ist. Oder versucht, sie sonst wie zu erreichen. Er ist nicht zu Hause gewesen. Ich glaube, er versteckt sich. Vielleicht bei einem alten Kumpan aus seiner Säuferzeit. Oder in irgendeinem Sommerhaus, in das er eingebrochen ist.«

»Wir müssen uns unter seinen alten Kumpeln umhören«, sagte Kärnlund. »Sonst können wir nicht viel tun. Nur weiter die Augen offen halten und darauf warten, dass er auftaucht.«

»Er ist bewaffnet«, erinnerte Elina. »Er hat schon drei Menschen umgebracht.«

»Ich werde dafür sorgen, dass sich alle Kollegen des Risikos bewusst sind«, sagte Kärnlund. »Vielleicht sollten wir die Medien einschalten und öffentlich nach ihm fahnden? Aber ich zögere ... Es könnte ja sein, dass er gar nicht weiß, was wir wissen. Sobald er in der Zeitung auf sein Bild stößt, haben wir das Nachsehen.«

»Wir finden ihn«, sagte Rosén. »Es ist nur eine Frage der Zeit. Es besteht keine große Gefahr mehr. Er hat seine Feinde ja schon umgebracht, oder?«

36

Olavi Andersson blieb auf dem Bahnsteig des Hauptbahnhofs von Luleå stehen. Seine Augen richteten sich auf eine Uhr, die unter dem Dach des Bahnhofsgebäudes hing. Der Sekundenzeiger zuckte vorwärts.

Seit dreißig Jahren bin ich nicht mehr hier gewesen, dachte er.

Er hielt seine Tasche mit der Kleidung und der Pistole in der Hand. Sie war leicht und so ging er zu Fuß in Richtung Stadt.

Er war erstaunt, wie gut er sich noch auskannte. Seine Füße bewegten sich fast automatisch vorwärts, ungefähr so, als sitze die Erinnerung darin. Verwundert sah er sich in der Fußgängerzone des Zentrums um. Viel hatte sich verändert. Aber die Menschen glaubte er fast wieder zu erkennen. Männer in Trainingsjacken. Es war fast wie eine Heimkehr.

Als er das Kaufhaus in der Storgatan erreichte, blieb er stehen. Er spähte in alle Richtungen.

Wer kann mir helfen?, dachte er. Ein Pfarrer? Vielleicht ein Journalist?

»Entschuldigung, wo ist das Büro der *Länstidningen?*«

Die Alte starrte ihn an.

»Welche *Länstidningen?*«

»Na, Norrbottens.«

»So was gibt's hier nicht. Meinen Sie eine Zeitung?«

»Ja …«

»Die *Norrländskan* ist in die Richtung und *Kuriren* in die. Das ist näher. Gehen Sie zwei Häuserblocks in die Richtung und dann nach rechts in die Stationsgatan. Dann sehen Sie das Haus schon. Ein rotes Haus, der Eingang ist an der Ecke.«

Olavi Andersson setzte sich in Bewegung. Bald hatte er das Haus gefunden. Die Frau am Empfang schaute zu ihm auf.

»Womit kann ich Ihnen helfen?«

»Ist ein Journalist da, den ich etwas fragen könnte?«

»Wonach?«

»Wie man eine bestimmte Person findet.«

»Ich werde mal hören, ob gerade jemand frei ist.«

Drei Minuten später kam ein großer Mann die Treppe herunter. Er hatte krause Haare und trug eine Brille mit runden Gläsern.

»Ja …?«

»Vielleicht können Sie mir helfen. Ich suche einen Mann, der in dieser Stadt wohnt. Einen … alten Schulkameraden. Aber er hat einen sehr gewöhnlichen Namen. Was macht man da?«

»Einen Schulkameraden? Dann wissen Sie also, in welchem Jahr er geboren wurde?«

»Ja … eigentlich schon.«

»Dann ist es einfach. Gehen Sie zum Finanzamt in der Kungsgatan. Die kreuzt die Stationsgatan, auf der Sie sich gerade befinden. Dort wird auch das Einwohnermeldewesen verwaltet. Über deren Computer und mit dem Geburtsdatum müssten Sie Ihrem Kameraden eigentlich auf die Spur kommen.«

»Ich bin nicht sicher, in welchem Jahr genau er geboren wurde.«

»Es funktioniert trotzdem. Man bekommt Aufschluss über alle, die in einem bestimmten Zeitraum geboren wurden. Zum Beispiel alle Sven Svenssons, die zwischen 1945 und 1950 geboren wurden. Ist der Name besonders verbreitet, kriegt man natürlich mehrere Treffer.«

»Kungsgatan, haben Sie gesagt?«

»Ja, Ecke Stationsgatan.«

»Vielen Dank.«

Olavi Andersson erinnerte sich mühelos daran, wo die Kungsgatan war.

Ich befinde mich in der Straße meiner Mutter, dachte er. Das war, bevor ich angefangen habe zu saufen.

Hinter dem Anmeldetresen stand eine blonde Frau. Noch einmal trug er sein Anliegen vor.

»Es gibt einen öffentlich zugänglichen Computer. Ich zeige Ihnen, wie man damit umgeht.«

Die Frau führte Olavi in ein Zimmer und gab ihm einige Erklärungen.

»Sagen Sie Bescheid, falls Sie Hilfe brauchen«, sagte sie und kehrte an ihren Tresen zurück.

In weniger als einer Minute erschien eine Liste mit Namen auf dem Schirm. Olavi fummelte mit dem Zeigefinger auf der Tastatur herum, bis er die »Print«-Taste fand, auf die er drücken sollte, wenn er einen Ausdruck wünschte. Er nahm die Liste in die Hand und starrte darauf.

So viele, dachte er, was mache ich jetzt?

Sein Blick folgte dem Weg eines einsamen Nachtwanderers. Obwohl es fast Mitternacht war, konnte Olavi Andersson erkennen, dass der Mann unten auf der Straße eine karierte Mütze trug. Als der Mann um eine Ecke verschwunden war, drehte sich Olavi um und schaute zum Bett.

Er schleuderte seine Schuhe von den Füßen und streckte sich angezogen auf dem Bett aus.

Jetzt fühlte er sich ganz ruhig. Bald würde er am Ende seiner Reise angelangt sein. Jeder Schritt war schwierig gewesen. Eine fast übermenschliche Anstrengung. Aber er hatte es geschafft. Er, das versoffene Individuum, dem die Leute aus dem Weg gingen, wenn er ihnen zu nahe kam, den sie sonst nicht einmal wahrnahmen. In ihren Augen eine Unperson. Weniger wert als die dreckigen Klamotten, die er trug. Aber er hatte sich erhoben und etwas getan, was sonst niemand geschafft hätte. Dass er verraten worden war, überraschte ihn nicht. Wie hätte es auch anders kommen sollen? Die Polizei war vermutlich schon hinter ihm her. Aber das machte nichts. Sie würden ihn nicht einholen.

Jetzt würde ihn nichts und niemand mehr aufhalten können. Olavi Andersson streckte die rechte Hand aus und drehte sie mit gespreizten Fingern in der Luft. Ihre Umrisse zeichneten sich gegen das Fenster ab. Dann krümmte er langsam den Zeigefinger.

Morgen mache ich es, dachte er.

Neben ihm auf dem Bett lag der Computerausdruck. Ein Name nach dem anderen war ausgestrichen. Nur einer war übrig geblieben.

37

Obwohl es erst zehn vor neun war, befand sich Elina Wiik schon mehr als eineinhalb Stunden im Polizeipräsidium. Die Unruhe hatte sie an den Schreibtisch getrieben. John Rosén war auch früh gekommen. Zusammen waren sie noch einmal alle bisherigen Ermittlungsergebnisse durchgegangen, fanden jedoch nichts, das dem Bild, das sie am Vortag skizziert hatten, neue Erkenntnisse hinzugefügt hätte. Olavi Anderssons Vater war Åkessons und Bergenstrands Verschworener beim Nachrichtendienst gewesen, war ins Unglück geraten und von denen, die ihm hätten helfen müssen, verraten worden. Sein Unglück hatte ihn in den Selbstmord getrieben. Jetzt mordete der Sohn, um den Tod des Vaters zu rächen. Eine andere Erklärung fiel ihnen nicht ein.

An diesem Punkt wusste keiner von ihnen so recht weiter. Olavi Andersson war weder aufgetaucht, noch hatte jemand etwas von ihm gehört. Sie wussten nicht, wo sie ihn suchen sollten.

Elina zog ihre grüne Lederjacke an und ging zur Tür.

»Ich geh in die Stadt. Ich muss raus.«

Sie ging zum nächstgelegenen staatlichen Schnapsladen, der einen Häuserblock vom Polizeipräsidium entfernt war. Draußen warteten zwei Männer und eine

Frau darauf, dass der Laden öffnete. Die Frau hatte ungewaschene Haare und rauchte. Elina schätzte sie auf fünfundzwanzig. Die beiden Männer waren älter, aber höchstens Anfang fünfzig. Sie trugen identische Kleidung, Jeansjacken, graue Pullover und blaue Jeans, die an den Rändern ausgefranst waren. Das Einzige, worin sie sich unterschieden, waren die Schuhe. Der eine trug schwarze Holzschuhe, der andere weiße Turnschuhe.

Off white, dachte Elina, der der kleine Unterschied in der Fußbekleidung aufgefallen war.

»Haben Sie Olavi gesehen?«, fragte sie im Vorbeigehen.

Sie zuckten zusammen und sahen Elina erstaunt an. Es war offenbar äußerst ungewöhnlich, von jemandem in ordentlicher Straßenkleidung angesprochen zu werden.

»Olli? Meinen Sie den?«, sagte der Mann mit den nicht mehr so weißen Turnschuhen. »Wie hieß der noch mit Nachnamen?«

Er drehte sich zu seinen Kumpanen um.

»Andersson«, spuckte die Frau aus. »Der Scheißkerl schuldet mir noch einen ganzen Liter. Wenn Sie ihn treffen, erinnern Sie ihn daran.«

»Ich möchte auch mit ihm sprechen«, sagte Elina. »Hat ihn einer von Ihnen kürzlich gesehen?«

Die Frau zuckte mit den Schultern. Die Männer schüttelten den Kopf.

»Wissen Sie, wo er sein könnte? Wenn er nicht zu Hause ist?«

»Wer fragt denn nach ihm?«, erkundigte sich der Mann mit den Holzschuhen.

»Eine Freundin«, sagte Elina. »Ist mir das nicht anzusehen?«

Die Antwort ließ den Holzschuhmann verstummen.

»Ollis Wege sind unergründlich«, sagte der Mann mit den Turnschuhen. »Und denen sollten Sie jetzt folgen.«

»Es weiß also niemand etwas?«

»Scheint so«, sagte die Frau und schaute weg, während sie an ihrer Zigarette zog. »Oder wie kommt es Ihnen vor?«

»Es kommt mir vor, als würde ich meine Zeit verschwenden«, sagte Elina und setzte sich in Bewegung.

»Bullenzicke«, zischte die Frau hinter ihrem Rücken.

Elina beschloss, nicht zu den beiden anderen Schnapsläden im Zentrum zu gehen, sondern eine Runde im Vasapark zu drehen. Wenn sie welche fand, die schon angefangen hatten zu trinken, war die Chance größer, dass sie nicht so gereizt waren.

Der Park war bereits voller Menschen, die unterwegs ins Zentrum oder auf dem Weg zur Arbeit waren. Elina blieb stehen und sah sich um. Auf einer Bank in einiger Entfernung unter einer Rosskastanie saßen zwei Männer, deren Terminkalender von etwas anderem als Arbeit bestimmt zu sein schien. Einer von ihnen hatte eine Bierdose in der Hand. Die Szene kam ihr bekannt vor. Sie ging zu ihnen und ließ sich am anderen Ende der Bank nieder. Beide drehten sich ihr erstaunt zu.

»Ich kenne Sie«, sagte Elina zu dem Mann, der ihr am nächsten saß. »Vor einigen Wochen waren Sie auch hier. Sitzen Sie seitdem hier und warten auf mich?«

Der Mann nahm einen Schluck Bier. Elina sah, dass seine Hand leicht zitterte.

»Ich bin die Polizistin, mit der Sie schmusen wollten, erinnern Sie sich nicht?«

Sie redete weiter, bevor er antworten konnte.

»Daraus wird heute auch nichts. Aber ich dachte, dass Sie mir vielleicht helfen könnten. Möchten Sie das?«

»Jaa …«

Die Männer sahen sich unsicher an und dann Elina.

»Ich suche nach einem, der heißt Olavi Andersson. Er hat tief im Dreck gesteckt. Aber er hat aufgehört zu trinken. Jetzt wollte ich ihn etwas fragen. Aber er scheint umgezogen zu sein. Wissen Sie, wo er stecken könnte?«

Die Männer sahen sich wieder an.

»Olli«, sagte der Mann, der am anderen Ende der Bank saß, »den hab ich seit letztem Mal nicht mehr gesehen. Seit wir Sie gesehen haben.«

»Mich? Wie meinen Sie das?«

»Ja ... er saß ja auch auf der Bank, als wir ... Sie gegrüßt haben.«

Elina hob die Hände und fasste sich mit den Fingern an die Schläfe.

»Meinen Sie, er war der Dritte hier auf der Bank?«

»Ja. Aber Sie kennen ihn doch?«

»Haben Sie damals hier gesessen und getrunken? Also er auch?«

»Damals hatte er noch nicht mit dem Trinken aufgehört. Ich hab einen ausgegeben. Er hat nicht gerade abgelehnt.«

Elina versuchte sich zu erinnern, wann sie an den Dreien auf der Bank vorbeispaziert war.

Es war derselbe Tag, an dem ich Inspektorin wurde, dachte sie. Und es war, nachdem Åkesson ermordet wurde. Ich bin an einem Mörder vorbeigegangen, ohne etwas zu ahnen. Und Olavi hat ihn erschossen, bevor er mit dem Trinken aufgehört hat.

Sie wusste nicht recht, ob es eine wichtige Information war.

»Niemand von Ihnen hat ihn also seitdem gesehen?«

»Doch«, sagte der Mann, der ihr am nächsten saß. »Ich hab ihn gesehen.«

»Wann? Und wo?«

»Hier. Ich hab hier gesessen. Er ist vorbeigegangen, hat nicht mal gegrüßt.«

»Wann?«

»Vor ein paar Tagen.«

Er zeigte auf die Unterführung, die unter dem Södra Ringvägen hindurchführte.

»In die Richtung ist er gegangen.«

Elina schaute zu dem Tunnel. Auf der anderen Seite lag der Hauptbahnhof.

»Können Sie sich an den Tag erinnern? Und an die Uhrzeit?«

»Ich glaub, das war vorgestern, mitten am Tag. Aber mein Gedächtnis ist nicht gerade in Topform.«

Er hielt die Bierdose hoch und nickte leicht. Elina stand auf und steckte die Hand in die Hosentasche.

»Ich sollte das nicht tun. Aber ich tu's trotzdem.«

Sie reichte ihm einen Hunderter, den der Mann begeistert annahm.

»Echt Klasse.«

»Ich habe zu danken«, sagte Elina und verabschiedete sich.

Als sie ins Polizeipräsidium zurückkam, ging sie geradewegs in John Roséns Büro.

»Elina ...«

»Warte«, unterbrach sie ihn und hob die linke Hand. »Ich glaube, er hat die Stadt verlassen. Mit dem Zug. Einer seiner früheren Saufkumpane hat ihn vor ein paar Tagen zum Hauptbahnhof gehen sehen. Irgendwie muss er entdeckt haben, dass wir seine Wohnung überwachen, und da hat er das Feld geräumt.«

»Gut«, sagte Rosén, »dass wir jetzt mehr wissen. Aber komm jetzt mit zu Kärnlund. Es ist was passiert.«

»Was?«

»Komm mit.«

Kärnlund saß an seinem Schreibtisch, als sie eintraten. Wortlos reichte er ihnen ein Papier, das in einer Klarsichthülle steckte. Elina nahm es entgegen und schaute mit erhobenen Augenbrauen darauf. Es war ein Brief, datiert auf den 28. Dezember 1996.

»Lies laut vor«, sagte Kärnlund.

»Sehr geehrte Frau«, las Elina und schaute zu den anderen, ehe sie fortfuhr:

»Wir kennen einander nicht. Aber vor langer Zeit habe ich Ihren Mann gekannt. Seitdem habe ich keinen Seelenfrieden mehr gefunden. Jetzt habe ich beschlossen, Ihnen zu schreiben. Es ist so, dass ich bei Norrbottens Jernverk angestellt war, wo auch Ihr Gatte arbeitete. Ihr Mann war ein guter Arbeiter, wir kannten uns auch durch die Politik. Wir waren beide Mitglieder der kommunistischen Partei. Ihr Mann war sehr aktiv und einmal kandidierte er für den Vorsitz des gewerkschaftlichen Metallvereins. Er war beliebt und es war zu vermuten, dass er gewählt werden würde.

Das bereitete sowohl den Sozialdemokraten als auch der Werksleitung Kopfzerbrechen. Mir war das bekannt, weil ich zu beiden durch den militärischen Nachrichtendienst, für den ich damals tätig war, Kontakt hatte. Bei einer Gelegenheit tat ich etwas, das ich mir nicht verzeihen kann, und das ist der Grund, warum ich Ihnen jetzt schreibe, in der Hoffnung, dass Sie mir vergeben und mein Gewissen beruhigen können. Ich habe einer Person namens Wiljam Åkesson erzählt, Ihr Mann habe sich mir genähert. Das stimmte nicht, ich sagte es aus Angst, dass Ihr Mann sonst mich entlarven würde. Am besten, ich sage jetzt die Wahrheit, denn ich hatte mich ihm genähert. Ich glaube, Sie verstehen, wie ich es meine, und hoffe, Sie haben Verständnis für meine schwierige Situation. Heutzutage wird meine Veranlagung akzeptiert, damals war das jedoch nicht der Fall. Wiljam Åkesson gab diese Information weiter an den Personalchef Erland Bergenstrand, den ich ebenfalls durch den militärischen Nachrichtendienst kannte. Die beiden haben die Angelegenheit diskutiert und dann wurde das Gerücht verbreitet, Ihr Mann sei homosexuell veranlagt. An der Verbreitung des Gerüchts war ich nicht beteiligt, aber ich bin mitschuldig, da ich der Anlass war. Dadurch wurde das Ansehen Ihres Mannes beschädigt und er wurde nicht in den Vorstand gewählt. Das Ereignis war von großem Schaden für Ihren Mann. Seine Arbeitskollegen begannen ihn zu meiden und er fühlte sich ausgestoßen. Bald begann er zu trinken und wurde entlassen. Das hat mich in all den Jahren sehr gequält und ich bitte Sie um Verzeihung. Ich hoffe, Sie können diese Entschuldigung annehmen, und wäre sehr dankbar, wenn Sie sich mit mir aussöhnen könnten.

Hochachtungsvoll
Rolf Johansson

»Was ist das denn?«, platzte Elina heraus. »Woher kommt das?«

»Den Brief hat Erkki in Olavi Anderssons Wohnung gefunden«, sagte Kärnlund. »Er lag in einem Karton neben dem Bett, wenn du es genau wissen willst. Zusammen mit einem Bündel anderer Briefe. Enquist hat alle Briefe der Reihe nach durchgesehen und ist dann heute Morgen auf diesen hier gestoßen.«

»Geht es um Olavis Vater?«

»Ja«, sagte Kärnlund und reichte Elina eine weitere Klarsichthülle.

Elina betrachtete den Inhalt. Es war ein Kuvert, adressiert an ›Amanda Andersson‹.

»Der Brief steckte in dem Kuvert? Amanda Andersson ist Olavis Mutter, sie ist im Frühling verstorben.«

»Aber wer ist Rolf Johansson? Im Augenblick kapiere ich gar nichts mehr.«

John Rosén nahm Elina die Klarsichthülle aus der Hand und schüttelte den Kopf.

»Wir haben die ganze Zeit falsch gedacht«, erklärte er. »Wir sind davon ausgegangen, dass Olavis Vater, Karl Olof Andersson, Åkessons und Bergenstrands Kompagnon beim IB war. Der, der das Foto gemacht hat. Aber der unsichtbare dritte Mann ist ein anderer.«

»Rolf Johansson«, sagte Kärnlund. »Wer immer das ist.«

»Ich hab Solveig schon angerufen«, sagte Rosén, »die in Luleå, die das Elchgemälde schon mal irgendwo gesehen hat. Sie meinte sich an den Namen Rolf Johansson zu erinnern. Aber mehr wusste sie auch nicht.«

Elina schüttelte den Kopf, als verneinte sie das, was sie soeben erfahren hatte. Sie starrte auf den Brief.

»Aber das bedeutet ja, dass ...«

»Was?«, fragte Kärnlund.

»Dass wir uns beeilen müssen.«

»Das musst du näher erklären.«

»Karl Olavi Andersson hat im Kriegsarchiv nach Angaben über das IB gesucht. Wir dachten erst, er fürchte, dass es dort Informationen gebe, die ihn mit Åkesson und Bergenstrand in Verbindung bringen könnten – oder seinen Vater, als uns klar wurde, dass Olavi ihn rächte. Olavi hat nach etwas anderem gesucht.«

»Ja?«

»Ja, nach Rolf Johansson. Olavi kennt den Namen nur aus dem Brief. Nach dem, was Johansson schreibt, weiß er auch, dass dieser für das IB gearbeitet hat. Und dass er Mitglied der kommunistischen Partei war. Aber wer ist Rolf Johansson? Und wo ist er?«

»Und Olavi Andersson will wissen, wer Rolf Johansson ist, weil ...«

»Er will ihn töten. Warum sonst würde er nach ihm suchen? Er will seinen Racheplan zu Ende führen.«

Sie sahen einander an, als wüssten sie nicht, was sie sagen sollten. Kärnlund unterbrach die Stille.

»Wir müssen Olavi Andersson fassen. Oder Rolf Johansson finden. Bevor es unserem Freund Olavi gelingt.«

38

Kann ich die haben?«

»Natürlich!«

Olavi Andersson beugte sich zu dem Tisch gegenüber und nahm die beiden Zeitungen, *Norrländskan* und *Kuriren.* Er legte sie neben seine Kaffeetasse und biss von seinem Schinkenbrötchen ab.

Der Speisesaal des Hotels war fast leer. Außer ihm waren nur noch zwei andere Gäste und eine Bedienung anwesend. Olavi schlug den *Kuriren* auf und suchte die Wohnungsanzeigen. Er fuhr mit dem Finger an einer Reihe Annoncen entlang. Dann faltete er die Zeitung zusammen und schlug die *Norrländskan* auf. Sein Blick folgte einer Spalte von oben nach unten und blieb an der vorletzten Anzeige hängen. Er riss sie heraus und steckte sie in die Hosentasche. Danach trank er seinen Kaffee aus und ging zurück in sein Zimmer.

Das Telefon stand auf dem Nachttisch. Er nahm den herausgerissenen Zettel aus der Tasche und wählte eine Nummer.

»Hier steht, dass das Haus abgelegen ist«, sagte er, nachdem sich jemand gemeldet hatte. »Wo liegt es?«

Er hörte sich die Erklärung des Vermieters an.

»Das klingt gut«, sagte er schließlich. »Ich kann bar

zahlen. Haben Sie den Schlüssel … Um eins? Geht es vielleicht auch früher? Warten Sie mal.«

Er ließ den Blick durchs Zimmer schweifen und zog dann die Nachttischschublade auf.

»Jetzt hab ich was zu schreiben gefunden«, sagte er. »Geben Sie mir bitte noch einmal die Adresse.«

Er schrieb die Straße an den Rand der Anzeige.

»Dann treffen wir uns um eins. Vielen Dank.«

Niemisel, dachte er. Dort wird niemand suchen.

Olavi Andersson stand auf, nahm seine Reisetasche, die neben dem Nachttisch stand, und ging zur Rezeption hinunter. Die Rechnung belief sich auf vierhundertneunundneunzig Kronen. Draußen auf der Straße blieb er eine Weile stehen.

Kein Taxi, dachte er. Der Fahrer würde sich vielleicht an mich erinnern.

Er kehrte noch einmal an die Rezeption zurück.

»Wo ist der Busbahnhof? Ich will in Richtung Stockholm.«

»Schräg gegenüber vom Bahnhof. Finden Sie dorthin?«

»Ja, klar.«

Am Busbahnhof ging er in die Wartehalle. An einer Wand hing ein Fahrplan mit den Abfahrtszeiten. Sein Finger suchte nach dem Bus Richtung Bälinge und fuhr dann weiter nach rechts zur Abfahrtszeit: 10.00 Uhr.

Er hob den Kopf und suchte nach einer Uhr.

»Viertel vor«, murmelte er vor sich hin.

Lieber warten, dachte er, bis ich den Schlüssel habe.

Er kontrollierte noch einmal die Abfahrtszeit. Der nächste Bus fuhr um 14.00 Uhr.

Den sollte ich schaffen, dachte er. Gut.

Als Elina das Polizeipräsidium verlassen wollte, wurde sie von einer der Frauen in der Anmeldung aufgehalten.

»Eine telefonische Nachricht«, sagte sie und hielt Elina einen Zettel hin. »Jemand hat nach dir verlangt, wollte aber nicht sagen, um was es geht.«

Elina überflog den Zettel. Der Anrufer hieß mit Vornamen ›Anton‹. Es dauerte eine Weile, ehe ihr Gehirn die richtige Verbindung herstellte. Dann lächelte sie und steckte den Zettel in die Hosentasche.

John Rosén fuhr. Diesmal hatte er widerwillig einen unauffälligen Personenwagen akzeptiert. Elina saß neben ihm. Auf der Autobahn fuhr er hundertvierzig, obwohl es nicht nötig gewesen wäre, so schnell zu fahren. Das Flugzeug nach Luleå ging erst um 12.50 Uhr von Arlanda.

»Wie machen wir es?«, fragte sie.

»Wie viele Rolf Johanssons gibt es?«

Elina drehte sich zur Rückbank und zog ihre Reisetasche zu sich herüber. Sie öffnete die Tasche auf ihrem Schoß und holte einen Computerausdruck hervor.

»Neununddreißig in der ganzen Kommune. Aber viele sind zu jung. Unser Rolf Johansson muss mindestens sechzig sein. Vermutlich älter. Und da gibt es nicht mehr als ... neun. Zwischen 1921 und 1940 geboren. Einer von denen sollte es sein.«

»Neun. Einer von ihnen also. Aber welcher?«

»Lass uns von dem ausgehen, was wir wissen. Er hat 1996, als er den Brief geschrieben hat, vermutlich in Luleå gewohnt. Und Anfang der sechziger Jahre hat er auch dort gewohnt. Als Erstes müssen wir herausfinden, wer von den neun zu beiden Zeitpunkten in Luleå gemeldet war.«

Sie nahm ihr Handy und wählte die Nummer der Auskunft. Nach einigen kurzen Sätzen legte sie auf und wählte erneut. Es folgte ein langes Gespräch. Als das beendet war, drehte sie sich zu John Rosén.

»Ich habe erfahren, dass man die Einwohnermeldungen im Computer nur bis zum 1. Juli 1991 zurückverfolgen kann. Davor hatte das Amt noch keine Computer und die Unterlagen befinden sich im Landesarchiv in Härnösand. Den Rest hast du verstanden, oder? Ich hab der Frau die Namen und Personennummern von den neun Rolf Johanssons gegeben, und sie hat versprochen, Kontakt zum Landesarchiv aufzunehmen, da sie glaubt, es würde schneller gehen, wenn sie selbst anruft.«

»Sehr hilfsbereit«, sagte Rosén. »Wenn wir ankommen, fahren wir also als Erstes zum Finanzamt. Und schauen, ob wir einige der neun ausschließen können.«

»Ausschließen, sagst du. Warum hat Rolf Johansson eigentlich nicht selber Alarm geschlagen? Er muss doch um sein Leben fürchten, nachdem erst Åkesson und dann Bergenstrand umgebracht wurden. Er wird den Zusammenhang verstanden haben. Der Einzige, der ihn verstanden hat.«

John Rosén zuckte mit den Schultern.

»Vielleicht hat er gar nichts davon gehört.«

»Das kann doch niemandem entgangen sein. Selbst wenn man nicht das ganze Tagesgeschehen verfolgt, muss man davon gehört haben. Wenigstens irgendwann im Radio.«

»Vielleicht ist Rolf Johansson schon tot. Der Brief ist schließlich bereits fünf Jahre alt. Die Menschen sterben häufig auch aus ganz natürlichen Gründen.«

»Dann braucht er sich ja keine Sorgen zu machen. Aber lass uns mal davon ausgehen, dass er noch am Leben ist. Ich schlage vor, wir rufen so viele Rolf Johanssons an, wie wir können. Wenn wir sie nicht telefonisch erreichen, suchen wir sie zu Hause auf. Wir müssen den richtigen Rolf Johansson warnen.«

»Ja«, sagte John. »Der Mann ist in Lebensgefahr.«

Elina schaute auf die Uhr. Es war Viertel vor zwölf.

»Ich fang jetzt an. Was soll ich sagen?«

»Wenn du den richtigen Rolf Johansson findest, sag ihm, er soll sofort zum nächsten Polizeirevier gehen. Und dann rufst du die Kollegen an und bittest sie, für die Überwachung seiner Wohnung zu sorgen. Wenn Olavi auftaucht, schnappen wir ihn.«

Olavi Andersson schaute zu einem dreistöckigen Haus hinauf. Die Adresse war leicht zu finden gewesen. Es war fünf Minuten vor eins. Er betrat das Haus und sah, dass der Mann, mit dem er verabredet war, im zweiten Stock wohnte. Ein älterer Herr öffnete ihm die Tür.

»Ich habe Sie vorhin angerufen«, sagte Olavi. »Wegen der Hütte.«

Er streckte die Hand aus.

»Ich heiße Johan Svensson«, sagte er.

»Östberg«, stellte der Mann sich vor und gab ihm ebenfalls die Hand. »Kommen Sie herein. Sie brauchen die Schuhe nicht auszuziehen.«

Olavi wurde in die Küche geführt.

»Kaffee?«

»Nein, danke. Ich würde gern sofort hinausfahren, damit ich noch etwas einkaufen kann, bevor die Läden schließen.«

»Das Haus hat lange leer gestanden«, sagte der Mann, der Östberg hieß. »Und verkaufen lässt es sich nicht. Darf ich fragen, warum Sie dort wohnen wollen?»

»Ich möchte eine Weile von allem weg. Ich lebe in Stockholm und brauche Abstand. Vielleicht bleibe ich länger.«

»Können Sie für drei Monate im Voraus bezahlen?«

Olavi steckte die Hand in die rechte Gesäßtasche seiner Hose und nahm die Brieftasche heraus. Er blätterte neun Fünfhunderter hin.

»Sie bekommen eine Quittung«, sagte Östberg. »Und den Schlüssel. Ich habe Ihnen eine kleine Karte gezeichnet, damit Sie sich nicht verirren. Die Hütte liegt etwas außerhalb des Ortes.«

Fünf Minuten später war Olavi Andersson wieder auf der Straße. In fünfundfünfzig Minuten fuhr der Bus nach Bälinge. Die Fahrt würde nicht mehr als eine halbe Stunde dauern, also würde er spätestens um halb drei dort sein. Er ging in Richtung Busbahnhof. In der Hand trug er immer noch seine Reisetasche. Ganz oben unter einem Hemd lag die Pistole.

John Rosén und Elina landeten fünf Minuten nach zwei auf dem Flughafen Kallax. Eine Viertelstunde später parkten sie ihr Mietauto vor dem Finanzamt in der Kungsgatan, direkt neben dem meterhohen Konterfei Bo Lundgrens. Es waren noch zwei Tage bis zur Wahl. Vor dem Gebäude stand ein Streifenwagen. John ging hin und klopfte an der Fahrerseite ans Fenster. Der Fahrer schaute auf und ließ die Scheibe herunterfahren.

»John Rosén von der Polizei in Västerås. Stehen Sie unseretwegen hier?«

»Ja, so ist es«, antwortete der Polizist. »Ihr Chef, Kärnberg ...«

»Kärnlund.«

»Er hat jedenfalls angerufen und gesagt, dass Sie Unterstützung brauchen. Wir haben also Order, Ihnen zu helfen.«

»Gut. Warten Sie hier draußen, wir müssen nur schnell etwas in diesem Amt erledigen.«

Am Tresen saßen zwei Frauen. Elina ging auf die Dunkelhaarige zu.

»Hallo, ich heiße Elina Wiik. Ich hab vor einigen Minuten angerufen und nach einer Anzahl von Personen gefragt, die alle Rolf Johansson heißen. Sie wollten uns helfen ...«

»Es war leichter, als ich dachte«, sagte die Frau. »Wir haben die Angaben schon vorliegen.«

»Wirklich? Wie das?«

»Kajsa hat sie gestern herausgesucht.«

Sie drehte sich um und zeigte auf eine blonde Frau, die an einem Schreibtisch im hinteren Teil des Raumes saß.

»Kajsa! Sie sind jetzt da!«

Die Frau, die Kajsa hieß, erhob sich und kam zu John und Elina an den Tresen.

»Gestern war jemand hier, der hat genau denselben Wunsch gehabt«, sagte sie, während sie Elina ein Blatt Papier reichte. »Ist das nicht seltsam? Ich habe ihm geholfen. Das ist die Namensliste, die uns vom Landesarchiv aus Härnösand gemailt wurde. Dieser Rolf Johansson scheint ja richtig populär zu sein.«

Elina und John schauten sich an.

»Wie sah der Mann aus?«

»Etwas älter, ordentlich gekleidet, aber irgendwie heruntergekommen. Nicht gerade mein Traumprinz!«

Sie lachte.

»Entschuldigung«, sagte sie, »vielleicht war er auch nur ein Polizist.«

»Olavi«, sagte Elina, »er hat die Informationen also schon gestern bekommen.«

»Uns einen Schritt voraus«, stellte John Rosén fest.

»War er das nicht die ganze Zeit? Wir sind einem Menschen auf der Spur, der sich nicht einholen lässt.«

Elina schaute auf das Blatt. Die Frau, die Kajsa hieß, zeigte auf den oberen Teil.

»Fünf von denen haben 1996 und auch in den sechziger Jahren in Luleå gewohnt. Sie sind angekreuzt.«

»Hat dieser Mann bei einem der Namen irgendwie besonders reagiert?«, fragte John erregt.

»Nicht, dass ich mich erinnere. Er hat die Liste genommen und ist gegangen.«

»John«, sagte Elina, »mit drei von diesen Fünfen habe ich gesprochen. Mit diesen drei.« Sie zeigte auf die Namen.

»Bleiben also noch zwei«, sagte John. »Einer in der Stengatan in Luleå und einer in Bälinge. Wo liegt das?«

»Die Stengatan ist in Bergnäset, auf der anderen Seite des Flusses, nur fünf Minuten mit dem Auto. Bälinge liegt in derselben Richtung, aber zehn Kilometer weiter. Ein kleines Dorf im Landesinnern.«

»Vielen Dank für Ihre Hilfe«, sagte Elina. »John, die Kollegen finden schon hin.«

Sie liefen zu dem Streifenwagen. Die beiden uniformierten Polizisten stiegen aus.

»Es ist eilig«, sagte John Rosén. »Wir machen es so, wir teilen uns auf. Sie fahren mit mir …«

Der eine Polizist nickte.

»… zu einer der Adressen. Und Sie …«, er zeigte auf den anderen Polizisten, »fahren mit Elina Wiik zu der anderen Adresse.«

»Was sollen wir machen?«, fragte der erste Polizist.

»Möglichst einen Mord verhindern«, erwiderte Elina. »Wenn es nicht schon zu spät ist.«

»Wir nehmen die Stengatan«, sagte Rosén und setzte sich auf den Fahrersitz des Mietwagens. »Wenn es der falsche Rolf Johansson ist, kommen wir nach Bälinge, so schnell wir können.«

Elina sah auf die Uhr. Es war zwanzig Minuten vor drei.

Olavi Andersson stand vor einem roten Haus. Er hatte es gefunden, ohne die Skizze zu Hilfe nehmen zu müssen. Er betrachtete es still. Hinter den Gardinen bewegte sich nichts.

Er ging zur Haustür und drückte die Klinke herunter. Die Tür war nicht abgeschlossen. So leise er konnte, öffnete er sie und betrat einen kleinen Vorraum. Auf dem Fußboden lag ein abgetretener Flickenteppich. In einer Ecke standen ein Paar Gummistiefel und zwei Paar Schuhe. Es war nichts weiter zu hören als das Ticken einer Uhr.

Mit drei Schritten war er im nächsten Zimmer. Er sah sich um. Links lag die Küche mit einem großen Tisch am Fenster. Er drehte den Kopf nach rechts und machte noch einen Schritt auf das Wohnzimmer zu. An der Wand hing eine alte Uhr, deren Pendel die Sekunden zählte. Davor stand ein Schaukelstuhl, der sich langsam im Takt des Pendels bewegte.

Vorsichtig bückte er sich und steckte die Hand in seine offene Reisetasche. Die Pistole fühlte sich kalt an. Er richtete sich auf, zielte auf die Rückenlehne des Schaukelstuhles und atmete tief ein.

»Rolf Johansson«, sagte er laut. »Jetzt bin ich da.«

In der Stengatan öffnete ein etwa fünfjähriger Junge die Haustür. John Rosén wusste nicht, was er sagen sollte.

»Ist dein Papa oder deine Mama da?«

Der Junge drehte sich um und schrie:

»Oma! Ein Polizist ist hier.«

Aus einem Zimmer kam eine Frau.

»Ja? Es ist doch hoffentlich nichts passiert?«

»Nein«, sagte John Rosén. »Wir suchen Rolf Johansson. Ist er da?«

»Das ist mein Mann«, sagte die Frau. »Er ist nicht zu Hause. Ist etwas passiert?«

»Nein, aber ich muss Ihnen eine Frage stellen, die vielleicht seltsam klingt. Und bitte, antworten Sie schnell. War Rolf Johansson in den sechziger Jahren Mitglied der kommunistischen Partei?«

»Ist das Gesinnungsschnüffelei?«, fragte die Frau. »Was wollen Sie durch die Frage erreichen? Ist was passiert?«

»Gute Frau Johansson, es ist nichts passiert, und ich habe keine Zeit, Ihnen das zu erklären. Aber wenn Ihr Mann in der kommunistischen Partei war, ist er in diesem Augenblick in Gefahr. Glauben Sie mir. Bitte, antworten Sie.«

»Er war nie Mitglied irgendeiner Partei.«

»Hat er in den sechziger Jahren beim NJA gearbeitet?«

»Ja, das schon.«

John Rosén drehte sich zu dem Kollegen um.

»Eine richtige und eine falsche Antwort. Ich kann nicht ganz ausschließen, dass er es nicht ist.«

Er wandte sich wieder zu der Frau um, die den Kopf schüttelte.

»Wo ist Ihr Mann jetzt?«

»In der Bibliothek«, sagte die Frau. »Er wollte um drei zu Hause sein. Ist etwas passiert?«

Rosén sah auf die Uhr. Es war zehn Minuten vor drei.

»Soll ich für die Überwachung des Hauses sorgen?«, fragte der Polizist.

»Machen Sie das«, sagte John. »Wir müssen weiter nach Bälinge. Frau Johansson, es wird eine Polizeistreife kommen und Ihr Haus bewachen. Sobald ich kann, komme ich wieder und erkläre Ihnen, warum. Machen Sie sich keine Sorgen.«

»Was ist denn passiert?«, fragte die Frau.

»Da ist es«, sagte der Polizist und bog auf einen Hof ein. Fünf Meter von einem roten Haus entfernt bremste er und stieg aus. Elina sah rasch auf die Uhr. Es war fünf Minuten vor drei. Sie öffnete die Tür und stieg ebenfalls aus.

»Scheint alles ruhig zu sein«, sagte der Polizist.

»Ja«, sagte Elina und sah sich um. »Keine Menschenseele zu sehen.«

Es war fast still. Nur ein Vogel sang.

Sie machte gerade einen Schritt auf das Haus zu, da zerriss ein Pistolenschuss die Stille.

39

John Rosén versuchte zu fahren, während er gleichzeitig auf seinem Handy Elinas Telefonnummer drückte. Das Klingelsignal bremste ihren Impuls, ins Haus zu stürzen. Stattdessen zog sie sich zurück und suchte Schutz hinter dem Streifenwagen.

»Wir sind unterwegs ...«

Elina unterbrach ihn.

»Vor wenigen Sekunden ist in dem Haus geschossen worden.«

»Geh nicht rein! Wir sind ...«

Seine Stimme verschwand.

»... in fünf Minuten da, sagt der Kollege. Riskier jetzt nichts.«

»Vielleicht kann ich Johansson retten.«

»Nicht, wenn Olavi schon geschossen hat. Stell lieber die Sirene an.«

Elina sah sich nach dem Kollegen um. Sie wusste nicht einmal, wie er hieß. Als sie den Kopf über das Auto reckte, sah sie ihn mit gezogener Waffe links vom Haus.

»Gehen Sie nicht hinein!«, schrie Elina. »Die anderen sind in wenigen Minuten hier.«

Sie hielt das Telefon wieder ans Ohr.

»Es ist außerhalb des Dorfes«, sagte sie. »Du kannst

den Streifenwagen von der Landstraße aus sehen. Halt die Telefonleitung frei.«

Sie öffnete die Beifahrertür und stellte die Sirene an. Der Vogelgesang wurde von dem Heulsignal übertönt. Sie starrte auf das Haus. Der Polizist stand regungslos an der Hausecke. Hinter sich hörte sie ein Motorengeräusch. Der Mietwagen näherte sich mit mindestens hundertsechzig Kilometern in der Stunde.

Kamikazefahrer, konnte Elina noch denken, bevor John mit quietschenden Reifen vor dem Sreifenwagen bremste. Innerhalb einer Sekunde waren beide Männer aus dem Auto gesprungen.

Olavi Andersson schaute auf seine Pistole. Sie ruhte still in seiner Hand. Langsam führte er sie zu seinem Kopf. Er legte sie an seine Wange und spürte ihre Wärme. Mit den Lippen liebkoste er die Mündung. Dann drückte er noch einmal ab.

»Wir müssen rein!«, zischte Rosén.

Er lief auf das Haus zu, Elina folgte ihm. John riss die Haustür auf und stürmte hinein. Er zielte mit seiner Pistole erst nach rechts und dann direkt nach links, auf eine Person, die mit dem Rücken vor ihm kniete.

»Werfen Sie die Pistole weg!«, schrie John Rosén.

Der kniende Mann warf die Pistole weg und fiel zu Boden. Elina ging langsam an John vorbei und bückte sich zu dem leblosen Körper. Dann richtete sie den Blick schräg nach oben. Im Schaukelstuhl saß ein alter Mann mit offenem Mund. Er sah sie an, als wollte er sie etwas fragen.

Elina drehte sich um und schaute auf die Wanduhr. Sie war fünf Minuten vor drei stehen geblieben. Das Glas war von einem Schuss zersplittert. Neben der Wanduhr hing ein Gemälde mit einem Elch.

40

»Warum?«

»Warum ich sie umgebracht habe?«

»Nein. Doch. Das auch. Aber im Augenblick frage ich Sie, warum Sie Rolf Johansson nicht erschossen haben.«

Der Raum, in dem Elina saß, hatte geblümte Tapeten und auf dem Fensterbrett standen Blumen. Das Sofa war weich. Ihr gegenüber saß Olavi Andersson. Er trug blauweiße Kleidung, wie es in der geschlossenen Abteilung der Psychiatrie des städtischen Krankenhauses von Västerås üblich war.

Olavi Andersson atmete lautlos. Er schaute auf seine Hände.

»Ich bin hier falsch«, sagte er. »Ich bin nicht wahnsinnig.«

»Darüber entscheide nicht ich«, entgegnete Elina. »Aber als wir Sie vor drei Tagen gefasst haben, waren Sie vollkommen weggetreten. Sie hatten einen totalen Zusammenbruch.«

»Sind Sie schon mal im Kino gewesen?«

Er lächelte über seine eigene Frage.

»Natürlich sind Sie das«, fuhr er fort, bevor sie antworten konnte. »Aber haben Sie schon mal einen Film gesehen, in dem der Mörder plötzlich anfängt, mit dem zu reden, den er umbringen will? Und es dann nicht mehr über sich bringt abzudrücken? Ich habe es getan. Ihn beschuldigt. Aber er hat mich nicht verstanden. Bildete sich ein, ich sei sein Vater, der ihn besuchen kommt. Ich konnte ihn nicht erschießen. Ich habe gezielt, aber ich habe auf die Uhr geschossen.«

»Rolf Johansson hat Alzheimer«, sagte Elina. »Er erinnert sich an fast gar nichts mehr. Es war Zufall, dass er allein im Haus war. Ein Pfleger hatte ihn eine Stunde, bevor Sie kamen, aus dem Pflegeheim ins Haus gebracht und war noch mal weggefahren, um Kuchen zu kaufen.»

»Die haben alles vergessen. Aber ich nicht. Die haben mein Leben zerstört.«

»Ihr Leben?«

»Erst das Leben meines Vaters. Ich habe ihn gefunden, als ich aus der Schule kam. Er hatte sich das Gehirn aus dem Kopf geschossen. Paff, fertig. Die Pistole haben sie uns später zurückgegeben. Die Gerüchte haben ihn zugrunde gerichtet. Ich war damals noch klein. Er hat mir den ersten Schluck gegeben. Und ich saufe, seit er tot ist. Als meine Mutter den Brief von Johansson bekam, hat sie mir alles erzählt. Wie er langsam versumpfte. Und als ich erfuhr, dass dieser Åkesson in Pension gehen würde, da bin ich durchgedreht. Ich hab die Pistole genommen, bin zu seinem Haus gegangen und habe ihn erschossen.«

»Wie haben Sie ihn in den Teppich bekommen?«

»Bekommen? Ich hab's ihm einfach befohlen. Mit der Pistole in der Hand. Leg dich hin!, hab ich gesagt. Dann hab ich ihn eingerollt. Danach hab ich beschlossen, es ordentlich zu Ende zu bringen. Die anderen mussten auch sterben. Es war das Beste, was ich in meinem Leben getan habe. Deswegen hab ich aufgehört zu saufen.«

»Woher wussten Sie, wer der richtige Rolf Johansson war?«

»Von meiner Mutter. Sie wusste, dass er in derselben Straße gewohnt hat wie wir früher. Sie hatte Rolf und seine Frau besucht, mit ihnen Kaffee getrunken, sich mit ihnen unterhalten. Er war ja wie mein Vater in der Partei. Das hat sie mir erzählt, als der Brief vor etwa fünf Jahren kam. Sie war furchtbar schockiert. Und der in Bälinge war der Einzige, der in unserer Straße gewohnt hatte. Ich hab es vom Einwohnermeldeamt erfahren.«

»Und Krall? Was hatte er mit der Sache zu tun?«

»Nichts. Aber er hat mich bedroht. Und ich hatte die Nase voll.«

Elina stand auf und ging zur Tür.

»Wir werden Sie später eingehender verhören«, sagte sie. »Aber eins frage ich mich noch: Als ich bei Ihnen zu Hause war, haben Sie Åkesson ›Singvogel‹ genannt. Wussten Sie, dass er im Chor sang?«

»Nein.«

»Warum haben Sie ihn dann so genannt?«

»War er das nicht: einer, der singt?«

Elina bat hinausgelassen zu werden. Sie nickte Olavi Andersson zu und ging.

Der Rechtsanwalt legte gegen das Urteil ›lebenslänglich‹ des Amtsgerichts keine Berufung ein. Lieber das Urteil annehmen und nach zehn Jahren um Gnade bitten, lautete seine Argumentation.

Eine Woche später bekam Olavi Andersson Besuch im Gefängnis. Er wurde in den Besucherraum geführt. Dort wartete eine Frau. Schweigend saßen sie einander gegenüber.

»Du hast mich verraten«, sagte Olavi Andersson schließlich. »Genau wie alle anderen. Erst haben sie meinen Vater verraten, dann mich. Und du auch.«

»Nein«, widersprach Anna Mileva. »Du bist der Verräter. Du hast dein Leben weggeworfen. Und du hast mich glauben lassen, du seist ein netter Mensch. Aber du bist ein Mörder.«

Sie erhob sich.

»Ich gehe jetzt. Möchtest du, dass ich wiederkomme?«

Er sah zu ihr auf.

»Ja. Und du, möchtest du es?«

»Ich glaube ja. Vielleicht.«

Elina bekam ihr Urteil zwei Wochen nach Olavi. Das Amtsgericht billigte ihr zwar mildernde Umstände zu, da Kurt Jörgen Hansson bedrohlich aufgetreten war, aber sie hätte sich aus der Situation heraushalten können. Deshalb hatte es keinen Grund gegeben, handgreiflich zu werden, und so wurde sie zu einer Geldstrafe von zwanzig Tagessätzen verurteilt.

Der Personalausschuss hatte mitgeteilt, dass die Art des Vergehens nicht schwer genug für eine Entlassung wog. Doch als das Urteil fiel, war Elinas unmittelbare Reaktion, von sich aus zu kündigen.

»Du hast in gut einem Jahr zwei komplizierte Mordfälle gelöst«, hatte Kärnlund gesagt. »Treff jetzt keine vorschnellen Entscheidungen.«

Susanne Norman versuchte Elina zu überreden, beim Oberlandesgericht Berufung gegen das Urteil einzulegen. Da das Amtsgericht eine gewisse Bedrohung akzeptiert hatte, würde das Oberlandesgericht Elinas Situation vielleicht mehr berücksichtigen und sie freisprechen. Elina hatte ihrer Freundin schweigend zugehört und wollte dann das Thema so rasch wie möglich beenden.

Sie brauchte Zeit zum Nachdenken. Kärnlund schlug ihr vor, ein paar Tage freizunehmen.

»Ich nehme drei Tage«, sagte sie, »ab morgen.«

Den Rest des Nachmittags verbrachte sie damit, ihren Schreibtisch aufzuräumen und Papiere zu ordnen. Als Letztes kippte sie den Inhalt ihrer Handtasche auf den Schreibtisch. Alte Quittungen, Kugelschreiber, Münzen, Lippenstift, ein Notizblock, Visitenkarten, Büroklammern, ein Päckchen Kaugummi und anderer Krimskrams fielen heraus. Sie sortierte aus, was sie nicht mehr brauchte.

Den Notizblock legte sie ins Regal hinter sich. Dann nahm sie ihn wieder vor und blätterte darin. Auf dem letzten Blatt stand eine Telefonnummer. Und ein Name: Anton. Sie schaute darauf und musste lächeln.

Vielleicht werde ich ihn anrufen, dachte sie, morgen. Vielleicht.

Botwid Wiik stand im Garten, als Elina kam. Er zog sich die erdigen Handschuhe aus und umarmte sie.

Sie unternahmen einen langen Spaziergang, anfangs schweigend, dann redeten sie über Alltägliches. Dann schwiegen sie wieder.

»Er war ein Opfer, oder?«, fragte Botwid Wiik plötzlich.

»Ja«, sagte Elina. »Jedenfalls hat er sich selbst als Opfer gesehen.«

»Wir waren alle Opfer der Umstände. Aber vielleicht mache ich es genau wie er und schiebe die Verantwortung für mein Verhalten auf andere. Ich hätte nie gedacht, dass ich mein Geheimnis jemals erzählen würde. Fast niemand von uns – und wir waren Hunderte – wollte darüber reden. Aber nachdem ich dir nun davon erzählt habe, fühle ich mich viel wohler. Alles Unangenehme hat sich wie in Rauch aufgelöst.«

»Wir tragen alle Geheimnisse mit uns herum, die wir nicht preisgeben wollen.«

Elina atmete tief durch. Dann begann sie einen langen

Bericht über sich selbst. Wie sie es als Neunzehnjährige einem Mann überlassen hatte, ihr Leben zu lenken, bis sie nicht mehr wusste, wer sie war. Wie er sie unterdrückt hatte und wie lange es gedauert hatte, ehe sie wieder aufrecht stehen konnte. Dass diese Geschichte ausschlaggebend für ihre Berufswahl gewesen war. Dass sie immer noch unter schwachem Selbstvertrauen litt und manchmal Schwierigkeiten hatte, anderen zu vertrauen. Ihr war es nie gelungen, Geborgenheit bei Männern zu finden.

Als sie mit ihrem Bericht fertig war, hatte sie sich entschieden. Sie würde nicht kündigen.

Sie würde es nicht zulassen, dass sie zum Opfer wurde. Die Bürde des Geheimnisses war von ihren Schultern genommen.

»Die Alan-Banks-Krimis sind zur Zeit die beste Serie auf dem Markt.«
Stephen King

Mitten auf der Straße wird die brutal zugerichtete Leiche eines Mannes gefunden. Inspector Alan Banks bleibt keine andere Wahl, als drei junge Pakistanis zu verhaften, die Zeugenaussagen zufolge kurz vor seinem Tod eine Schlägerei im Pub mit ihm angezettelt hatten. Doch ist das wirklich die richtige Spur? Alan Banks scheint auf einem Irrweg, während in der Zwischenzeit auch noch seine langjährige Ehe in die Brüche zu gehen droht …

Das blutige Erbe
Roman
ISBN-13: 978-3-548-26157-7
ISBN-10: 3-548-26157-4

ULLSTEIN

UB270